KB052555

헤드헌터

안전가옥
오리지널
36

이성민
장편
소설

헤드헌터

차례

프롤로그

1초. 알던 세상이 무너지는 데 단 1초면 충분하다.

한밤중, 오승연은 어딘가의 골목길을 쉼 없이 달렸다. 대체 어디서부터 꼬인 걸까. 잘못한 게 없는데. 그저 안정적으로 살기 위해 최선을 다했을 뿐인데.

안정. 승연은 언제나 안정을 중요시했다. 도처에 그 어느 방해물도 없는 평화로운 수평의 상태. 행정복지센터 직원이 된 것도 그래서다. 정년까지 국가가 책임지고 맡아 주는 평생 직장이니까. 물론 해당 직원이 정년까지 산다는 보장이 있어야 하지만.

1초. 그 1초 이후 모든 것이 틀어졌다.

그 순간, 곧장 등을 돌려 달아나려 했다. 소용없었다. 험상궂은 인상의 남자들은 다리에 모터라도 단 듯 순식간에 쫓아왔다. 놈들은 승연의 멱살을 잡은 다음 귀에 대고 속삭였다. 가족을 생각하라고. 어쩔 수 없었다. 승연은 그들이 내린 지시를 차근차근 따랐다. 집으로 돌아가지 않고 모텔이나 사우나를 전전했다. '셀프 실종'을 시작한 지 3시간도 지나지 않아 아내와 직장 동료의 문자가 쏟아졌다. 진실을 얘기해 주고 싶었지만, 그럴 수 없었다. 대신 놈들이 내민 대본을 읽었다. 같은 대답을 반복했다. 그냥 훌쩍 떠나 버리고 싶었습니다. 모든 것이 답답했어요. 단지 그뿐입니다.

이 지옥도 조금만 있으면 끝난다. 일주일 정도 후에 연락을 주겠다고 그들이 말하지 않았던가.

일주일이 지났지만, 연락 따위 오지 않았다. 아니, 엄밀히 따지면 연락이 온 것은 맞았다. 다만 기대한 것과는 전혀 다른 방식이었을 뿐이지.

두 시간 전까지만 해도 승연은 모텔방에 있었다. 24시간째 같은 방에 갇혀서 그런지 숨이 턱턱 막혔다. 나가고 싶었지만, 전화는 걸려 오지 않았다. 결국 반쯤 체념한 채 침대에 드러누워 눈을 감았다. 그래. 일이 어떻게 되든 오늘 안에는 끝나겠지.

덜그럭.

처음에는 잘못 들은 줄 알았지만, 두 번째로 덜그럭 소리를 듣자 승연은 눈을 떴다. 몸을 일으켰다. 철컥. 소리는 분명

현관 쪽에서 들렸다. 살금살금 다가간 다음 고개를 숙였다. 문 아래로 누군가의 발 그림자가 조금씩 움직였다.

모텔 방문을 따고 있다.

그 사실을 깨닫자 승연은 숨을 멈췄다. 저 발 그림자의 주인이 누구인지, 어떤 의도를 가지고 여기 온 건지 모른다. 그렇지만 한 가지만큼은 분명했다. "그동안 잘 참았다"라며 등이나 두드려 주려고 온 것은 아닐 터였다. 침착하자. 창문에 비상용 완강기가 있다. 저걸 타고 탈출하면 된다. 승연은 조용히 신발을 신었다. 숨을 죽이고 창문을 넘어 완강기에 올라탔다. 당장이라도 끊어질 듯 삐그덕거리는 줄에 몸을 지탱하며 1층까지 내려갔다. 땅이 발바닥에 닿자마자, 꼬리에 불붙은 사냥개처럼 미친 듯이 뛰었다. 쉬지 않고 달렸다. 점점 모든 것이 희미해졌다. 방향 감각도, 현실 감각도. 한창 뛰던 도중 위가 콱 뒤틀렸다. 젠장. 저녁으로 컵라면을 먹는 게 아니었는데.

허리를 숙였다. 걸레를 비틀어 짠 듯 땀이 온몸에서 질질 흘렀다. 연신 침을 삼키며 치밀어 오르는 토를 가까스로 억눌렀다. 5분 정도 가만히 있자 속이 조금 괜찮아졌다. 긴 한숨을 내쉬는데 등 뒤로 누군가의 발소리가 들렸다. 깜박거리는 가로등 밑에 한 남자가 서 있었다. 모자에 선글라스 그리고 까만색 마스크를 쓴 차림. 드레스 코드는 머리부터 발끝까지 블랙이었다. 가로등이 없었다면 아마 그가 있는지조차 몰랐으리라. 그 남자는, 승연을 향해 걸어왔다.

승연은 다시 뒤돌아 달렸다. 골목길 끄트머리를 돈 직후 우뚝 멈췄다. 막다른 길이었다. 유일한 구조물은 벽에 기댄 쓰레기 수거함뿐. 젠장, 젠장, 젠장. 토할 것 같았지만, 별 수 없었다. 그 안으로 허겁지겁 몸을 숨겼다. 쓰레기 사이에 몸을 파묻은 다음 벌벌 떨리는 손으로 휴대전화를 꺼냈다. 부서진 액정을 몇 번이고 더듬은 끝에야 찾던 전화번호를 발견했다. 통화 버튼에 엄지손가락을 올린 그때, 놈들이 했던 협박이 다시 한번 귓가를 울렸다. 누르는 순간 돌이킬 수 없게 된다. 전화하면 죽는다. 니도 내 가족도. 승연은 주먹을 꽉 쥐었다. 웃기고 있네. 어차피 죽일 생각 아니었나. 그렇다면 이건 무덤을 파는 짓이 아니다. 단지 해야 했던 일을 하는 것뿐.

통화 버튼을 눌렀다. 몇 초간 수화음이 들리더니 전화가 닿았다. 승연이 곧장 말했다.

"형사님. 접니다. 형사님 말이 맞았어요. 제발 살려 주세요."

수화기 너머의 사람은 상대방이 승연이라는 사실을 깨닫자마자 몇 가지를 지시했다. 핸드폰 GPS 기능을 켜요. 그대로 있어요. 아무 소리도 내지 마시고요. 승연은 연신 고개를 끄덕였다. 무릎을 웅크리고 쓰레기 더미에 몸을 더 깊이 파묻었다.

그나저나 아까 그 남자는 어디 간 걸까. 따돌린 걸까? 침을 꿀꺽 삼켰다. 어째선지, 안 좋은 예감이 들었다. 그 남자가 바로 근처에 있을 것 같았다.

　설마 이 쓰레기통 뒤에 있다면?

　확인해야 했다. 물론 바보 같은 짓이라는 것 정도는 인지하고 있다. 그렇지만, 그래야만 했다. 아니면 미쳐 버릴 것 같았다. 공포가 뇌를 묵사발로 만들기 직전이었다. 심장이 쿵쾅거리고 귓가가 윙윙거렸다. 당장이라도 입 밖으로 터져 나올 것 같은 비명을 욱욱거리며 씹어 삼켰다. 그는 엉덩이를 바닥에서 조심스레 떼고, 고개를 내밀었다. 조금씩. 조금씩.

　아무도 없었다.

　따뜻한 온수 같은 안도감이 온몸을 씻어 내렸다. 승연이 너털웃음을 흘리며 고개를 돌리자 그 남자의 얼굴이 눈앞에 있었다.

참극

1

신호에 걸린 동안, 태영은 운전대를 톡톡 두드리며 생각에 잠겼다. 이제 남은 일이 뭐가 있더라. 찬찬히 되새겨 봤다. 보고서는 내일 제출하면 되고, 밀린 일과는 잠복 전에 다 끝내 놨다. 말인즉슨 오늘 밤만큼은 잠깐의 자유를 누릴 수 있다. 오랜만에 치맥이나 할까. 행복한 상상을 하며 입가에 미소를 머금던 그때, 동식이 어깨를 톡톡 쳤다.

"선배, 전화 왔다고요."

"어어, 미안. 대신 좀."

동식은 태영의 주머니에서 전화를 꺼내 받았다.

"예, 여보세요?"

태영은 운전에 집중하느라, 정적이 흐르고 있음을 뒤늦

게 깨달았다. 뭐지 싶어 흘긋 옆을 보았다. 녀석은 전화기를 귀에 찰싹 붙인 채 가만히 있었다. 얼굴이 흙빛이었다. 뭔가 안 좋은 이야기를 들은 것이 분명했다. 태영이 속삭였다.

"왜? 누군데?"

"공무원요."

"공무원? 아, 공무원."

공무원이란 분명 '녹천 공무원 실종 사건'을 말하는 것이리라. 그것은 태영이 담당하는 사건 중 하나다. 아니, 솔직히 말해 사건이라 하기에도 뭣하다. 최근 실종된 본인과 통화도 했고, 사라진 이유까지 직접 늘었으니까. "그냥 해외로 훌쩍 떠나 버리고 싶었다"라고 한다. 수많은 직장인이 품을 법한 일탈의 충동에 그는 무심코 이성의 끈을 놓아 버렸다. 그게 다였다. 그럼에도 공무원의 아내는 끈질기게 주장했다. 자기 남편은 절대로 그럴 인간이 아니라고. 여행은커녕 비행기 타기조차 무서워하는 양반이 갑자기 웬 여행이냐고. 제대로 조사 좀 해달라며 시도 때도 없이 신고를 넣었다. 태영으로선 그저 안타까웠다. 이 사건에서 경찰이 공식적으로 할 수 있는 것은 더 이상 없었으니까. 공무원의 일탈. 전체적으로 이상한 구석이 없는 이야기였다.

딱 하나, 찜찜한 부분 빼고.

공무원은 어째선지 거짓말을 했다. 그는 발신 번호 표시 제한 기능을 이용해 경찰 측과 연락했다. 태영은 통화를 한 직후, 혹시나 해 통신사 측에 연락해 봤다. 방금 전에 걸려 온 번호를 추적할 수 있는지. 상세한 주소는 필요 없고 발신지만 알면 된다고 했다. 일주일 정도 지나자 통신사 측에서 답장이 왔다. 긴 편지였지만, 요점만 정리하면 대충 이랬다. 발신 번호 표시 제한 전화는 추적이 불가능하다. 알려줄 수 있는 것은 전화가 걸려 온 나라 정도가 다라고 했다. 걸려 온 나라는 한국이었다. 해외여행을 떠났다고 주장하던 공무원은, 정작 한국에서 전화를 했다. 왜 그런 빤한 거짓말을 한 걸까? 만약 조사가 시작되면 금방 들통날 텐데.

"공무원? 공무원 사건 말하는 거야?"

"네."

"반장님 전화지? 공무원 사건 어떻게 됐냐고?"

"아뇨. 공무원 본인한테서 직접 연락이 왔어요. 살려 달래요."

동식은 핸드폰과 차를 연결했다.

"풀 음량으로 높여 봐."

잠시 후. 공포에 질린 공무원의 목소리가 차 안에 쩌렁쩌렁 울렸다. 벼랑에 몰린 인간만이 표현할 수 있는 절박함이 매 마디마디에 묻어 나왔다. 남자는 울먹였다. 죽기 싫다고. 제발 빨리 좀 와 달라고. 태영은 이를 질끈 악물었다. 페달을 밟고 핸들을 꺾었다. 빨리. 1초라도 더 빨리.

10분 후. 태영은 차량의 속도를 조심스레 줄였다. 핸드폰 위치 추적기에 찍힌 장소는 이곳이다. 인적 드문 상점가에 있는 허름한 모텔촌. 주변을 슥 둘러보았다. 드문드문 켜진 낡은 가로등을 제외하면 이 거리에 밝음이라고는 눈곱만치도 없었다. 차 밖으로 고개를 쑥 내밀었다. 라일락 모텔 앞에서 만나기로 했지만 승연은 없었다.

"뭔 일 생겼나? 없는데요?"

동식이 긴장했는지 손톱을 씹어댔다. 아니, 아직 단정하기엔 이르다. 태영은 계속 눈동자를 굴리며 주변을 탐색했다. 그때였다. 저쪽, 골목 끄트머리에서 뭔가가 꿈틀, 움직였다. 검은색 형체였다. 그것은 양옆으로 비틀거리더니 곧 바닥 위로 힘없이 쓰러졌다. 태영은 곧장 차 문을 열고 뛰쳐나갔다. 눈이 어둠에 익숙해지자 아는 얼굴이 드러났다.

"승연 씨!"

다급히 바닥에 쓰러진 승연을 부축했다. 피부가 차가웠지만, 맥박은 뛰었다. 몸 곳곳에서 퀴퀴한 냄새가 흘러나와 콧속을 파고들었다. 맙소사, 냄새는 왜 이래? 입으로만 숨을 쉬며, 태영은 밝은 조명 쪽으로 승연을 옮겼다. 누리끼리한 조명이 승연의 온몸을 비췄다. 곧 상처 부위가 보였다. 머리 뒤편에 검붉은 피딱지가 졌다. 뭔가 무거운 걸로 얻어맞은 듯했다. 출혈이 멎은 것이 불행 중 다행이었다.

"동식이, 구급차는?"

"오는 데 10분 정도 걸린다는데요?"

너무 늦다. 태영은 혀를 찼다. 문득 오는 길에 '24시 진료' 표지판을 본 것이 기억났다.

"그냥 우리가 데려가자. 그게 더 빠를 거야."

태영의 말에 동식은 힘차게 끄덕였다. 잠시 후, 둘은 승연을 부축하며 차로 향했다. 낑낑거리며 한 걸음씩 내딛는데, 동식이 돌연 걸음을 우뚝 멈추었다.

"이 소리, 들려요?"

"뭐?"

태영은 어이가 없었다. 한시가 급한 상황인데, 웬 소리 타령이란 말인가. 입 닥치고 당장 움직이기나 하라고 윽박지르려던 그때였다.

태영도, 소리를 들었다.

그것은 마치 숨 쉬는 걸 의식하는 것과도 비슷했다. 평소에는 관심조차 없는 평범한 무언가라도, 신경 쓰이는 순간 더 이상 무시하기 어렵게 된다. 지금, 이 착착착 소리가 바로 그랬다. 거슬리는 기계음 소리가 귓가를 파고들었다. 착착착착착착착착착착착착착착착착착.

"이게 대체,"

태영은 집게손가락을 입에 댔다. 동식은 입을 다물었다. 잠시 정적이 흘렀다. 상황에 어울리지 않는 완벽한 고요가 주변을 감쌌다. 1초. 2초. 태영은 어디서 나는 소리인지 감을 잡았다. 승연의 셔츠를 움켜쥔 다음 단추를 풀어 헤쳤다.

"여기다. 여기서 나는 소리야."

옷을 벗기자 드러난 것은 다름 아닌 목걸이였다. 아니, 근데 목걸이가 맞기는 한가? 태영은 긴장에 침을 삼켰다. 와이어도 철사도 아닌 은빛 줄이 승연의 목을 둥그렇게 감싼 채였다. 목걸이를 노려보던 태영은 문득 섬뜩한 사실 하나를 깨달았다. 그것은 꿈틀거렸다. 마치 살아 움직이는 유기체처럼.

손을 뻗어 승연의 목에 걸린 목걸이를 돌렸다. 줄에는 길쭉한 네모 모양의 장치가 붙어 있었다. 이곳이 접합부일까. 납작하고 길쭉하다. 줄은 이 조그만 네모 장치 속으로 착착착 소리를 내며 빨려 들어갔다.

"일단 이놈부터 풀어야 돼. 당장."

태영이 목걸이에 다시 손을 가져다 댔다. 집게손가락이 닿자마자 끝이 주삿바늘에 찔린 듯 따끔했다. 갑작스러운 고통에 신음을 흘리며 황급히 손을 뺐다.

"괜찮아요?"

동식이 말했다. 태영은 자신의 검지를 보았다. 손가락 위에 검은 사선이 생기더니 그 상처 사이로 검붉은 피가 주르륵 흘러내렸다. 칼에 베인 듯 날카롭고 예리한 상처다. 목걸이의 줄은 위험할 정도로 날카롭다. 그 목걸이의 줄이 조금씩 줄어들고 있다.

동식이 입고 있던 셔츠를 훌렁 벗었다.

"뭐 하는 거야?"

태영이 얼빠진 목소리로 물었다.

동식이 옷을 손에 둘둘 감은 뒤 통째로 목걸이 사이에 쑤셔 넣더니 힘주어 당겼다. 와이어가 조금은 벌어졌다.

"좋아, 잘하고 있어. 조금만 더 당겨 봐."

태영이 흥분해서 소리쳤다. 동식이 힘차게 끄덕였다.

"카운트다운. 카운트다운 해 줘요."

"오케이. 자, 하나, 둘, 셋,"

셋을 외친 순간, 예상치 못한 일이 벌어졌다. 승연이 번쩍 눈을 떴다. 너무 놀란 나머지, 태영은 순간 할 말을 잊었다. 승연도 멍한 표정으로 동식과 태영을 번갈아 쳐다볼 뿐이었다. 찰나의 침묵도 잠시, 승연은 사방에 대고 고함을 질러댔다.

"살려 주세요! 살려 주세요, 저 좀 살려 주세요!"

버둥거리는 그를 태영이 간신히 말렸다.

"자, 자. 승연 씨. 괜찮아요. 저희 경찰입니다. 왔으니까, 제발 진정하세요. 네?"

태영은 손바닥으로 승연의 등을 싹싹 문질렀다. 그사이 동식은 끙끙거리며 와이어 줄을 계속 당겼다. 아까 전과 달리 와이어의 벌어진 틈이 더 이상 보이지 않았다. 상황이 안 좋았다.

"좀만 참아요, 승연 씨. 가족 보러 가야죠. 예?"

태영이 말했다. '가족'이란 말을 듣자 승연의 눈가가 움찔했다. 그는 곧 놀라울 정도로 차분해졌다. 벌벌 떨며 심호흡을 하더니, 또박또박 말했다.

"아뇨. 저, 저 죽을 거예요. 늦었어. 너무 늦었어."

"기절하기 전까지 무슨 일이 있었어요, 승연 씨? 왜 도망다닌 겁니까?"

"가족, 가족한테 전화 좀 걸어 줘요."

"승연 씨, 이것부터 먼저 말해 주세요, 네?"

"씨발, 제발 전화 좀 걸라고. 부탁이니까."

착착착착착 소리가 점점 더 빨라졌다. 롤러코스터가 내리막 직전에 도달한 것처럼. 삐삐삐, 삐삐삐, 하는 신호음까지 들리기 시작했다.

"아, 진짜 죽기 싫은데. 진짜 싫은데."

"안 죽어요. 조금만 참아요, 제발, 조금만. 네?"

승연은 이를 악물고 태영을 노려보았다.

"전화해, 빨리,"

말은 거기서 갑작스레 끊겼다. 승연의 입에서 막힌 하수구가 뚫리는 듯한 꾸르륵 소리가 났다. 갈라진 입술 사이로 피거품이 새어 나왔다. 목걸이는 이제 줄어들다 못해 살을 파고들었다. 거의 비슷한 때에, 동식 역시 비명을 질러댔다. 땀범벅이 된 동식은 오른손을 부여잡은 채, 입으로 낮은 신음을 흘려댔다. 그의 손. 검지부터 새끼손가락까지가 없었다. 잘려 나간 손가락 마디들은 옷조각과 함께 바닥에 나뒹굴었다. 피와 비명. 모든 것이 그야말로 완벽한 지옥의 한 장면이었다.

중얼거리며 고개를 돌린 태영은 움찔했다. 승연은, 눈을 부릅뜨고 입을 쩍 벌린 채, 굳어 있었다. 눈의 실핏줄은 터질 대로 터져 있었는데, 당장이라도 피눈물을 흘릴 듯 새빨갰다. 그러던 그가 고개를 숙였다. 툭. 실수로 떨어트린 축구공처럼, 승연의 머리는 데굴데굴 바닥을 굴러갔다. 세 바퀴를 돌고 나서야 머리는 멈추었다. 잘린 머릿속 그의 표정은 공포라는 날것의 감정을 생생히 포착한 모습이었다. 승연의 몸은 여전히 태영 앞에 무릎을 꿇은 채 앉아 있었다. 멍하니, 태영은 앞을 보았다. 붉고 번드르르한 잘린 목의 단면에서 뒤늦게 피가 솟구쳤다. 뜨듯한 피 한 줄기가 태영의 뺨 한쪽을 때렸다.

2

태영은 눈을 떴다. 유골함 옆 사진 속 승연은 함박웃음을 짓고 있었다. 꽃병에는 장미 몇 송이가 꽂혀 있었는데 이미 시든 지 오래였다. 병을 들어 올려 안을 보자 썩은 물이 찰랑거렸다. 퀴퀴한 냄새에 눈썹이 절로 찌푸려졌다. 잠시 고민한 끝에 벨을 누르고 직원을 불렀다. 태영은 물과 시든 꽃을 버린 다음 근처의 자판기에서 새 꽃 하나를 뽑아 병 속에 갈아 끼웠다. 기분 탓일까. 사진 속 승연이 아까보다 약간은 환해진 느낌이었다. 태영은 액자를 향해 끄덕이며 씁쓸한 미소를 흘렸다.

백방으로 뛰어도 사건에 진전이 없는 게 현실이었다. 태영은 발걸음을 옮겼다. 주머니에서 전자 담배를 꺼냈다. 버튼을 눌렀지만, 배터리 방전 표시등이 깜빡였다. 완벽하군. 태영은 혀를 차며 걸음을 서둘렀다. 주차장에 들어섰다. 차 열쇠의 자물쇠 버튼을 누르려는데 어딘가에서 절그럭, 소리가 들렸다. 누군가 돌을 밟은 듯한. 태영은 차 열쇠를 쥔 채 손을 멈추었다. 차를 지나쳐 계속 걸었다. 그러고 보니 봉안당을 나설 때부터 뭔가 이상했는데.

설마 미행일까. 대체 누가? 머릿속으로 재빨리 용의자 후보를 추려 봤지만, 마땅한 인간은 없었다. 그나마 확신할 수 있는 건 딱 하나였다. 저 인간, 미행을 한두 번 해 본 솜씨다. 발걸음 소리를 저렇게 의심스럽게 내는 것도 쉽지 않은 일이다.

태영은 주차장을 빠져나갔다. 출구를 나서자마자 곧장 벽에 찰싹 붙었다. 숨을 참았다. 커지는 발걸음 소리에 온 신경을 집중했다. 그림자가 눈앞으로 튀어나오는 순간, 건물을 들이받는 산업용 철구처럼 체중을 실어 그를 휙 덮쳤다. 남자는 너무나도 쉽게 쓰러졌다. 그의 가슴을 무릎으로 누르자 염소 울음 비슷한 소리가 터져 나왔다.

"너 뭐야, 이 새끼야. 정체가 뭐야?"

"잠깐 스톱, 스톱, 스톱, 스톱."

남자가 끙끙대며 말을 이었다.

"손, 손손손. 나 왼손."

"뭐, 손? 손은 왜? 부러트려 달라고?"

"손 좀 보라고요, 좀!"

뒤늦게 남자의 손을 보았다. 그러고 보니 뭔가를 쥐고 있었다. 지갑 비슷한 것. 빼앗아 휴대전화 불빛에 비춰 보자 경찰 공무원증이었다.

'서울 경찰청 사이버 범죄팀 소속 과장 박형배'

가장 가까운 카페는 차로 달려서 10분 거리에 있었다. 이름은 카페 누아르. 누아르 아니랄까 봐 식기도 가구도 온통 흑백 혹은 회색이다. 태영은 추모 공원 가까이에 굳이 이런 카페를 차려야 했을까 싶었지만, 중요한 건 그게 아니었다. 대체 이 남자의 정체가 뭘까. 태영은 자세를 바로 하며 눈앞의 형배를 노려보았다. 배지를 본 뒤에도 의심을 거둘 수 없었다. 서울 경찰청에 직접 전화해 본인이 맞다는 대답까지 들은 뒤에야 겨우 속박을 풀어 줬다. 경계는 거두지 않았다.

왜 미행을 했는지 추궁했지만, 그는 오히려 딴소리를 해 댔다.

"근처 어디 카페 같은 데라도 들러서, 잠깐 대화 좀 합시다, 예?"

솔직히 말하자면 꺼지라고 하고 싶었지만, 그보다는 궁금증이 더 컸다. 대체 왜 자신을 따라온 건지 그 이유를 알고 싶었다.

실은 카페로 오던 중, 태영은 형배에 관해 슬쩍 검색해 보았다. 사이버 수사대 과장. 계급은 경무관. 무궁화 한 송이. 그 외에는 각종 경찰 행사에 참여한 기록이 가득하다. 정보가 나오면 나올수록 이해가 가지 않았다. 이런 인간이 대체 자신을 왜 미행한단 말인가.

"초면에 진짜 민망하네요, 이거. 죄송합니다."

형배가 꾸벅 고개를 숙였다.

"제가 의심이 많아서요. 태영 씨가 혹시나 사건에 관련이 있나 없나 궁금해서."

"사건? 대체 어떤 사건을 말하는 겁니까?"

"기밀이긴 합니다만."

형배는 혀를 날름 내밀어 입술에 침을 적셨다.

"태영 씨가 방금 다녀오신 그 남성분 사건과 관련이 있습니다."

설마 지금 떠보는 건가. 태영은 눈살을 찌푸렸다.

"그 사건 말씀하시는 거라면, 뭐 드릴 말씀 없습니다. 진행 중인 수사이긴 한데 진전이 없어 뭐 사실상 손을 놓은 상태죠. 다들 신경도 안 쓰고."

어느 정도는 사실이다. 피해자 유족부터 공론화를 꺼렸다. 소란을 일으키고 싶지 않다며. 경찰로서도 오케이였다. 확실한 범인을 찾기 전까지 '절단' 사실은 숨기는 게 낫다고 판단했다. 대중에게 괜히 공포를 심어 줄 필요가 없다면서. 태영은 믿기지 않았다. 사람 머리가 잘려 나가 죽은 엽기적 사건이다. 이게 이렇게도 쉽게 묻힌다는 말인가. 한숨이 절로 나왔다. 목이 타는 느낌에 디카페인 커피를 한 모금 마신 뒤 잔을 내려놓았다.

"화이트코리아 아시죠? 이번에 운영자 잡힌 거."

형배가 한숨을 쉬었다.

"그게, 운영자 녀석이 입을 털기 시작했거든요. 지금 관련인들이 줄줄 나오고 있는데, 그중 하나가 알고 보니 제 동료였습니다. 화이트코리아를 수사하던 TF팀 소속이었어요. 참 내."

"그래서 절 미행했다, 이겁니까? 가까운 동료가 당신을 배신해서?"

앞뒤가 맞지 않다. 게다가 자신은 서경 소속도 아닌 그냥 일개 경찰이다. 말도 안 되는 핑계는 집어치우라고 말하려던 그때였다. 형배가 싱긋 웃으며 말했다.

"근데 태영 씨. 왜 지금도 거짓말을 하십니까?"

턱 하고 말문이 막혀 버렸다. 애써 표정을 수습했지만, 이미 늦었다.

"제 말이 맞죠? 사건에 대해 할 말 없다고 하시지만. 그 사건, 계속 혼자서 수사하고 있잖아요. 목 절단 사건 이후 벌써 한 달이나."

형배는 태영의 정색한 얼굴을 보더니 가볍게 웃었다.

"자, 자, 얼굴 푸시고 좀 진정하세요. 제가 정보를 어디서 얻었는지는 금방 알려드리겠습니다. 하지만 그러기 전에, 일단 듣고 싶어요. 태영 씨가 이 사건에 대해 얼마나 알아내셨는지."

"테스트라도 하자는 겁니까?"

"테스트, 뭐 비슷합니다. 물론 거절하셔도 됩니다."

태영은 분노가 치밀어 주먹을 질끈 쥐었다. 웃기지 마. 내가 고생해서 얻은 정보를 왜 너한테 알려 줘야 하냐. 그런 말이 목젖 밑까지 치고 올라왔지만, 잠시 흥분을 가라앉히고 생각해 봤다. 그래. 지금까지 모아 온 증거물과 자료들은 분명 귀중하다. 가치를 매길 수 없을 정도로. 그렇지만, 정보는 음식과도 같다. 아끼다 보면 똥 된다. 각각의 정보마다 정해진 유통기한이 있다. 아직 값어치가 있을 때 써먹어야 했다. 게다가, 지금은 적보다 아군이 더 절실한 때가 아닌가. 태영은 형배를, 믿을 수 없는 남자의 얼굴을 흘긋 보았다. 그래, 맛만 조금 보여 주자. 그 정도는 괜찮겠지.

"기계 장치요."

태영이 입을 열었다.

"수중에 있는 증거라고는 그것뿐이기에, 일단 그걸 수사했습니다. 시작은 아날로그 방식이었어요. 여기저기 다니면서 사진을 내밀었죠. 이렇게 생긴 무기를 아냐고 물어보고 그랬죠. 전문가도 만나 보고 교수도 만나 보고 했지만, 허탕이었습니다. 그런데 얼마 전, 리드를 하나 찾았습니다. 다크 웹에서요."

한 박자 쉰 다음 태영은 말을 이었다.

"해당 사이트는 잔인한 영상. 소위 '고어 영상'을 전문적으로 취급하는 사이트였어요. 스너프부터 일반 CCTV 영상까지, '죽음'이 들어간 매체라면 전부 취급했죠."

솔직히 말해 일반인이 고어 영상을 보고 싶다면 다크 웹까지 들어갈 필요가 없다. 구글에 검색만 해도 안 나오는 게 없는 세상이 아닌가. 군이 다크 웹에 들어간다면, 목적은 뻔하다. '선'을 넘은 영상을 보기 위해. 영상의 공유를 국가에서 불법으로 정할 정도로 끔찍한 죽음들. 아이 혹은 동물 같은, 자기방어가 불가능한 약자들을 주인공으로 한 영상들. 데스

어딕션(DeathAddiction)은 그런 죽음만 모아 놓은 다크 웹 스너프 사이트였다.

"거기에 코리안(KOREAN) 비헤디드(BEHEADED)라고 치니까, 영상 하나가 나왔어요."

태영은 엄지로 눈썹을 슥슥 문질렀다. 떠올리기만 해도 머리가 지끈거렸다. 제목은 'FUCKED UP KOREA DUDE GOT BEHEADED(EXPLICIT)'. 길이는 총 1분 21초. 지옥 그 자체.

카메라는 삼각대에 고정되어 있다. 화면은 샤워실 같은 곳을 비추고 있다. 전체적으로 어둡고 탁한 분위기가 가득한 곳이다. 곳곳에 금이 가거나 곰팡이가 폈고, 바닥 타일이 군데군데 금이 가거나 아예 떨어져 있다. 화면 중앙에는 플래시 라이트가 비치고, 그 앞에 한 남자가 무릎을 꿇은 채 앉아 있다. 남자는 알몸이다. 눈과 입에는 청 테이프가 칭칭 감긴 터라 숨을 쉴 구멍은 코밖에 남아 있지 않았는데, 그마저도 콧물 범벅이었다. 끔찍한 상황이건만 남자는 평온했다. 반항도 하지 않았다. 왜 그럴까. 자세히 보니 그 이유를 짐작 가능했다. 남자의 얼굴 그리고 배에 검은 멍이 가득했다. 고문의 흔적. 더 이상 반항할 힘조차 없기에 남자는 체념했다. 곧 두 번째 인물이 등장한다. 머리에 검은 두건을 두른 남자다. 그는 엄숙한 분위기를 조성하며 알몸의 남자 뒤로 살금

살금 다가간다. 발걸음 소리를 들은 남자는 바짝 긴장한다. 두건 쓴 남자는 목걸이 비슷한 물건을 주머니에서 꺼낸다. 자식에게 왕위를 물려주는 왕처럼 한없이 진지한 표정으로 남자의 목에 물건을 건다. 잠시 후, 익숙한 착착착, 소리가 들린다. 소리를 듣는 순간, 알몸의 남자는 비명을 지른다. 곧 회가 떠질 생선처럼 온몸을 위아래로 펄떡인다. 몸부림은 얼마 가지 못한다. 억, 하는 소리와 함께 남자의 목이 돌처럼 굳는다. 순간, 카메라가 움직인다. 앞으로, 순식간에. 사냥감을 덮치기로 결심한 야수처럼. 동시에 영상의 속도 역시 느려진다. 이제 동영상은 슬로모션으로 흘러간다. 남자의 목 주변에서 선혈이 터져 나온다. 핏줄기들이 분수처럼 솟아오르는데, 그 순간 뜬금없이 애국가가 끼어든다. 잡음 섞인, 섬뜩한 버전의 애국가다. 1절이 진행되는 30초 동안 남자의 목은 쩌억, 몸에서 분리되더니 땅에 떨어져 구른다. 마지막 3초는 전혀 다른 곳에서 찍혔다. 촬영자로 추정되는 이가 남자의 잘린 머리를 샤워실 벽에 던져 버린다. 퍽 소리와 함께 벽에 피가 튄다. 남자의 잘린 시신을 여러 각도로 찍은 사진이 파노라마처럼 펼쳐지다 화면이 멈춘다. 검은 바탕에 빨간 글씨로 'RATS'라는 단어가 두 번 깜빡이고 영상은 끝난다.

몇 달 전, 태영은 이 영상을 처음 접했다. 처음에는 영화 속 한 장면인 줄 알았지만, 시간이 지날수록 '이상할 정도로 리얼한' 부분이 눈에 띄었다. 이윽고 동영상이 끝날 때가 되자 태영은 확신했다. 이것은 스너프 필름이었다. 누군가의 죽음을 정말 담고 있는. 태영은 그 사실을 깨닫는 즉시 화장실에 달려가 구역질을 했다. 사건 현장에도 수없이 나가 봤고, 시신도 본 적이 꽤 있지만, 이렇게 적나라하게, 사악하게, 악의를 가지고 시체를 훼손하는 과정을 본 것은 처음이었다.

그 영상은 아마 자신의 뇌에서 죽을 때까지 잊히지 않으리라. 평생의 트라우마를 얻었지만, 이제 적어도 한 가지는 분명했다. 이 '장치'로 인한 죽음이 최초가 아니라는 것.

분노로 무장한 다음, 태영은 본격적으로 영상을 분석했다. 프레임 단위로 장면을 따자 몇백, 몇천 장에 달하는 사진이 쏟아졌다. 그중 '목걸이'만 나오는 사진을 추렸다. 영상에 나오는 은빛 목걸이와, 자신이 공무원 사건 현장에서 확보한 증거물을 비교하고 대조해 봤다. 예상은 들어맞았다. 일치했다.

"조인트요."

형배가 끼어들었다.

"네?"

"그 목걸이처럼 생긴 물건 이름. 조인트라고요."

"그건 어디서 아신 겁니까?"

"제가 지금 활동하고 있는 TF가 하나 있습니다. 대충

3개월 전에 만들어졌어요. 유능한 애들 몇 모아서 제가 굴리고 있죠. 걔들이 하루 종일 하는 일이 그겁니다. 그 사이트를 추적하는 거."

태영은 중얼거렸다.

"그러면 뭐, 알아서들 잘하겠네."

"그러면 좋겠지마는…,"

형배가 푹 한숨을 쉬었다.

"그 사이트 놈들이, 워낙에 눈치가 빨라요. 우리 TF가 아무리 애써서 주소를 찾아도, 정신 차리면 저 멀리 사라져 있고. 그렇게 몇 번을 반복하니 답답해서 죽을 맛이더라고. 대체 뭐가 문제인가 싶어 곰곰이 생각해 봤는데, 내 생각엔 이거인 거지."

그는 엄지와 검지를 튀기며 '딱' 소리를 냈다.

"태영 씨만큼 집요한 인간이 없는 거야."

"저더러 당신네 팀에 들어와라?"

"그렇죠."

"하나만 물읍시다."

태영은 고개를 들었다.

"제가 당신 팀 들어가면, 그놈, 잡을 수 있는 겁니까?"

잠시 생각하는 듯하더니 형배는 한숨을 쉬었다.

"무조건적인 보장은 못 하죠. 저희 일이 다 그렇지 않습니까. 내일 무슨 일이 터질지 모른다는 거. 범인이 다음 날 검거될 수도 있고, 뜬금없이 동해 바다에 시체로 둥둥 떠오를 수도 있고. 그래도 하나만큼은 단언할 수 있습니다. 태영 씨가 들어오면 검거 가능성은 분명 올라갈 겁니다. 분명히요."

태영은 끙, 소리를 냈다. 아무리 좋은 말로 포장한다 한들 구미가 당기는 제안은 아니다. 40대 중반의 나이에 TF라니. 동년배인 동료가 들으면 아마 비웃으리라. 팀원들끼리 다 함께 어깨 걸고 영차영차 하는 것도 옛날에나 두근거렸지 지금은 귀찮기 짝이 없다. 나이도 나이거니와 몸이 안 따라 준다. 허나. 단 하나, 변치 않은 것이 있다. 나쁜 놈에게 철퇴를 때려 주고 싶다는 욕망. 그것만큼은 지금까지 시든 적 없다. 단 한 번도.

태영의 전화가 울렸다. 화면 위에 동식의 이름이 떴다. '죽은 거 아니죠?' 밑에는 노려보는 토끼 이모티콘. 아, 젠장. 태영은 뒤늦게 혀를 찼다. 저 인간 때문에 정신이 팔린 나머지 깜빡하고 말았다. 지금 출발하면 아주 늦지는 않겠지.

"일단 연락처 주시면, 생각하고 연락드리겠습니다."

* * *

형배와 어색한 악수를 마친 뒤, 태영은 카페 누아르를 나섰다. 차에 올라 재빨리 시동을 걸고 출발했다. 목적지인 병원에 도착하니 새벽 1시였다. 내일은 물 대신 커피를 들이

켜게 생겼네. 태영은 한숨을 쉬었다. 마스크를 쓴 뒤 병원 안으로 들어갔다. 동식의 병실 앞에 선 다음 문을 똑똑 두드리고, 열었다. 안쪽 병상에서 동식이 부스스한 몰골로 몸을 일으켰다.

"그동안 살찌셨네요, 선배?"

"그래, 나도 반갑다. 그래서 휴게실이 어디라고?"

"이리로요. 따라오세요. 얼마 안 걸려요."

둘은 휴게실로 걸었다. 태영은 동식의 가벼운 발걸음을 보며 피식 웃었다. 저게 아픈 인간의 걸음걸이란 말인가. 물론 겉이 멀쩡하다고 속도 멀쩡한 것은 아니겠지만.

지금 동식의 경우가 그랬다. 재활 치료 중 또 다른 문제를 발견했다. 손가락을 움직일 때마다 뼈 부근이 따끔거린다고 그랬다. 의사는 자연스러운 증상이라며 시간이 흐르면 차차 나아질 거라 했다. 병원에 간 김에 종합 건강 검진을 받았는데, 전혀 엉뚱한 부분에서 몇 가지 문제가 발견되었다. 간 낭종에 허리 디스크까지. 몸속에 종합 병원을 숨기고 있었다. 동식이 몇 개월 더 병원 신세를 지게 된 것은 그래서다.

"선배, 선배. 그거는요?"

동식이 눈을 반짝였다. 태영은 한숨을 쉬었다. 그럼 그렇지, 네가 뭘 기다렸겠냐. 태영은 가방에서 조심스레 플라스틱 물병을 꺼냈다. 동식의 얼굴에 화색이 돌았다.

"여윽시, 선배."

태영은 뽑아 온 정수기 종이컵에 물을 따랐다. 물의 색깔은 투명하지 않고 누렜다. 병원에 술 반입이 금지된 것은 알지만 동식이 몇 번이고 '제발 맥주 한 모금만 마시게 해 달라'고 빌어댄 것도 모자라 이걸 생일 선물로 바라기까지 하니 거절할 수가 없었다. 무엇보다 지난 몇 주간 녀석이 재활 치료로 고생한 걸 생각하면.

"자, 빨리 마시고 치우자."

잔을 나눈 후, 태영과 동식은 잠시 시선을 교환했다. 소리 없이 '건배'를 외친 다음 한 번에 잔을 비웠다. 크, 소리를 내며 동식은 몸을 비틀었다. 이때다.

"한 모금, 자, 됐지?"

태영은 잽싸게 동식의 손에 들린 종이컵을 뺏었다. 그 안에 약간 남아 있는 맥주를 처리한 뒤 쓰레기통에 던져 버렸다. 동식은 소리 없는 비명을 지르더니 태영을 노려보았다.

"이 새끼 눈깔 봐라? 레이저 쏘네?"

"이미 쐈습니다, 방금."

동식은 끌끌 웃는 태영을 잠시 노려보다 한숨을 쉬었다.

"뭐, 됐고, 형님은 요즘 어떻게 지내요? 별일 없고요?"

이후로는 편의점에서 사 온 과자 봉지를 하나씩 까먹으며 이야기를 주거니 받거니 했다. 듣고 보니 동식도 나름대로 좋은 시간을 보낸 것 같았다. 옆 병실에서 놀랍게도 경찰 동료를 발견했다고 했다. 애 엄마 프로파일러. 특이한 캐릭터라고.

태영은 새끼손가락으로 동식의 손가락을 툭 두드렸다.

"근데 너, 이건 어때. 낫고 있어?"

"재활 운동이 아프긴 한데, 버텨야죠, 뭐. 맞다, 여기 중지 관절이 빽빽해요. 봐 줘요, 이거."

"줘 봐, 내가 기름칠 좀 해 줄게. 내놔 봐."

동식의 손가락을 잡고 꺾는 시늉을 했다. 짧은 비명을 지르며 동식이 웃었다. 정말이지, 나이 먹고 뭐 하는 거냐. 태영이 속으로 조소하던 그때였다. 태영의 눈길이 천장 구석의 TV 화면에 닿았다. 다크 웹에 관한 뉴스였다.

동식이 과자를 집어 먹는 데 정신이 팔린 사이, 태영은 리모컨을 집어 든 다음 TV 전원을 껐다. 녀석이 돌아보며 엇, 소리를 냈다.

"왜 껐어요. 잘만 보고 있었는데."

"됐고, 병원 생활은 어떠냐?"

둘러대며 슬쩍 리모컨을 등 뒤에 놓았다. 동식은 잠시 수상하다는 눈빛이었지만, 이내 아무렇지도 않은 듯 대화를 이어나갔다. 30분 정도 수다를 떨고 나서야 심야의 만찬은 끝이 났다.

＊＊＊

다음 날. 중곡동 사무실로 향하는 동안 태영은 두리번

거리며 경치를 구경했다. 시대의 변화라는 역풍을 직격타로 맞은 거리는 황폐했다. 버려진 건물이나 상가들이 주변에 즐비했다. 낡고 버려진 인쇄소의 입구 근처에 경찰 통제선이 성의 없게 걸쳐져 있었다. 바로 그 건너편에 한 건물이 있다. 응옥빌딩. 태영은 건물에 들어간 다음 승강기에 올라탔다. 없던 폐소공포증도 생길 정도로 비좁은 공간이었다. 2층 버튼을 누른 다음 문이 닫히길 기다리자 곧 삐그덕삐그덕 소리와 함께 엘리베이터는 올라갔다. 영원 같은 시간이 지나고 나서야 문이 열렸다. 태영은 복도를 가로지른 다음 204호 문을 두드렸다. 반응이 없었다. 제대로 왔나 싶어 확인했지만, 여기가 맞았다. 설마, 하며 손잡이를 돌리자 문이 열렸다. 비밀 TF인데, 보안이 이래도 되는 건가.

문을 열고 들어가자 앞에 또 다른 문이 있었다. 두 번째 문의 한가운데에는 A4 용지가 붙어 있었다. 펜으로 대충 써 갈긴 듯한 글씨였다. '잠시 기다리시오.' 태영은 위를 보았다. 구석에 설치된 CCTV에서 붉은빛이 깜빡였다. 렌즈가 지잉, 지잉 소리를 냈다. 초점이라도 맞추는 걸까.

"어서 오세요."

잠시 후, 여자의 해맑은 목소리와 함께 문이 양옆으로 열렸다. 눈앞을 보자마자 우뚝 몸이 굳었다. 뭐야, 이게. 태영은 입을 떡 벌린 채 한 걸음 한 걸음 앞으로 내디뎠다.

미래였다. 푸른 빛 조명 아래로 다양한 전자기기들이 질서정연하게 얽히고설켰다. 천장에는 소용돌이 모양의 거대한 LED 등이 한가로이 돌아간다. 등이 내뿜는 푸른빛은 바닥 타일을 비추고 있는데, 반질거리다 못해 미끄러질 정도로 윤이 난다. 마치 사이버펑크물의 한 장면에 들어온 기분이었다. 옆을 보았다. 수많은 모니터가 타일 마냥 벽에 도배 되어 있다. 1밀리미터의 오차도 없이 정확히 같은 간격으로 배치된 모니터는 화면마다 다른 곳을 비추고 있다. 사람들이 바삐 드나드는 어떤 건물의 정문부터 텅텅 빈 길거리의 구석까지. 그중 어느 화면은 높은 앵글로 지하실 같은 곳을 비추고 있다. 어둑어둑한 그곳에서 문신을 온몸에 도배한 남자들이 둥글게 둘러앉아 화투를 치고 있었다. 얘들은 뭐지. 호기심이 생겨 가까이 들여다보던 그때였다.

"태영 선배님?"

목소리가 등 뒤에서 들렸다. 태영이 돌아보았다. 단발머리 여자. 레몬색과 하늘색이 뒤섞인 원피스 차림의 그녀가 해맑게 웃었다.

"오셨어요? 아, 저는 고남희에요. 정보 수집이랑 서류 담당."

"어어, 반가워요, 남희 씨."

태영이 끄덕였다.

"저기 저 모니터 앞에서 처자고 있는 놈은 제박. 행동 대장인데, 주먹질 빼고 젬병이죠."

남희가 가리킨 곳을 향해 고개를 돌렸다. 그녀의 말대로 테이블 한가운데에 남자 한 명이 엎어져 자고 있었다. 꼬불 머리 파마를 한 남자. 나이는 30대 초반 정도 될까.

"제박? 이름이 제박이야?"

"네. 이름이 이제부터 제임스 박이래요. 저 새끼 진짜 이름 박종필이거든요? 근데 유학 갔다 온 뒤로 애가 미국물이 들어서, 그때부터 저래요. 이해해 주세요. 관종이니까."

"다 들려, 새끼야."

"무시하세요. 저 따라오시고요. 여기 구경시켜 드릴 테니까."

이후로 태영은 남희와 함께 시설 이곳저곳을 돌았다. 관제실, 물품 창고, 회의실, 비상 탈출구까지. 기본적으로 있어야 할 것들은 다 있었다. 마지막 방을 돌아보던 그때였다. 남희가 돌연 자책하듯 자기 이마를 찰싹 때렸다.

"아, 맞다. 깜빡할 뻔. 완전 실수했네. 멤버 하나가 더 있어요. 저기요."

저기? 태영은 남희가 가리킨 곳을 보았다. 카메라 하나를 제외하면 아무것도 없었다.

"없는데."

"아뇨, 렌즈 밑에 한번 보실래요?"

카메라 밑에 뭔가 붙어 있었다. 명함이었다. 이렇게 적혀 있었다.

'프레이어스 추적팀 TF 김지영'

그때였다. 렌즈가 빙그르르 돌아가더니 태영을 보았다. 밑의 스피커에서 목소리가 흘러나왔다.

"안녕하세요."

태영은 뒷걸음쳤다.

"저게 사람이야, 로봇이야?"

그러자 목소리가 웃었다.

"제 이름은 김지영이고, 저희 팀에서 기술 쪽 담당하고 있어요. 저도 이 팀 소속 멤버이긴 한데, 사정상 마음대로 왔다 갔다 할 순 없어서요. 몸 문제 때문에요. 사과드릴게요."

카메라가 아래로 꾸벅 고개를 숙였다. 남희는 웃으며 카메라를 손으로 쓰다듬었다.

"지영이가 보기엔 좀 이래도, 실력 하난 완전 제대로예요."

"그래, 반갑습니다."

태영이 말했다.

"저도요. 손이 없으니 방금 막 악수했다고 쳐 주세요?"

간단한 팀원 소개가 끝난 후, 태영은 잠시 의자에 앉아 쉬었다. 남희가 건넨 커피믹스를 한 모금 마셨다. 당분이 들어오자 눈앞이 확 밝아지는 기분이었다.

"그래서, 저희 팀 첫인상은 어때요? 백 점 만점에 대충 몇 점?"

남희가 물었다. 태영은 무시하고 커피믹스를 다시 한 모금 들이켰다. 그냥 잠시 좀 내버려두면 덧나나. 그때 덜컥 소리와 함께 문이 열렸다. 동시에 익숙한 목소리가 들렸다.

"굿 모닝, 태영 씨."

형배였다. 황토색 바바리코트 차림의 그는 입고 있던 옷을 의자 위로 획 던지며 말했다.

"자, 자. 다들 일로 모여 봐. 태영 씨도요."

모두 모이고, 잠시 침묵이 흘렀다. 형배가 먼저 운을 뗐다.

"태영 씨가 온다는 건 사전에 얘기 다 해 뒀는데. 어때요. 애들이, 잘 맞이해 줬어요?"

"아, 예. 물론이죠."

"역시 좀 어색하죠? 이상하기도 하고?"

남희가 따지듯이 불쑥 끼어들었다.

"근데 태영 아저씨, 약간 벽 치는 느낌? 우리가 좀 싫나 봐."

"벽 치는 게 아니라 니들이 부담스러워서 그럴 거다. 그렇죠, 태영 씨?"

딱히, 하고 태영은 중얼거렸지만, 실은 그의 말이 백 퍼센트 맞았다. 형배는 팔짱을 끼고 실실 웃었다.

"뭐, 부담스럽거나 어색한 건 일하면 자연스레 풀릴 거야. 본격적으로 시작하기 전에, 태영 씨 혹시 뭐 물어볼 거는 없지? 개인적으로 궁금한 거라든가."

"아무거나 질문해도 됩니까?"

"태영 씨. 지금부터 태영 씨는요. 우리 식구예요. 진짜 부담 없이 아무거나 막 물어봐도 돼."

태영은 머뭇거렸다. 이걸 지금 묻는다면 분위기가 어색해질 것은 분명했지만, 알아야만 했다. 사실상 자신이 여기 오게 된 거의 유일한 이유니까.

"그럼 승연 씨가 왜 죽었는지, 그거 관련해서 좀 알려 주세요. 대체 왜 그렇게 된 겁니까?"

아니나 다를까, 분위기는 곧장 싸늘해졌다. 다들 흘끔거리며 형배의 반응을 기다릴 뿐이었다. 잠시 목덜미를 만지작거리던 형배는 곧 이해했다는 듯이 끄덕였다.

"그래. 직접 보여 드리는 편이 낫겠네, 그건. 남희랑 제박. 프레젠테이션 준비."

말이 떨어지기가 무섭게 남희와 제박이 움직였다. 곧 사무실의 불이 꺼지며 온 공간이 무대처럼 변했다. 천장에 달린 빔 프로젝터가 벽의 스크린에 화면을 송출했다. 누군가의 컴퓨터 바탕화면이었다.

"카메라 세팅했고. 이제 지영이, 보여 드려."

브라우저 프로그램 하나가 화면 위에 떠올랐다. 어딘가 익숙한 프로그램 아이콘을 더블클릭하자 또 다른 프로그램 창이 떴다. I2P. 태영도 아는 단어다. TOR에 이어 두 번째로 널리 쓰이는 딥 웹 브라우저 중 하나. 복잡하다고 해서 건드릴 엄두조차 내지 않았는데. 곧 웹사이트 하나가 떠올랐다. 순백의 화면. 있는 거라곤 정중앙에 세워진 인간 모양 과녁판뿐이다. 딸깍, 딸깍딸깍, 딸깍. 화면 위의 마우스는 마치 모스 부호를 입력하듯 일정한 박자에 맞추어 딸깍거렸다. 모두가 화면을 보았지만, 아무런 일도 벌어지지 않았다. 돌연 총성이 들렸다. 깜짝 놀랄 만큼 큰, 현실적인 총성. 과녁판에 구멍이 연달아 생기더니, 피가 흘러넘쳤다. 과녁판은 삐그덕, 앞으로 요란한 소리를 내며 바닥에 널브러졌다. 과녁판 뒤에는 사람이 서 있었다. 과녁판 모양과 완전히 똑같은 모양의 남자였다. 게다가 과녁판은 일러스트 같은 느낌이 물씬 풍기는 데 비해 남자의 시신은 역겨울 정도로 현실적이었다. 실제로 죽은 누군가의 사진을 저기다 오려 붙인 듯. 소름이 돋았다. 프레이어스(PREYERS)라는 단어가 화면을 가득 채웠다.

"악취미네."

태영이 말했다. 형배가 고개를 저었다.

"저건 애굠니다. 아직 시작도 안 했어요."

곧 화면이 바뀌었다. 단어가 흐릿해지더니 메인 홈 화면이 떠올랐다. 프레이어스의 인터페이스는 전체적으로 유명 쇼핑몰이나 커뮤니티 사이트를 연상케 했다. 그만큼 여기저기 다양한 항목이 가득했지만, 유독 눈길을 끄는 항목이 하나 있었다. 메인 페이지 한복판, 그 정중앙에 독특한 형식의 게시판이 있었다. 다섯 명의 프로필 사진이 나란히 걸려 있었다. 밑에는 숫자가 있고, 그 오른쪽엔 KRW나 USD 같은 단위가 적혀 있었다. 누가 봐도 이건.

"현상 수배 포스터?"

태영이 말했다.

"혹시 이거, 청부업자 사이트입니까?"

"차라리 그러면 마음이 편하죠. 근데 아니에요."

형배는 화면을 지그시 노려보았다.

"놈들은요. 자칭 현상금 사냥꾼들입니다. 저건 소위 '수배범'들이고요."

딸깍. 홈페이지가 자동으로 갱신되더니 다섯 명의 남자 사진 중 하나가 다른 사진으로 바뀌었다. 워낙에 빠르고 사소한 변화라 혼자 착각을 한 건지 헷갈렸지만, 남희의 "어, 사진, 방금 바뀌지 않았어?" 하는 호들갑을 듣고 나서야 확신했다. 바뀐 게 맞구나.

문제의 사진은 네 번째 남자의 사진이었다. 몇 초 전까지만 해도 증명사진처럼 또렷했던 사진이 지금은 흐릿해진 상태였다. 표정도 마찬가지였다. 생기가 돌고 혈색이 넘치던 남자는 지금 창백했다. 눈을 게슴츠레 뜬 채 입을 벌리고 있다. 마약에라도 취한 것처럼. 지영은 사진을 클릭했다.

[완료된 건입니다]라는 알림창과 함께 사진이 한 장 떴고, 태영은 현기증이 일었다. 남자가 대체 어떤 일을 당했는지, 사진은 모든 것을 말해 주었다. 어딘가의 빌딩. 하얀 대리석 바닥 위에 남자의 머리만이 꼿꼿이 서 있다. 프로필 사진처

럼 멍하고 창백한 표정으로. 남자의 몸 중 그나마 성한 건 얼굴이었다. 그 밑으로는 아예 몸의 형체가 없었다. 간단히 말해 찢어발겨진 모습이었다. 빨간색 잉크에 푹 담근 두부를 바닥에 힘껏 집어던진 듯한 비주얼.

"더 끔찍한 게 뭔 줄 아세요?"

남희가 태영 쪽으로 몸을 기울였다.

"저 사진은 프레이어스 측이 확인용으로만 쓰고 없앤다고 해요. 우리가 보는 지금 저 사진이, 저 인간이 살면서 지구상에 남긴 마지막 모습인 셈이죠."

태영은 손바닥으로 얼굴을 벅벅 비볐다. 토악질이 일었다. 차라리 일루미나티를 발견했다고 주장하는 게 지금보다는 덜 충격적이리라. 제발 이 모든 것이 거짓이라면 좋으련만. 지금, 21세기 한국에서, 이런 일이 벌어지고 있다. 현실판 인간 사냥.

"저 사진은 누가 찍은 겁니까?"

태영이 물었다. 형배는 흘긋 사이트 화면을 보았다.

"남자를 '저렇게 만든' 놈들이겠죠. 이 사이트에서는 이른바 '인증샷'을 찍게 만들거든요. 누가 먼저 죽였는지, 어떻게 죽였는지, 시신 상태는 어떤지 사진 한 장이면 확인할 수 있으니."

"그렇다면 그 공무원도, 역시 프레이어스의 이용자?"

남희가 손바닥을 휘휘 저었다.

"노, 노. 그건 절대요. 나랑 제박이랑 몇 번이고 확인했는데, 그 인간은 레알 퓨어 바닐라예요. 진짜 닭 잡는 것도 못 보는 그런 인간? 승연 씨는 그런 사람이었어요."

"그래서 저희 팀 결론은, 일단 뭐가 됐던 입막음성 살인이다, 라는 건데. 문제가 있어요."

남희의 말을 이어받으며 제박이 말했다.

"뭘 입막음하려는 건지 도저히 모르겠다, 이거지."

이 둘, 티격태격하면서 이상하게 죽이 맞는구나, 태영은 그런 생각을 하며 이상한 사실을 하나 짚었다.

"그런데 고작 입막음하려고 목에 그 따위 장치를 건다니, 그것도 이상하잖아."

"뭐 새삼스럽게요. 한두 번도 아닌데."

"무슨 소리야?"

남희가 헙, 하고 입을 닫았다. 그녀는 죄송하다는 눈빛으로 형배를 쳐다보았고, 형배는 잠시 머뭇거리다 툭, 한마디 내뱉었다.

"됐어. 보여 드려."

"하지만,"

"보여 드리라고. 어차피 우리 아니어도 언젠가 보게 되실 테니까. 그럼 차라리 여기가 낫지."

잠시 후. 프레젠테이션 화면 위에서 마우스 커서가 움직였다. 마우스는 사이트의 한 항목을 더블클릭했다. 'RATS'

라는 단어였다. 잠시 후, 하얀 바탕이었던 사이트는 순식간에 검은색으로 물들었다. 물 양동이에 실수로 검정 잉크를 떨어뜨린 것처럼. 남희는 스크롤을 내렸다. 수많은 영상과 섬네일이 쏟아졌다. 온통 붉거나 검었다. 혹은 둘 다.

그중, 익숙한 섬네일이 있었다. 어둑한 밤, 음침한 골목길을 광각으로 보여 주고 있는 것. 더블클릭하자 영상이 시작되었다. 동식의 처절한 비명이 회의실 안을 쩌렁쩌렁 울렸다. 태영은 화면을 멍하니 보았다. 남희는 바닥에 눈을 내리깔았고, 제박은 영상에 관심이 없는 척 휴대전화를 만지작거렸지만, 불안한지 다리를 떨었다. 형배는, 태영을 지켜보았다. 현미경 위에 놓인 초파리를 관찰하듯, 유심히.

사실 영상의 내용 자체는 전혀 충격적이지 않았다. 이미 태영 자신이 현장에서 생생히 경험했으니까. 그보다 충격인 것은 이 영상이 '본보기'로 사이트에 업로드되었다는 사실, 그 자체였다.

태영은 회의실에서 나갔다. 문 두 개를 지나 복도를 가로지르자, 끝에 문 하나가 있었다. 흡연 구역. 문을 열었다. 상쾌한 바깥 공기가 콧속으로 파고들어 왔다. 땀에 젖은 손으로 철제 난간을 붙잡았다. 난간이 머금은 냉기를 빨아들이고 나서야 정신이 현실로 돌아왔다. 현실로. 견딜 수 없을 정도로 끔찍한 현실로.

* * *

"하십니까?"

태영은 끄덕였다. 감사합니다, 중얼거리며 한 개비 받아 들었다. 담배에 불을 붙였다. 심장 박동이 조금씩 느려졌다. 축 늘어진 채 앞을 보며 연기를 내뿜는데 마침 올 때 보았던 불에 그을린 인쇄소가 보였다.

"그 개 목걸이는, 회원 놈들만 쓰는 겁니까?"

태영이 물었다.

"조인트 말이죠. 현재로선 일단 그렇습니다. 아직 다른 나라에서 보고된 범죄 사건 중 비슷한 사건은 하나도 없어요. 다행인지 불행인지."

"이해가 안 돼요. 사람을 죽일 거면 얌전하게 총이나 칼을 쓰지, 대체 왜?"

"사람을 죽이려고 만든 물건이 아니거든요."

형배는 어느새 두 번째 담배를 꺼내 물고 있었다. 꽁초 끝을 빨아들여 다른 담배에 불을 붙인 다음 태영에게 건넸다.

"조인트는 사실 처형용이라기보다 일종의 견제 장치입니다. 착용자의 대부분은 저 사이트 이용자거든요. 프레이어스 희생자 중에 저 고리를 착용한 사람은 정말 극히, 극히 드뭅니다."

"그러면 대체 왜 만든 겁니까?"

"규칙. 규칙을 위해서죠. 현상금을 받고 싶다면, 프레이어스 이용자들은 사냥 동안 반드시 목걸이를 착용해야 합니다. 프레이어스 측이 실시간으로 참가자들의 위치를 확인할 수 있어야 하니까요. 목걸이 안에는 각종 최첨단 장치가 들어 있어요. 초소형 수신기부터 도청기까지…, 전부."

형배가 어깨를 으쓱였다.

"근데 솔직히 말하면, 저도 이해가 잘 안돼요. 왜 저런 장치를 만들었을까 궁금한 건 태영 씨와 마찬가지고. 그래도 이것만큼은 확실해요. 강렬한 퍼포먼스. 잘린 머리가 주는 원초적인 공포랄까, 그런 거 있잖아요. 내가 마음만 먹으면 너를 이렇게 만들 수 있어, 그런."

순간 손가락 사이가 따끔했다. 넋 놓고 설명을 듣느라 담배가 타들어 가는 것을 깜빡해 버렸다. 태영은 손을 털었다. 꽁초는 바람을 타고 저 멀리 날아가더니 폐공장 앞에 툭 떨어졌다.

"혹시 사이코패스들입니까? 감정을 못 느낀다거나."

"물론 사이트 특성상 그런 인간도 없지 않겠죠. 그렇지만 의외로 정상인도 많습니다. 게다가, 목걸이가 웬만해선 작동하지 않는다는 사실 역시 이용자들 본인이 알아요."

"아무리 그래도, 목에다 그런 걸 건다는 행위 자체가, 도무지 이해가 안 가는데요."

"태영 씨. 인간은 적응의 동물 아닙니까. 아무리 무서운 공포 영화라도, 계속 반복해서 보면 익숙해지기 마련이죠. 이 목걸이도 마찬가지 아닐까요. 운영자도 아마 그 사실을 알았을 겁니다. 슬슬 약발이 떨어지던 참에, 이런 공무원 사건 같은 '양념'을 뿌렸다면? 다들 바싹 긴장하도록 말이죠. 잊지 마, 너희 목에 걸린 것은 여전히 처형 장치다, 물론 그냥 제 생각이지만."

태영은 끄덕였다. 완전히 말이 안 되는 소리도 아니다. 공포를 이용해 조직원을 통제하는 행위는 자주 눈에 띈다. 마약 카르텔이나 과격 무장 단체들은 여전히 힘을 과시하고자 인터넷에 '처형 영상'을 뿌리지 않는가. 4K 화질로.

태영이 사무실로 돌아오자 팀원들은 스마트폰이나 태블릿의 화면 공유 기능을 켜 각자의 화면을 하나로 연결했다. 형배의 컴퓨터 화면을 메인 삼아 본격적인 회의를 진행했다. 잠시 후, 문서가 공유되었다. 〈TF_프레이어스_조사일지.hwp〉라고 적힌 파일 안에는 그들이 지금까지 프레이어스에 관해 조사해 온 내용이 적혀 있었다. 남희의 작품인 이 문서 안에는 사이트의 규칙부터 역사까지 정리되어 있었다. 딱하나, 치명적인 부분을 제외하고. '용의자 후보' 항목. 주 운영자 옆에는 그저 물음표 마크만 딸랑 있었다.

"그런데, 프레이어스에는 대체 방금 어떻게 접속한 겁니까?"

태영이 물었다. 형배가 뭔 소리냐는 듯 눈을 크게 뜨자 태영은 다시 한번 설명했다.

"보안이 이렇게 뛰어난 사이트인데, 우리는 방금 어떻게 접속한 거냐는 말이죠."

형배는 테이블 위 카메라를 흘긋 보았다.

"뭐, 그쪽은 지영이 담당이잖아. 지영 씨?"

잠시 마이크에서 잡음이 들리더니 지영의 목소리가 들렸다.

"그게, 프레이어스 초창기 때 계정을 만들어 놨거든요. 그땐 보안이 허술했어요. 게다가 지금처럼 '살인 인증'이 복잡하지도 않았고. 쉽게 속일 수도 있었죠."

살인 인증. 프레이어스에 가입하기 위해 해야 할 필수 미션 중 하나, 라고 문서에 쓰여 있었다. 살아가면서 적어도 한 번쯤 마주쳤을 '죽여 마땅한 인간'을, 운영자의 인증 과정을 거친 후 죽인다. 자살로 위장하든 토막을 내든 상관없다. 단지 저지르고, 무사히 빠져나오기만 하면 된다. 그러면 프레이어스의 회원 자격이 주어진다. 이 인증 과정은 과거에도 있었고, 지금도 그대로라고 한다.

"살인 인증이 복잡하지 않던 때가 있었다고요?"

"예. 다들 그런 시절이 있잖아요. 프레이어스도 마찬가지예요."

지영의 화면이 모두의 화면에 일시적으로 공유되었다.

프레이어스의 과거로 추정되는 화면. 확실히 지금과는 달리 인터페이스도 조잡하고 단순하다. 지영이 입을 뗐다.

"3년 전, 프레이어스 사이트는 큰 개편을 했어요. 프레이어스의 역사는 그 전후로 나뉜다고 해도 과언이 아니죠. 개편 전에는 사실 누구나 사이트에 가입할 수 있었어요. 운영자를 통해 본인 인증을 하고, 살인 인증을 마치면 됐죠. 그들로선 간단한 상호확증파괴 정도면 됐던 거죠."

프레이어스는 사용자의 약점을 쥔다. 그렇다면 사용자는 무엇을 쥘까? 이 질문에는 사실 함정이 있다. 전제 자체가 잘못됐다. 그도 그럴 게 그들은 굳이 무엇을 쥘 필요가 없다. 프레이어스의 가장 거대한 약점은 프레이어스의 존재 그 자체니까.

"근데 우리 팀이 가지고 있는 계정은, 저거 하나인가? 더 없어?"

태영이 물었다. 남희가 입을 부루퉁하게 내밀었다.

"물론 저희야 만들려고 노력은 했죠. 지영이 아이디가 영원히 계속될 거라고 기대도 안 했고, 우리도 우리 나름대로 백업이 있어야 하니까. 그런데 그놈의 '살인 인증'이 복잡해진 거 있죠. 살인이 났다는 인증을 위해 뉴스 기사까지 스크랩해 와야 하고, 현장 인증샷까지 찍어 오잖아요. 가입 하나 하자고 사람을 진짜 죽일 수도 없는 거고."

"남희야, 난 너의 가능성을 믿어. 충분히 하고도 남아, 너라면.”

남희는 제박의 말을 무시했다.

“하여튼, 그렇게 답답해하고 있던 그때 형배 팀장님이 나름의 해결책을 들고 온 거죠.”

그 해결책이란 다름 아닌 사법 거래였다. 몇 년 전. 경찰 측은 10년 이상의 징역형을 받은 범죄자 중 모범수 몇몇을 선정했다. 그중 후보자를 선정해 사법 거래를 제안했다. 감형을 해줄 테니 일정 동안만 ‘죽은 듯이’ 있어 달라. 남양주에 있는 국가 소유의 안전 가옥에서 밥 먹으면서 몸 납작 깔고 지내면 된다. 공짜 숙식에 돈까지. 그들로선 거절할 수 없는 제안이었다. 모범수들은 대부분 사법 거래에 동의했다. 모든 것이 순조로웠다. 문제가 생기기 전까진 말이다.

“내부 정보가 유출된 거예요.”

남희가 말했다.

“다행히 지영이의 아이디는 안전했지만, 추가된 아이디는 전부 삭제됐어요. 보안도 갑절로 철저해졌고요. 게다가 X는, 아, 지금부터 운영자를 X로 칭할게요. 예전보다 더 독단적이고, 잔인해졌죠. 조인트도 한 3년 전쯤인가 뜬금없이 튀어나온 거예요. 쥐새끼들 탭도, 연대책임제도.”

연대책임제. 보증인 2명이 있어야 사이트에 가입할 수 있다는 프레이어스의 기본 원칙이다. 만약 누군가 기밀 정보를 유출해 사이트의 정체가 들통난다면, 그 보증인 2명은 누출

자와 함께 본보기로 처형당한다. 상황에 따라 보증인의 보증인도 포함한다.

"사이트의 성장에 너무 치명적인 정책 아니야? 거의 폐쇄적인데."

태영이 말했다. 제박이 고개를 저었다.

"일반 웹사이트 기준이죠. 얘들은 오히려 폐쇄적으로 가는 방향이 맞아요. 새 가입자를 끌고 온 보증인에게는 일정 금액을 지급하는데, 이게 장난 아니거든."

"회원들의 반발은, 뭐 장난 아니었겠네?"

남희가 끄덕였다.

"맞아요. 하지만 프레이어스측의 반응은 이랬어요. 절이 싫으면 중이 꺼져라. 그 당시엔 이미 적잖은 사람이 프레이어스에 의지하며 돈을 벌고 있었어요. E급 임무를 자잘 자잘 해결하며 짬짜미를 버는 인간부터, A급 임무만 노리며 한탕에 죽고 사는 놈들까지. 사이트는 누군가의 삶에 없어서는 안 될 요소가 된 뒤였죠."

태영이 입을 다물고 침묵했다. 많은 정보를 머릿속에 입력하느라 관자놀이가 욱신거렸다.

"그래서 현재 가입자는, 총 몇 명?"

"대략 218명. 하지만 꾸준히 늘어나고 있어요. 현재 진행형이죠."

"이게 한국에서 벌어지고 있다고…?"

태영이 중얼거렸다. 질문이라기보다는 체념에 가까웠다.

"얼른 막아야지. 수출까지 돼서 국가 망신당하기 전에."

형배가 말했다. 그는 잠시 태영의 눈치를 보더니 한마디 덧붙였다.

"그래서 말인데 태영 씨, 혹시 우리 좀 도와줄 수 있을까?"

3

　면회실. 태영은 몸을 살짝 움직였다. 편한 자세를 잡으려 해도 쉽지가 않았다. 의자가 워낙 고물인 탓이다. 한숨을 쉬며 주변을 훑어보았다. 칙칙한 분위기가 감도는 취조실이, 딱 80년대 형사 드라마에나 나올 법한 느낌이다. 태영은 턱을 긁적였다. 구남 교도소라니. 소문만 들어 봤지 여길 직접 온 적은 처음이다. 중범죄자들이 여기 수용된다고 들었다. 교도관들에게도 기피 대상 1호인 교도소라니, 말 다 했지.

　기다린 지 5분 정도 되자 육중한 철문 소리와 함께 푸른색 수감복 차림의 남자가 들어왔다. 이 남자였다. 오늘 태영이 공략할 대상. 오민혁. 그의 전체적인 첫인상은, 은근히 말랐네, 였지만 자세히 보니 근육이 붙을 곳에는 나름 다 붙어 있었다. 최소한의 자기 관리 정도는 하는 모양이었다.

　태영은 일어서서 민혁에게 손을 내밀었다. 어색한 악수를 마친 후, 둘은 각자 의자에 앉았다.

　"일단, 말부터 놔도 될까요? 거의 제 아들뻘이라. 물론 불편하면 말고."

　"마음대로 하세요."

　민혁은 경계 어린 시선으로 태영을 노려보았다.

　"근데 저기, 혹시라도 사건 관련해서 물어보시는 거라면, 변호사 불러 주세요. 변호사 없으면 한마디도 안 할 겁니다. 정말 한마디도요."

"어? 근데 방금 했잖아, 한마디."

"여기 농담 같은 거 하러 온 거 아닌데."

태영은 묵묵히 고개를 끄덕였다. 자세를 고친 다음 의자를 테이블에 한껏 끌어당겼다.

"그나저나 말이야, 변호사는 굳이 필요 없을 거다. 이거 진짜 간단한 대화거든."

"제가 그걸 어떻게 알아요?"

"내 말 몇 마디 들어 보고, 아니다 싶으면 언제든 밖에 있는 교도관 불러. 네가 원할 때 언제든지 돌아가도 돼. 어때?"

민혁의 표정에 긴장이 조금 사라졌다. 선택권이 있다고 생각하니 조금은 숨통이 트이는 모양이다. 잠시 손가락을 테이블 위에서 꼼지락거리다 입을 열었다.

"뭐가 궁금하신 건데요, 그래서? 사건의 내용?"

민혁이 말하는 '사건'은 다름 아닌 '고양시 오정 삼거리 뺑소니 사건'을 말한다. 피해자는 48세 김규택. 유력 용의자는 30대 초반인 오 모 씨. 눈앞에 앉아 있는 이 남자, 오민혁.

몇 달 전의 일이다. 밤 12시 42분. 규택은 동네 구멍가게에서 컵라면과 소주 두 병을 산 후 집으로 향했다. 콧노래를 흥얼거리며 골목길을 도는데 우르릉, 갑작스럽게 엔진음이 울려 퍼졌다. 뭐지 싶어 고개를 돌린 순간, 차 한 대가 전속력으로 그를 들이받았다.

충돌 직후, 규택은 아직 살아 있었다. 만약 누군가 그 즉시 현장을 신고했더라면, 규택은 살았으리라. 운전자는 그러지 않았다. 그냥 시동을 다시 걸고는 그 자리를 유유히 떴다. 마치 아무 일도 벌어지지 않았다는 듯. 현장에 설치된 CCTV 덕에 범인은 하루도 지나지 않아 검거되었다. 체포 당시, 민혁은 여전히 술이 덜 깬 상태였다고 한다.

여기까지만 보면, 사실 흔한 뺑소니다. 욕먹을 놈과 동정을 받을 사람이 이미 정해진 그런 사건.

상황이 반전된 것은 김규택의 정체가 밝혀진 직후다.

전과 35범인 그는 유치장에서 나온 지 고작 일주일도 채 되지 않은 상태였다. 성폭행부터 강도까지 두루두루 모든 범죄를 섭렵했지만, 주특기는 그중에서도 바로 절도였다. 사건 직후, 경찰은 그의 집을 조사하던 중 장판 밑에서 빈 공간을 발견했다. 그 속엔 온갖 금품이 산더미처럼 쌓여 있었다. 판타지 소설 속 용의 보물 창고처럼. 며칠 후, 뺑소니 사고 직전까지의 그의 행적이 재구성되었다. 간단히 말해 강도와 절도의 연속이었다. 사고를 당한 당일까지도 그는 강도질을 계속했다. 해당 뉴스 기사가 올라오자 온갖 댓글이 달렸다. '술 처먹고 운전대 잡은 놈은 용서 못 한다'부터, '착한 살인이니 그냥 봐주자' 따위의 내용까지.

얼마 뒤 재판이 열렸다. 재판부의 선고는, 가벼울 거라는 모두의 예상을 깨고 10년형. 중형이 나온 이유는 두 가지였다. 심신미약이 인정되지 않은 것, 그리고 최근 들어 증가하는 음주 운전 추세에 경종을 울리기 위함이라는 것.

재판 처음부터 끝까지 민혁은 한마디도 하지 않았다. 그런 태도는 감옥에서도 마찬가지였다. 그저 묵묵한 태도로 형기를 채울 뿐이었다. 그 흔하디흔한 항소도 한 번 하지 않고.

"여긴 왜 오셨냐고요."

민혁의 말에 태영은 뒤늦게 현실로 돌아왔다.

"아, 그게, 내가 네 비밀을 알거든."

"네?"

"명백한 고의였잖아. 그 뺑소니 사건."

민혁의 표정이 굳었다. 최대한 무표정을 유지하려고 그는 애썼다.

"증거, 증거 있어요?"

벌써부터 증거를 찾다니. 태영은 속으로 웃었다.

"물론 확실한 물증은 없어. 하지만, 그 사이 네 주변을 조금 조사 해 봤거든."

태영은 수첩을 꺼냈다. 손가락에 침을 묻힌 다음 페이지를 팔락팔락 넘겼다.

"네 어머니, 많이 아프시더라. 만성 심부전이라며. 모 대학병원에 현재 입원 중이시고?"

민혁은 대답하지 않고 그를 계속 노려볼 뿐이었다. 태영은 아랑곳하지 않고 수첩 위의 숫자를 볼펜으로 툭툭 두드렸다.

"만성 심부전의 경우, 완치까지 드는 비용은 아무리 적게 잡아도 천오백이라더라. 네 어머니는 평소 보험도 안 드셨으니, 아마 금전적인 부담이 더 컸을 거야. 맞지?"

태영은 앞으로 몸을 숙였다.

"현실을 따져 보자. 너는 지금 수감 중이야. 버는 돈도 없어. 저축해 놓은 돈? 물론 네가 수감 직전까지 두 탕씩이나 알바를 뛰었다는 건 나도 아는데, 그렇다고 단시간에 천오백이 마법처럼 생겨날 수 있나. 내가 무슨 소리를 하려는지 감이 와?"

민혁은 고개를 저었다. 태영은 볼펜을 테이블 위에 툭 내려놓았다.

"네 어머니 치료비는, 지난 3개월 전부터 꾸준히 송금되고 있었어. 한 번도 빼먹지 않고 당일마다 일시불로. 자, 이게 어떻게 된 거야?"

"할 말 없습니다. 가 볼게요."

민혁이 일어나려던 그때였다.

"너 프레이어스 알지?"

태영이 그 단어를 내뱉은 순간, 민혁은 엉거주춤한 자세 그대로 굳어 버렸다.

* * *

　하루 전. 형배가 입을 열었다. "이건 태영 씨만 할 수 있는 건데," 하고 운을 떼며.

　"우리가 지금 쓰고 있는 시나리오가 하나 있어. 큰 건이야. 그런데 이걸 하려면은, 우리에게 장기 말이 하나 더 필요해. 말도 잘 듣고 행동도 잘 하는 빠릿빠릿한 장기 말. 언더커버. 써먹으려고 미리 봐 둔 사람이 몇 명 있어. 그중에서도 유독 마음에 드는 놈이 하나 있거든."

　형배가 노트북 화면을 두드리자 모두의 컴퓨터 화면 위로 일제히 자료가 떴다. 전부 한 남자에 관한 정보였다. 남자의 얼굴은 화면 오른쪽 구석에 있었다. 날렵하고 중성적인 느낌의 남성. 얼핏 보고 20대 후반 정도인가 짐작했지만, 아니었다.

　"이름 오민혁. 나이 서른둘. 현재는 일명 '고양시 오정 삼거리 뺑소니 사건'으로 구남 교도소 복역 중. 선고받은 징역은, 10년."

　태영은 민혁의 리포트를 유심히 보았다. 액션 스쿨에서 스턴트맨으로 분한 경력도 조금 있다. 다시 말해 싸움이 어느 정도는 된다는 뜻일까? 여전히 이해가 가지 않았다. 왜 굳이 이 인간이어야 하는지. 그런 마음을 눈치챈 건지 형배가 입을 열었다.

"맞다, 이놈. 프레이어스 회원이야."

"네?"

"한 6개월 전인가. 프레이어스에 현상금 수배가 올라온 적이 있어. 타깃의 이름은 김규택."

"설마 이것도 프레이어스 사건 중 하나?"

형배가 끄덕였다.

"당시 우리도 모니터링을 하고 있었어. 그리고 김규택한 테도 경고했지. 당분간은 집에 좀 처박혀 있으라고. 그런데 그 인간은 들은 척도 안 했어. 결국 그 꼴을 당한 거고."

태영은 침을 삼켰다. 그러면 그 사건은 심신미약도, 미필적 고의도 아닌,

"알겠어? 이건 명백한 살인 사건이야. 그럴 경우 형량이, 그야말로 차원이 달라진다고. 그게 바로 우리가 가진 협상 카드야. 태영 씨. 우리 진짜 좋은 패를 쥔 거라니까."

* * *

민혁은 눈을 마주치지 않았다. 대신 눈동자를 사방팔방 이리저리 정신없이 굴려댈 뿐이었다.

"CCTV나 도청기라도 있을까 봐 그래? 없어. 걱정하지 마. 편하게 말해."

"대체 어떤 이유로,"

민혁이 입을 뗐다.

"아니 무슨 목적인지 모르겠지만, 소용없어요. 안 통해요. 그러니 그냥 가 주세요."

태영은 잠시 민혁의 얼굴을 빤히 보았다. 취조할 때, 태영은 보통 심문 대상을 두 부류로 나눈다. 아무리 설득해도 절대 넘어오지 않을 놈. 그럴 여지가 있는 놈. 만약 전자일 경우 쓸데없는 노력은 접고 빠르게 포기하는 편이 낫다. 상황을 뒤집을 증거가 나오지 않는 이상 보통은 에너지 낭비니까. 후자일 경우라면 말이 다르다. 몇 시간은 기본이고 며칠이 걸리더라도 밤을 새워 몰아붙인다. 상대방이 너덜너덜해져 모든 정보를 쏟아 낼 때까지. 한데 민혁은 어떤 부류인지 도무지 종잡을 수 없었다. 어쩔 땐 확고한 듯 보이다가도 어쩔 땐 불안의 극단을 달렸다. 거짓말 탐지기를 손가락에 매달았다면 결과지는 아마 새카맣게 나왔으리라. 양옆으로 미친 듯이 왔다 갔다 하느라.

그래, 이쯤 하면 할 만큼 했다.

"알았다, 그래. 갈게."

태영이 일어서며 말했다. 민혁은 움찔했지만, 단지 그뿐이었다. 묵묵히 끄덕였다. 아쉬운 마음을 뒤로하고 손을 뻗어 취조실 문손잡이를 잡았다.

"근데, 해 주고 싶은 얘기 하나가 있거든, 나가기 전에."

태영이 뒤를 돌아보았다.

"아까, 병원이랑 얘기해 봤다. 비록 치료를 받는다고 한들, 1년이 최대라면서? 네 어머니. 수술을 받으셔도 상태가 그렇게 심각하다던데. 듣기 힘들더라."

"알아요. 안 짚어 줘도 돼요, 굳이."

"어머니 전화는 왜 거절한 거야?"

"뭐요?"

"어머니가 전화를 여기로 자주 걸었던데, 여기 기록을 보니 거는 족족 거절한 걸로 되어 있어서. 대체 왜 그런 거야?"

민혁은 침묵을 지켰다. 죄책감 어린 얼굴로 땅을 노려볼 뿐이었다. 태영이 말을 이었다.

"어머니는 뭘 원할까? 네가 새 인생 살아가는 거 원하지 않을까? 찰나의 실수로 평생 범죄자 낙인 붙은 채 살아가야 하는 아들놈, 이 세상에 남겨 두고 편하게 가실 수 있을까?"

"방금 본인 입으로 말했잖아요. 낙인이라고. 이미 찍힌 낙인은 되돌릴 수 없어요."

"성형이 있잖아, 한국에는."

다시 농담한 거로 생각했는지 민혁은 인상을 찌푸렸다. 태영은 진지했다.

"완전히 지울 순 없어도, 딴 걸로 덮을 순 있어. 우린 그걸 도와줄 수 있고. 만약 네가 우릴 돕는다면, 나도 최선을 다해 널 도와줄게. 새 인생 살 수 있도록."

고민한 끝에 한마디를 더 덧붙였다.

"네가 어머니 임종은 지킬 수 있도록."

긴 정적. 민혁은 몸을 떨었다.

"물론 공짜는 아니겠죠?"

"새 인생을 살고 싶다면, 인생을 걸어야지."

사냥꾼들

1

"못 하겠어요."

몇 번의 심호흡 끝에 민혁은 가까스로 그 말을 내뱉었다.

"뭐?"

태영이 얼이 빠져 중얼거렸다. 잘못 들은 게 아닌가 싶어 귀를 의심했다.

"못 하겠다고요, 너무 위험하잖아요. 자살 행위에요, 이 건."

서울 강서구의 고층 빌딩, 14층. 엘리베이터 옆에 오렌지색 대형 로고가 서 있다. 'BNB'. BitNeBula. 태어난 지 5개월도 채 안 된 신생 비트코인 거래소다. 솔직히 '사짜' 느낌이 물씬 풍긴다고 태영은 생각했다. 그렇지만 조사해 보니 엄연히 상장까지 한 기업이었다. 게다가 어느 정도 돈을 만진 모양인지 2주 전부터는 14층 전체를 빌려 쓴단다. 그 14층 엘리베이터 근처에 있는 남자 화장실. 청소 도구 칸 안에서 민혁은 몇십 번은 잠갔다 풀었다 하며 총의 안전장치를 딸깍였다. 그러다 내뱉은 첫 마디. "못 하겠어요."

"미친 새끼가."

TF. 사무실. 잠시 멍하던 태영이 마침내 중얼거렸다.

벽에는 언제나처럼 프로젝터 화면이 송출되었다. 민혁이 쓰고 있는 안경에는 초소형 고프로 캠이 상착되어 있다. 민혁이 보는 것은 TF팀도 볼 수 있다. 그리고 지금 팀원들은 목격하고 있었다. 계획의 처참한 실패를.

민혁의 갑작스러운 포기 선언에 팀원들은 단체로 신음을 흘렸다. 남희는 손으로 입을 가렸고, 제박은 너털웃음을 흘렸으며 태영은 길고 긴 한숨을 쉬었다.

"철수할게요? 지금이면 안 늦었잖아요, 예?"

민혁이 말했다. 태영은 착잡해서 형배를 보았다. 형배는 잠시 턱을 긁었다.

"일단 태영 씨가 결정해. 후폭풍은 내가 최대한 막아 볼 테니까."

하필 이럴 때 떠넘기기냐. 그런 형배가 원망스러웠지만, 일단 눈앞에 있는 불부터 끄는 게 먼저였다. 태영은 재빨리 입에 마이크를 댔다. 뭐라 당장 말이라도 해야 하는데 도저히 목소리가 나오지 않았다. 민혁의 "너무 위험하잖아요. 자살 행위에요"라는 말은 반은 맞고 반은 틀렸다. 자살 행위까진 아니더라도 이 미션이 극도로 위험한 것은 엄연한 사실이다. 실패할 가능성이 높다. 물론 그런 위험 부담을 감수하겠다고 한 건 그 누구도 아닌 본인이지만.

잠시 생각한 끝에 태영은 결심했다. 아쉽지만 어쩔 수 없다. 남의 목숨이 걸린 일인데 그 일을 누군가 강제로 결정한다니. 그건 옳지 않다. 철수 명령을 내리려던 그때였다. 형배가 그의 손에서 마이크를 휙 하고 낚아채더니 소리쳤다.

"잘 들어, 오민혁. 이 멍청한 새끼야. 너 지금 거기서 물러나는 게 진짜 자살 행위야. 알아? 게임 시작까지 15분 남았어, 15분. 만약 네가 그 자리에서 떠난다면, 프레이어스 측에서 뭐라고 생각할까? 어? 게임도 참가 안 하고 근처에서 얼쩡거리다 튄 새끼를, 걔들이 과연 의심 안 할까? 그냥 보내 줄 것 같아?"

태영은 어이가 없었다. 결국 이럴 계획이었구나. 자신이 책임지겠다니 뭐니 하던 건 그냥 개소리였던 거다. 화면을 보자 민혁의 시야가 벌벌 떨리고 있었다. 공포에 질린 것이 분명하다. 동정심이 일었지만, 엄밀히 따지면 형배의 말 또한 틀린 것도 아니었다. 지금 와서 포기한다면 어떤 형태로든 프레이어스의 눈에 띄게 될 것은 분명하다. 그러면 의심을 사게 된다. 언더커버로서의 이용 가치는 바닥으로 떨어진다. 형배가 손바닥으로 이마의 땀을 쓱, 훔쳤다.

"지금 네가 거기서 안전하게 나올 수 있는 방법은 딱 하나야. 최소한 임무를 하는 척이라도 하다가 탈출하는 거."

"하지만,"

"오민혁, 다시 말하지만, 우리는 절대 강요한 적 없어. 너한테 이 짓거리 하라고 강제로 시킨 거 아니야. 네가 직접 하겠다고 한 거잖아. 어른답게 책임지라고. 징징대면서 여러 사람 민폐 끼치지 말고."

마지막 단어로 향할수록 형배의 목소리에는 짙은 분노가 묻어 나왔다. 잠시 정적이 흘렀다.

"알았어요. 알았다고요."

민혁이 체념한 목소리로 중얼거렸다. 민혁은 장전을 마친 뒤 총을 허리춤에 쑤셔 넣었다. 청소용 캐리어를 끌며 밖으로 나갔다. 걸음을 옮기며 미션 내용을 다시 한번 되새겼다. 할 일은 단순하다. 엘리베이터 문이 열리자마자 '그 남자'를 쏘는 것. 민혁은 캐리어에 걸어 둔 대걸레를 집어 들고 바닥을 문질렀다. 흘긋 엘리베이터 벽에 걸린 시계를 보았다. 현재 시각 오후 2시 55분. 남은 시간은 5분. 5분은 300초. 300초만 있으면 놈은 자신이 서 있는 층에 도착한다. 아니어쩌면 당장이라도. 제박이 말했다. 타깃이 예정보다 서둘러도착할 것 같다고. 1층에 멈춰 있던 엘리베이터 표시등 위로 화살표 버튼이 깜빡였다. 누군가 엘리베이터에 탑승한 뒤 올라오고 있다는 뜻이다. 곧 표시등의 숫자가 바뀌었다.

13층에서 멈춘 엘리베이터 숫자 위에는 여전히 화살표가 떠 있었다. 위를 향해. 이 엘리베이터의 마지막 목적지는 바로 이곳이다. 바로 이 발밑에, 그 타깃이 있다.

프레이어스에서 내건 15억짜리 타깃.

박태준.

처형 방식은 자유.

* * *

일주일 전, TF 사무실. 태영은 잔뜩 긴장한 채 시계를 바라보았다. 오전 10시 50분. 이제 10분 후면 민혁이 여기 이곳에 도착한다. 제박과 남희도 은근히 기대하는 눈치였지만, 딱 한 명은 이번 만남에 관심이 없는 분위기였다. 형배. 그는 아까 전부터 열심히 노트북을 두드리며 뭔가 계속 작업을 했다. 태영이 볼 때 그에게 있어 유일한 관심사는 오로지 둘뿐이었다. 작전의 설계와 성공.

민혁이 팀에 들어오기로 한 순간부터 형배는 쉬지 않고 작전을 설계했다. 태영도 작전 설계 과정에 간간이 참여하긴 했지만, 자주는 아니었다. 프레이어스 자체를 파고드는 것에 집중하느라 바빴기 때문이다. 사이트가 어떻게 생겨난 건지, 어떻게 지금에 이르렀는지 모든 것을 줄줄이 꿰어야 했다. 5일 정도 지나자 태영은 프레이어스에 관해 어느 정도 유창히 설명할 수 있을 정도가 되었다. 그럼에도 여전히 이해가 안 가는 점이 몇 가지 있었다. 민혁을 부른 것은 그래서였다. 전 이용자로서 뭔가 알고 있지 않을까 싶어서. 기왕이면 오랜만에 얼굴 보고 인사도 하고.

오전 11시, 민혁이 교도관을 대동한 채 TF 건물로 찾아왔다. 교도관은 '이상한 일이 있으면 곧장 연락하라'는 말을 백 번은 한 뒤에야 돌아갔다.

"왔어요, 민혁 씨?"

남희가 해맑게 말했다. 제박도 고개를 흔들며 꾸벅 인사했다. 태영이 인사를 건네려던 그때 눈앞으로 팔이 쑥 나와 민혁의 팔을 낚아챘다. 형배였다.

"운영자에 대해서 알아?"

"네? 운영자요?"

민혁이 눈을 크게 뜨더니 곧 웃음을 터뜨렸다.

"저는 그냥 눈팅 유저였어요. 운영자를 만날 만큼의 랭킹은 아니었고. 영자님 만나려면 제가 알기로 최소 5위권 안에는 들어야 하는데, 저는 100위 밖이라."

"5위권 안에 들면 운영자를 만나? 언제부터 그런 규칙이 있었어? 사이트엔 없었는데?"

형배는 흥분한 황소처럼 씩씩거렸다. 누군가를 들이받

을 태세였다.

"저, 저도 몇 달 전에야 들었어요. 저한테 프레이어스 소개해 준 녀석이랑 채팅하던 중에."

"그 녀석? 지금 그 녀석과 대화할 수 있나?"

"당연히 안 닿죠. 통수 맞은 이후로 그 자식이랑 완전히 연락 안 돼요."

*
**

Preyers.

프로 사냥꾼들을 위한 커뮤니티.

프레이어스는 정의를 추구하는 이들을 위한

최고의 온라인 플랫폼입니다.

당신, 혹은 당신 가족을 해친 자들.

혹은 소위 '법꾸라지'에 해당하는 모든 범죄자.

그런 놈들의 목에 우리는 현상금을 겁니다.

조용히 추적해 깔끔하게 제거합니다.

저희는 목표물을 놓치지 않습니다.

눈에는 눈. 피에는 피.

지구 끝까지 쫓아가는 한이 있어도

놈들이 반드시 처벌받게 만듭니다.

범죄자는 인간이 아닙니다.

마음껏 처벌해도 되는 동물입니다.

최상위 포식자들은 그들만의 규칙을 만듭니다.

사이트에 가입하세요. 규칙의 일부가 되세요.

같이 세상을 더 나은 곳으로 만듭시다.

Preyers: Where justice served cold.

X

*
**

"저기, 근데 민혁아. 나도 궁금한 게 하나 있는데."

"예예, 말씀하세요."

"여기 1위에 고스트는 누구냐? KC 뜻은 또 뭐고?"

태영이 민혁에게 건넨 태블릿 화면에는 실시간 '헌터'들의 순위가 있었다. 1위부터 100위까지 적힌 리스트. 각자의 닉네임 그리고 정체 모를 숫자가 표기되어 있다. 이름 옆에는 KC라는 약자가 적혀 있다.

"아, 킬 카운트(kill count)예요."

민혁이 말했다.

"킬 카운트?"

"게임 안 해 보셨어요? 몇 명이나 죽였나, 그거 말하는 거예요."

태영의 등줄기에 소름이 돋았다.

"얘는 32명을 죽였고, 얘는 125명을 죽였고, 그런 의미라고?"

"그런 셈이죠."

맙소사. 이렇게 땅덩이가 작은 나라에서 그리 쉽게 대량 학살을 저지를 수 있는 인간이 있을까. 125명이라니. 대체 무슨 수로 지금까지 들키지 않았단 말인가.

"랭킹을 보시면 알겠지만, 대부분은 길드 차지죠?"

민혁이 말했다. 태영은 혀를 찼다. 맞다. 그런 게 있었지. 길드. 프레이어스는 공식적으로 길드를 만들어 활동하는 것을 허용한다. 단, 한 팀이라는 조건 하에. 따라서 혼자 일하는 솔로 플레이어, 이른바 '영세업자'들에게 이 제도가 불리한 것은 사실이다. 어쩔 수 없다. 운영자 X가 정한 규칙이니까. 절이 싫으면 중이 떠나라.

"그럼 이 고스트란 놈도 길드 소속이겠네."

태영이 말했다. 민혁이 고개를 저었다.

"아뇨. 길드라면 이렇게 배지가 붙어요. 보이죠?"

민혁이 손가락으로 태블릿 위를 가리켰다. 이름 옆에 금 배지 같은 게 붙어 있다. 10위권까지 대부분의 닉네임 옆에는 배지가 있다. 딱 한 명 빼고.

"고스트, 그럼 얜 대체 뭐야?"

"보시는 그대로죠. 혼자 125명을 죽인 거예요. 아무 도움 없이, 혼자."

잠시 자리를 떴던 형배가 돌아와 다시 회의를 진행했다.

"여러 가지로 고민해 봤어. 민혁이 대체 너를 어떻게 해야 할지 말이야."

형배가 민혁을 보며 턱을 문질렀다.

"그런데 아무리 생각해도 한 가지 방법밖엔 없더라고. 그 방법이란, 바로 네가 인기 있는 길드에 들어가도록 우리가 팍팍 밀어주는 거지. 라인을 잘 타야 돼. 내가 볼 때 그것뿐이야."

"그건 알겠는데, 뭐 알아봐 두신 데라도 있어요?"

제박이 물었다.

"알아보려고는 했는데, 쉽지 않더라고. 경계심이 장난 아니야."

"당연하죠. 까딱 잘못했다간 연대 책임 꼬투리로 조직 하나가 날아갈 텐데."

형배가 큼, 하고 목을 가다듬었다.

"자, 우리 본론에 집중하자. 우리의 목표는 X를 잡는 거지? 문제는 이거야. X와 만날 수 있는 기회는 5위권 안에 들어야만 가능해. 민혁이 혼자서 5위권을 찍기란 현실적으로 불가능하고. 따라서 우리에게 남는 방법은 하나지. 5위권을 찍을 것 같은 길드에 찰싹 달라붙는 거. 다시 말해 라인을 잘 타는 거. 여기까진 다들 동의하지?"

모두 끄덕였다.

"따라서 우린 상위권 길드에 가입하는 걸 노려야 해. 하지만 지금 당장 온라인으로 놈들과 연락할 방법이 없어. 그러면 어떡할까. 내가 생각한 방법은 이거야. 민혁이가 한 건 시원하게 해결하는 거지. 뉴 페이스가, A급 미션을, 그 누구보다 먼저."

"농담, 이죠?"

남희가 불안한 표정으로 웃었다. 형배가 고개를 저었다.

"실제로 그렇게 가입 제안을 받은 애들도 몇몇 있어. 농담하는 거 아냐."

태영이 말을 끊었다. 듣다 보니 이상한 구석이 있었다.

"제안이 없으면요? 지들 밥그릇 뺏은 셈이잖아요. 빡쳐서 앙갚음이라도 하려 들면?"

"근데 그건 걱정 안 해도 될걸요."

제박이 말했다.

"사냥꾼끼리 서로 죽이는 거, 이 사이트에서 완전 금기 사항이잖아요. 똑같이 처형 대상이에요. 옐로카드로 경고 날리는 것도 없이, 곧장 레드."

"시작부터 애를 불구덩이에 밀어 넣을 셈이야?"

태영이 말했다.

"저는 괜찮아요."

태영이 깜짝 놀라 뒤를 보았다. 민혁이 자기 발끝을 주시한 채 가만히 서 있었다.

그는 조심스레 입을 열었다.

"일단 제가 하겠다고 했으니까요."

태영은 한숨을 쉬었다. 본인이 하고 싶다면 어쩔 수 없다.

민혁의 미션 참가가 정해지고 나자 형배는 남희에게 뭔가를 지시했다. 잠시 후, 남희가 물품실에서 웬 물건을 하나 들고 왔다. 첼로 케이스였다. 지퍼를 열자 안에서 총이 나왔다. 개량형 SRS-A2. 남희는 총을 꺼내 든 다음 탄창을 분리한 후 총알을 꺼냈다. 그것을 집어 들어 일행에게 자세히 보여 주었다. 총알은, 총알이 아닌 무언가였다. 물렁물렁했다. 오메가-3 영양제처럼.

"보다시피, 총 본체는 구분할 수 없을 정도로 진짜 같지. 하지만 가짜 총이야. 총알 대신 블러드 캡슐이 나가. 게다가 마취용 침도 부착되어 있어서, 맞으면 기절도 해. 겉으로 보면 그냥 총 맞아 죽은 그림이 되는 거지."

형배가 말했다.

"하여튼. 다시 요약하자면, 우리 미션은 이거다. 인기 많고, 주목받는 타깃을, 민혁이 먼저 처치하도록 만드는 거야. 자, 마지막으로 질문 있나?"

민혁이 살짝 손을 들었다.

"실수로라도 목표물을 죽이면, 저는 처벌 받습니까?"

"그건 걱정하지 마. 계획 외의 부수적인 피해만 조심

해 줘.”

“네.”

형배가 덧붙였다.

“그리고 박태준, 솔직히 걘 죽어도 싼 놈이잖아? 실수로 죽인다고 한들 누가 뭐라겠어?”

아무도 말이 없었다.

개인적으로 태영은 사형제에 반대했다. 누군가 타인의 목숨을 마음대로 뺏을 권리 따위 없다고 생각한다. 아무리 악마적인 놈이라 해도. 그렇지만, 이런저런 신념을 벗어 던지고, ‘정말 죽어 마땅한 사람이 있냐’라고 누군가 묻는다면, 이렇게 답할지도 모른다. 박태준이라고. 왜냐하면 놈은, 돌이킬 수 없는 죄를 저질렀으니까.

그 죄를 지금도 실시간으로 저지르고 있으니까.

2

"지금 저 새끼 뭐 하는 거야?"

형배가 모니터에 대고 소리쳤다. 그럴 만도 했다. 민혁은 게임을 준비하기는커녕 청소에 열중하고 있었으니까. 혼신의 힘을 다해 바닥을 빡빡 문질렀다.

태영은 눈을 질끈 감았다.

"결국 계획은 포기한 거네."

남희가 체념한 듯 중얼거리던 그때였다.

"다들 화면 좀 자세히 봐요. 민혁 씨, 괜히 포기한 게 아니니까."

지영이 말했다. 화면에 눈길을 돌린 태영은 곧장 입을 다물었다. 소녀의 티 없는, 해맑은 웃음소리가 스피커 너머로 울렸다. 태준이 엘리베이터 밖으로 데리고 나온 것은 다름 아닌 가족이었다. 두 여자. 아내와 딸.

"하필 오늘? 타이밍 죽이네, 진짜."

제박이 중얼거렸다. 마른침을 삼키며 태영은 모니터를 보았다.

"아빠, 완전 대박이다. 이런 곳에서 일한다고?"

화면 속 소녀가 흥분해서 폴짝폴짝 뛰었다.

민혁은 세 사람의 뒷모습이 복도 끝으로 사라지는 것을 보고 나서야 간신히 참았던 숨을 내뱉었다. 대걸레를 쥐고 있던 손에 힘을 풀었다. 어쩌지? 철수 명령은 아직 떨어지지 않았다. 이상한 건 그뿐만이 아니다. 사냥 시간이 되었지만, 사냥꾼들은 그림자도 비치지 않고 있다. 지금이 바로 절호의 기회일까. A급 타깃을 거의 공짜로 거저먹을 수 있는 기회.

민혁은 조심스레 사무실 쪽으로 향했다. 벽 너머로 슬쩍 고개를 내밀자 소녀가 보였다. 운동이라도 하듯 팔을 붕붕 돌리며 폰으로 사무실을 찍고 있다. 순간 소녀가 든 카메라에서 찰칵 소리가 들렸다. 사진에 찍히기 직전 간신히 몸을 숨겼다. 맙소사. 조금이라도 늦었으면 카메라에 찍혔으리라.

민혁은 심호흡을 한 다음 다시 고개를 내밀었다. 찰칵. 찰칵. 찰칵. 소녀는 연달아 플래시 소리를 터뜨리며 이곳저곳을 휘저었다. 그런 딸을 보며 엄마는 불안한 듯 중얼거렸다.

"딸. 빨리 사진 찍어. 아빠도 일하셔야 되니까. 사진만 찍고 나가기로 했잖아. 응?"

"알았어, 알았다고."

"아니야, 됐어. 천천히 찍어."

태준은 소녀를 사랑 가득한 눈으로 바라보고 있다.

"그나저나 완전 멋있다, 아빠 회사. 애들한테 엄청 자랑할 거야."

"그래, 우리 윤서. 친구들한테 실컷 자랑해, 실컷."

순간 태준이 딸의 옆구리를 팔에 끼더니 위로 번쩍 들어 올렸다. 비행기를 태워 주는 모양이다. 빙글빙글 돌자 소녀는 기쁨에 찬 비명을 내질렀다. 민혁은 그런 광경을 보자 속에서 울컥 뭔가가 치솟았다.

　태준은 포르노 제국을 운영하고 있다. 사이트의 이름은
퓨어포른(PurePorn). 말 그대로 '순수한' 이들만을 다루는 아
동 포르노 사이트. 저 쓰레기는 몇 년 전에 체포당했던 손정
우보다 더 전략적이고 치밀했다. 스타트업 기업이라는 허울
좋은 간판을 앞에 걸어 두고, 뒤에서는 온갖 검은 짓을 저질
렀다. 처음에는 영상의 중개와 판매만 담당하던 회사는 시간
이 지날수록 규모가 점점 커졌다. 결국 최근에는 직접 촬영
한 영상까지 올렸다. 스튜디오를 차려서.

　당장 이 층에서 돌아가고 있는 서버만 해도 하루 몇 테
라에 달하는 트래픽을 처리한다. 수많은 전기 신호들이 저
빌어먹을 서버 안에 들어갔다 나오며, 1초 1초마다 몇천 개
의 영상을 전 세계로 공유하고 있다. 더러운 손. 딸을 안으며
미소 짓고 있다. 그런 '아빠의 회사'를 친구들에게 마음껏 자
랑하라며.

　총을 쥔 민혁의 손에 다시 힘이 들어갔다. 그래, 해치워
버리자, 지금. 민혁은 숨을 죽이고 구석에서 빠져나왔다. 한
걸음, 한 걸음. 이윽고 태준 가족 앞에 당당히 섰지만, 정작
그들은 등을 돌리고 있느라 민혁이 온 줄 몰랐다. 민혁은 총
을 꺼내 앞으로 겨누었다. 태준의 뒤통수가 바로 눈앞에 있
었다.

탕.

몸이 그대로 얼어붙었다. 벌써 총성이 들릴 리 없었다. 아직 방아쇠를 당기지도 않았으니까.

복도 끄트머리. 유리창 정중앙에 조그만 구멍이 나 있었다. 구멍 주변으로 금이 자라났다. 거미줄이 영역을 넓히듯이. 유리 부스러기가 허공에 흩날리던 순간, 두 가지 일이 한번에 벌어졌다. 하나. 총구멍이 난 유리창 너머에서 완강기 비슷한 걸 탄 남자가 휙 내려왔다. 그는 발로 유리창을 걷어차며 건물 안으로 데굴데굴 굴러들어 왔다. 유리 조각 위를 한바탕 뒹군 후, 잠시 끙, 소리를 내더니 남자는 일어섰다. 그는 도널드 트럼프 마스크를 쓰고 있었다. 작은 머리에 비해 큰 마스크를 골랐기 때문인지 마스크는 전체적으로 쭈글쭈글했는데, 그래서인지 더욱 섬뜩했다. 트럼프는 바닥에 떨어진 총을 집어 들었다. 저것으로 유리창을 쏘고 들어온 것이리라.

이번에는 땡, 하는 소리가 들렸다. 이 소리는 그나마 익숙했는데, 엘리베이터 도착 음이다. 승강기 문이 열리자 그 안에는 험상궂은 인상의 남자 셋이 우두커니 서 있었다. 역시 손에는 총을 든 채.

"저 새끼 대체,"

남자 중 하나가 중얼거렸지만, 말을 마치지 못했다. 총성과 함께 그의 이마 정중앙이 꿰뚫렸다. 남자는 벌러덩 쓰러졌고, 엘리베이터 뒷벽 위로 붉은 살점이 뚝뚝 흘러내렸다. 순식간에 이인조가 되어 버린 삼인조는 곧 트럼프를 향해 미친 듯이 방아쇠를 당겨댔다.

민혁은 곧장 근처의 기둥 뒤에 몸을 숨기고는 몸을 바싹 붙였다. 더 많은 총성이 이어졌다. 벽에 더욱더 몸을 파묻었다. 매캐한 화약 냄새가 코를 쑤시고 들어왔다. 민혁은 황급히 주변을 둘러보았다. 태준의 아내는 책상 아래에 숨었다. 공포에 비명을 지르면서도 두 손으로 딸을 꽉 움켜쥐고 있다. 등 뒤에서 누군가 소리친 것은 그때였다.

"도와주세요!"

태준이었다. 놈은 가족과 전혀 다른 위치에 숨어 있었다. 구석 프린트기 뒤쪽. 그 너머로 고개를 빼꼼 내밀더니 놈은 다시 한번 소리쳤다.

"도와줘요, 제발."

그는 애원했다. 하필이면, 자신을 죽이러 온 이에게.

"이게, 이게 대체 무슨 일이에요? 예? 테러입니까? 뭡니까, 이건?"

태준이 허둥거렸다.

"일단 있어 봐요. 내가 거기로 갈 테니까."

민혁은 타이밍을 기다렸다. 30초 정도 지나자 총성이 살짝 잦아들었다. 지금이다, 민혁은 속으로 생각하며 바닥을 힘껏 박차고 도약했다. 복도 한가운데를 가로질러 건너편 방

안으로 굴러 들어갔다. "저 새낀 또 뭐야." 남자의 목소리가
들렸지만, 장전을 마친 트럼프가 다시 방아쇠를 당기는 바람
에 총성이 모든 소리를 집어삼켰다. 무사히 착지하자마자 민
혁은 태준의 팔을 붙잡았다.

"어디 다친 덴 없어요?"

"저 새끼들 뭡니까? 목적이 뭐예요?"

"당신이요."

"나?"

태준의 눈이 터질 듯 커졌다.

"나라고? 왜?"

한숨이 절로 나왔다. 다섯 살 꼬맹이의 뻔뻔한 거짓말을
듣는 기분이다. 민혁은 어이가 없는 나머지 너털웃음을 터뜨
릴 뻔했다.

"가족 앞에서 할 얘긴 아닐 거 같은데."

태준의 얼굴이 창백해졌다.

"당신을 악당이라고 생각하는 이들이 있어요. 죽여 마땅
하다고 생각하는 이들. 저들은 그런 놈들이고요. 당신을 죽
이러 온 거고."

"제가 여기서 도망치면, 제 가족은 대체,"

"놈들은 당신 가족 따위 관심 없어요. 당신이 여기서 벗
어나면, 가족은 안전할 거예요."

태준은 여전히 이해가 안 된다는 표정이다. 머뭇거리던

그는 교활한 표정으로 속삭였다.

"알았어요. 얼마면 됩니까, 예?"

이 순간에도 돈타령인가. 민혁은 한 대 쥐어박고 싶었지만, 겨우 그 충동을 삼켰다.

"됐고, 일단 따라와요. 살아야 할 거 아녜요."

"가, 감사합니다, 감사합니다."

일단 한 곳을 손가락으로 가리켰다.

"저기. 저거 보이죠?"

"예?"

태준이 고개를 돌렸다. 문가에서 두 걸음쯤 되는 곳에 대형 프린트기가 놓여 있다.

"지금, 저기로 움직입시다. 같이요."

프린트기를 복도의 문가 쪽으로 옮겼다. 아래쪽에 바퀴가 달린 이동식이라 다행히 쉽사리 움직였다. 심호흡한 다음 그것을 힘껏 밀었다. 프린트기는 복도를 가로질러 가 벽에 부딪혔다. 그 위로 몇 발의 총알이 박히며 불꽃을 튀겼다.

"셋, 하면은 프린트기를 지나 비상계단 문 쪽으로 뛰어요. 알겠어요?"

태준은 미친 듯이 끄덕였다. 민혁은 손을 들어 손가락을 하나씩 접었다.

"하나, 둘,"

한쪽의 총성이 끊겼다.

"셋."

둘이 사무실에서 튀어나오는 순간 세 발의 총성이 울렸다. 허겁지겁 비상계단 옆 기둥으로 몸을 숨겼다. 다음 총성이 울리기 직전 계단 문을 열고 그 안으로 뛰어들었다. 민혁은 태준까지 도착한 것을 확인한 직후 곧장 철문을 걸어 잠갔다. 철커덕. 쇳덩이가 내려앉는 묵직한 소리를 듣고 나서야 겨우 안도했다. 한숨을 토한 다음 태준을 툭 건드렸다.

"괜찮아요? 어디 안 맞았죠?"

"예, 예."

"이제부터 바짝 따라와요. 한 몸이라 생각하고."

둘은 계단을 뛰어 내려갔다. 한 번에 두 계단씩, 어쩔 땐 세 계단씩. 코너를 도는데 눈앞으로 그림자가 하나 튀어나왔다. 눈가에 사선으로 흉터가 난 남자였다. 옷차림은 엘리베이터 삼인조와 비슷했다. 같은 길드 소속인 걸까.

순간 민혁과 남자의 눈이 마주쳤다. 남자는 곧장 주머니에서 뭔가를 꺼내려 했지만, 민혁이 더 빨랐다. 계단 손잡이를 두 손으로 붙잡은 다음 남자 쪽으로 높이 뛰었다. 남자는 움찔했지만, 곧 권투 자세를 취했다. 남자에겐 주먹을 날릴 틈조차 없었다. 민혁이 잽싸게 다리를 휘둘러 가랑이 사이에 킥을 꽂아 넣었다. 남자는 괴상한 소리를 내더니 무게 중심을 잃고 굴러떨어졌다. 민혁은 고개를 쭉 빼서 계단 아래쪽을 보았다. 그는 기묘한 자세를 하고 있었다. 새끼손가락 끝이 죽어가는 파리의 날개처럼 움찔, 움찔거렸다.

"자, 마저 갑시다."

민혁이 말했다. 태준은 눈을 튀어나올 듯 크게 뜬 채 가만히 있다가, 간신히 끄덕였다.

계단을 내려가며 정신을 차리니 어느새 1층 표지판이 보였다. 문을 조심스레 열고 로비를 가로질렀다. 민혁이 우뚝 멈췄다. 이상할 정도로 주변이 고요했다.

"어, 대표님?"

로비 데스크 너머에 사람 하나가 서 있었다. 유니폼 차림의 여자 직원이었다. 그녀는 태준을 보고 진심으로 안도하는 눈치였다. 눈가의 마스카라를 새끼손가락으로 문지르며 허겁지겁 말을 이었다.

"와, 진짜 다행이다. 무사하셨구나. 저기 위에서 무슨 일이에요? 방금 총성 들으셨어요? 경찰 불렀는데, 그게 지금,"

"됐고, 차 키 내놔, 당장 떠야 돼."

태준이 직원의 말을 끊으며 버럭 소리쳤다. 여직원은 당황한 듯 쩔쩔맸다.

"어, 어떤 차 키요?"

"오토바이, 이 답답아!"

그가 키를 건네받는 사이, 민혁은 잽싸게 정문 입구 쪽을 보았다. 밖에는 일단 아무도 없는 것 같았다.

"근데요, 하나 물어봐도 됩니까?"

태준의 목소리였다. 민혁은 여전히 눈길을 정문 쪽에 고정한 채 대충 끄덕였다.

"예, 말해요."

"당신은, 여기 왜 온 겁니까?"

아차 싶었다. 그러고 보니 그 부분을 제대로 설명하지 못했구나. 뭐라고 변명해야 할까. 민혁은 머리를 굴리며 몸을 돌렸다. 태준이 보였다. 그는 손에 뭔가를 들고 있었다. 소화기였다.

* * *

민혁은 눈을 뜨는 동시에, 아직 살아 있음을 깨달았다. 뺨이 냉기 때문에 시큰거렸다. 로비의 대리석 바닥에 머리를 처박고 있어서 그런 걸까. 고통과 함께 신체 감각이 하나둘 돌아왔다. 누운 몸을 간신히 비틀었다. 손을 들어 머리 뒤를 만져 보려다 멈칫했다. 손을 댔는데 물컹, 하는 감촉을 느낄까 봐서. 그렇지만 손을 뻗었다. 머리 뒤편은 딱딱했다.

"야."

누군가 민혁의 옆구리를 퍽 걷어찬 것은 그때였다. 돌아보자 사람이 있었다. 여자. 꽁지머리, 타이트한 검은 작업복 차림의 여자가 총을 겨누고 있다.

"놓칠 거야?"

"네?"

"태준이 말이야. 다 잡아 놓고, 코 앞에서 이렇게 놓칠 거냐고."

민혁은 어이가 없었다. 뭐지, 선생님에게 야단을 맞는 학생이라도 된 듯한 이 초라한 기분은? 난데없는 상황에 멍했지만, 문득 여자의 말이 맞다는 생각이 들었다. 그래, 당연히 그러고 싶지 않다. 이렇게 허무하게 놓친다면 두고두고 후회할 테니까. 민혁은 고개를 저었다.

"아, 아뇨."

"빨리 안 일어나? 지금이 정말 마지막 기회니까."

민혁은 비틀거리며 여자의 뒤를 쫓아갔다. 여자는 건물 1층을 능숙하게 누볐다. 복잡한 미궁을 느물느물 기어다니는 구렁이처럼. 어떻게 저럴 수 있는 걸까. 아마 여기 오기 전 철저하게 조사를 한 걸지도 모른다. 민혁은 따라가던 도중 문득 불안해졌다. 어디로 가는 걸까. 어쩌면 어디 은밀한 곳에서 자신을 처리하려는 게 아닐까 싶었지만, 속으로 고개를 저었다. 그럴 생각이었다면 아까 그 자리에서, 정신이 들기 전에 죽였을 거다. 대체 그녀의 목적은 뭘까.

"여기야."

여자가 말했다. 정신을 차리니 어느새 건물 뒤편이었다.

쓰레기 수거함이 벽에 질서정연하게 붙어 있고, 나이트클럽 전단지가 바닥에 깔린 그곳에, 어울리지 않는 깔끔한 오토바이 한 대가 서 있었다. 혼다 슈퍼 커브. 그 위에 여자는 훌쩍 올라탔다.

"타."

민혁은 여자의 오토바이에 타기 전, 정말 마지막으로 고민했다. 이게 과연 옳은 선택인가. '계획'에서 정말 벗어나도 될까. TF팀과 세운 계획은 이미 깨진 지 오래다. 혼란스러운 지금 유일하게 믿고 기댈 수 있는 건 오로지 하나뿐이었다. 직감. 그리고 그 직감은 지금, 여자의 오토바이를 타라고 외쳤다. 그래, 될 대로 되라지.

민혁이 올라타 자세를 잡자마자 바이크는 급발진했다. 갑작스러운 반동으로 몸이 확 젖혀졌다. 떨어지지 않기 위해 허둥허둥 팔을 뻗어 뭔가를 움켜쥐었다. 여자의 옆구리였다. 민혁이 "죄송합니다" 하며 손을 떼려던 그때였다.

"잡을 거면 꽉 잡아. 떨어져도 책임 안 질 거니까."

"예?"

민혁의 말에 대꾸라도 하듯 난폭한 질주가 이어졌다. 중형차 한 대가 오토바이를 아슬아슬하게 지나쳤다. 경적이 온몸을 흔들었다. 연속으로 급커브가 이어졌다.

5분 후. 민혁은 겨우 정신을 차리고 주변을 둘러볼 여유가 생겼다. 여자의 어깨 너머를 흘끔 보자 계기판 옆에 핸드폰이 달린 것이 보였다. 핸드폰 위에는 지도가, 지도 위에는 빨간 점이 깜빡거리고 있다. 점은 아까에 비하면 두 배 이상 커졌다. 그 위로 한 단어가 적혀 있었다.

'타깃'

"저거 설마, 태준?"

민혁이 물었다.

"지금부터, 당신은 날 도와주는 거야. 알았어?"

"뭘 하면 되는데?"

"태준을 처리해. 놈 옆으로 바싹 다가갈게. 카운트해 줄 테니까, 넌 쏘기만 하라고. 쉽지?"

민혁은 머리가 핑 도는 기분이었다. 원래 미션대로라면 태준을 죽이는 '척'해야 한다. 정말 죽이는 게 아니라. 태준은 지금 오토바이를 탄 채 전속력으로 달리고 있다. 그런 남자에게 마취 총을 발사한다면 결과는 뻔하다. 그것이 놀라서건, 총에 맞아서건 간에 오토바이는 고꾸라지리라.

"알았냐고."

"응, 알았어."

바이크는 계속 도로 위를 질주했다. 아까에 비하면 오토바이를 스치는 차량도 빌딩도 점차 많아졌다. 타깃은 점점 도심으로 향하고 있다.

"지금부터 30초 뒤에, 타깃 옆 지나갈 거야. 준비해."

여자가 말했다.

"오케이."

"30초 카운트 시작. 29, 28,"

오토바이는 한강대교 위로 접어들었다. 강 특유의 옅은 이끼 냄새. 도로 위에는 화물 트럭이나 택시 따위가 드문드문 달렸다. 저 멀리 태준의 오토바이가 보였다. 물론 놈의 오토바이인지 100퍼센트 확신할 수는 없다. 지금 민혁이 보는 각도에서는 뒤통수만 보였다. 그렇지만 검은 정장을 펄럭이며 미친 듯이 오토바이를 몰 인간이 지금 당장 여기에 태준 말고 또 누가 있단 말인가.

"10, 9, 8,"

10초대에 접어들자 숨이 저절로 가빠졌다. BPM 기기에 불꽃이 치솟는 이미지가 머리를 스쳤다. 총을 들었다. 태준의 뒤통수가 가까워졌다. 정말 코앞이다.

"5, 4, 3, 2,"

1, 이라고 하는 순간 오토바이가 확 왼쪽으로 꺾였다. 태준의 뒤통수가 바로 눈앞에 있었다. 오토바이의 소음을 알아챈 태준은 황급히 옆을 돌아보았다. 놈과 눈이 마주쳤다. 민혁은 방아쇠를 당겼다. 탕, 소리와 동시에 민혁의 손이 살짝 떨렸다. 오토바이는 곧장 속력을 높이며 범죄 현장을 빠져나갔다.

민혁은 뒤돌아보았다. 태준이 탄 오토바이가 양옆으로 한두 번 휘청이더니, 옆을 달리던 화물 트럭 앞에 쓰러졌다.

트럭은 태준을 피하지 못했다. 그대로 돌진하며 짓이겼다. 뒤늦게 경적을 울리며 방향을 틀었지만, 이미 태준의 숨은 끊어진 뒤리라. 곧 차들이 충돌했다. 철과 철이 부딪히며 굉음이 연달아 이어졌다. 민혁은 앞을, 허공에 휘날리는 여자의 검은 머리를 조용히 보았다. 마른침을 삼켰다. 방금 그 한 발 때문에 몇 명이나 죽은 걸까. 작전이 끝나고 TF에서 얼마나 들들 볶아댈지 감도 잡히지 않았다. 아니, 잠깐. 그보다 당장 더 시급한 문제가 있었다. 이 여자는 대체 누구인가. 정체는 뭐고, 자기를 어디로 데리고 가는 걸까.

"넌 대체,"

민혁이 입을 열었지만, 여자가 다물라는 듯 한 손을 획 들었다.

"좀만 기다려. 다 왔으니까."

오토바이는 곧 속도를 줄였다. 한강 근처 어느 굴다리 밑이었다. 벽 위로는 각종 그라피티로 욕설이 적혀 있었고, 사방에서 정체 모를 썩은 내가 진동했다.

민혁은 굴다리 안쪽을 보았다. 낮인데도 다리 밑은 짙은 어둠을 품었다. 저 그림자 속에 누군가 몸을 웅크리고 있다면, 과연 알아챌 수 있을까.

"근데 왜 뺏어 먹어?"

민혁이 돌아보았다. 여자는 오토바이에서 내려 헬멧을 벗은 채였다. 땀범벅이 된 얼굴을 연신 손으로 문지르며 그녀는 말을 이었다.

"왜 우리 먹잇감을, 뺏어 먹었냐고. 우리랑 경쟁할 거 뻔히 알면서."

민혁은 할 말이 없었다. 고의로 그런 게 아니라고 할까? 실수였다고?

"너, 문주랑 한패야?"

쩔쩔매던 그때 여자가 앞으로 다가왔다. 속을 꿰뚫어 볼 것만 같은 눈빛으로 그녀는 속삭였다.

"설마 문주도 모른다고 하진 않겠지. 프레이어스 이용자라며."

"그게,"

여자가 문득 어이가 없다는 듯 코웃음을 쳤다.

"잠깐만. 너 진짜 아무것도 모르는구나?"

"아니야, 그게 아니라,"

여자는 손을 들어 뒤쪽을 가리켰다.

"저기."

"어?"

민혁은 그녀가 가리키는 곳을 보았다. 아까 봤던, 그라피티 낙서가 도배되어 있는 벽이 있었다. 대체 뭘 보라는 거지? 민혁은 인상을 찌푸렸다. 머리 위쪽에서 퍽, 하는 소리가 났다. 고통이 한 박자 늦게 찾아왔다. 입에서 어, 소리가 터져 나왔고, 눈앞이 빙그르르 돌았다. 민혁은 땅 위로 힘없이 쓰러지는 동시에 깨달았다. 여자가 들고 있던 물건으로 머리를 내리쳤다는 것을. 그리고 하필 그게 아까 맞은 부위에 또다시 적중했다는 사실을. 민혁은 '오늘, 내 머리는 과연 남아날 수 있을까' 하고 의식을 잃기 직전 마지막으로 생각했다.

3

　얼마인지 모를 시간이 흘렀다. 민혁은 눈을 떴다. 머리가 욱신거렸지만, 아까와는 달리 이젠 머리를 만질 수도 없었다. 몸이 움직이지 않았다. 아래를 보고 나서야 몸이 의자에 밧줄로 묶여 있음을 깨달았다. 그 여자 짓이리라. 젠장. 역시 믿지 말았어야 했는데.

　민혁은 속으로 고개를 저었다. 이럴 때가 아니다. 푸념이나 하며 죽음을 기다릴 생각 따위 없다. 그래. 뭔가라도 하자. 민혁은 방 안을 훑었다. 뭔가 쓸만한 물건이 있기를 기대하며. 여긴 초록빛이 감도는 음침한 느낌의 방이다. 지상일까, 지하일까. 알 수 없었다. 추리할 단서 자체가 없다. 벽에 난 금이나 환풍구, 하다못해 창문 틈 사이로 내리쬐는 햇볕조차. 10분 동안 계속 탐색해 봤지만, 쓸만한 물건은 끝내 나오지 않았다. 유일하게 있는 거라고는 오로지 허름한 나무 의자에 꽁꽁 묶인 자기 몸뚱어리.

　문득 액션 영화의 한 장면이 민혁의 머리에 스쳤다. 의자에 밧줄로 포박당한 주인공. 몸을 세차게 흔들자 의자와 함께 뒤로 쿠당탕 넘어진다. 의자는 바닥에 세게 부딪히고, 충격으로 의자 다리가 조금 부러진다. 부서진 나무 조각을 이용해 주인공은 손으로 밧줄을 잘라낸다. 그래, 그거다. 민혁은 발에 최대한 힘을 모은 후, 의자를 힘껏 뒤로 밀었다. 쾅. 눈앞이 하얗게 번쩍였다. 얼얼한 고통. 이명이 귓속에서 웅웅거렸다. 작은 희생이 조금이나마 의미가 있었기를 빌며 의자를 보았다. 멀쩡했다. 주변에는 나무 쪼가리는커녕 먼지조차 없었다.

그때 저벅저벅 발소리가 들렸다. 민혁은 몸을 버둥거렸지만, 뭔가 할 새도 없이 문이 벌컥 열렸다. 엎어져 있느라 들어온 이들의 얼굴을 볼 수 없었다. 보이는 거라곤 그저 신발 두 쌍뿐.

"앤 대체 왜 누워 있어?"

여자가 중얼거렸다. 그녀는 민혁을 일으켰다. 그제야 시야가 돌아오며 여자 옆에 서 있던 두 번째 인물이 보였다. 트럼프였다. 빌딩에서 본 그 트럼프 가면 남자. 모든 혼란과 총성의 시발점. 그렇구나. 둘이 한 패였구나. 그때 트럼프가 민혁의 앞으로 한 걸음 다가왔다.

"됐고, 본론만 말할게. 인정할 거 깔끔하게 인정하면 살려는 줄 테니까. 오케이?"

목소리는 젊었다. 어쩌면 여자와 비슷한 나이대일지도.

"뭘 인정하라는 건데."

민혁이 물었다. 트럼프는 당연한 걸 묻는다는 듯 고개를 갸웃거렸다.

"짭새 거."

뭐? 어떻게 안 거지? 민혁의 가슴이 걷잡을 수 없을 정도로 쿵쿵거렸다. 역시, 자신은 형배에게 그저 버리는 카드였던 걸까. 젠장. 역시 그 인간을 믿지 말았어야 했는데.

기시감을 깨달은 것은 그 순간이었다. 경찰인 것을 확신하고 있다면 왜 자신을 당장 죽이지 않은 걸까. 게다가 엄밀히 따지면 경찰도 아니다. 언더커버지. 그러자 한 가지 가능성이 떠올랐다. 어쩌면 이 모든 대화 자체가 일종의 '떠보는 것'이 아닐까. 민혁은 발가락을 질끈 오므린 다음 배에 힘을 주었다. 그래. 말려들지 말자. 이곳에서 자신이 쥔 무기는 그 무엇도 아닌 정보다. 이 패를 사수해야 한다. 무슨 일이 있어도. 민혁은 헛웃음을 흘렸다.

"살다 살다 짭새로 몰려 보긴 또 처음이네, 왜, 내가 수상해?"

"그나저나 신기하지 않냐?"

트럼프가 실실 웃었다.

"뭐가."

"우리가 지금까지 너 안 죽인 거 말이야. 니가 짭새든 뭐든 간에 지금 넌 이미 뒤져도 이상하지가 않거든. 너는 게임 시작 직전에 끼어드는 것도 모자라, 우리 사냥감까지 낚아채 갔잖아. 15억짜리를 말이야. 와, 진짜 그런 비매너는 처음 봤다. 나로서는 도저히 이해가 안 되더라고. 왜 그랬을까. 근데 그때 마침 이 영상을 보게 된 거야."

트럼프가 신호를 주자 여자는 들고 있던 태블릿 화면을 켰다. 영상 하나가 재생되었다. 거친 입자가 섞인 CCTV 화면. 카메라는 빌딩 청소부로 변장한 민혁의 모습을 부감으로 비추고 있다. 민혁은 엘리베이터 옆에서 혼자 중얼거리며 쩔쩔매고 있다. 누가 봐도 안절부절못하는 모습이 완벽한 아마추어다.

"이 영상까지 보고 나니 하나의 가설이 생기더라고."

트럼프는 주머니칼을 꺼내더니 딸그락 날을 세웠다.

"비매너가 아니었다면? 그냥 멍청해서 규칙을 몰랐다면? 그렇지? 말이 되잖아. 예를 들어 네가, 경찰이라든가. 그렇게 가정하니까 퍼즐이 착 맞춰지더라고."

민혁은 하늘이 뒤집히는 느낌이었다. 어쩌지? 일단 알았다고, 돈을 돌려주겠다고 할까. 아니다. 그것대로 멍청해 보일 거다. 주인을 간택한 고양이처럼 배를 까뒤집는 순간 놈들은 옳다구나 하고 칼을 들이대리라. 그건 안 된다. 역시 어금니를 드러내야 했다. 없으면 만들어서라도.

"그래서, 날 이렇게 칭칭 묶은 이유가 그거냐? 15억?"

민혁이 말했다. 갑작스러운 톤의 변화에 트럼프는 움찔했지만, 곧 실실 웃었다.

"그 이유는 네가 더 잘 알 텐데."

"떠보는 것도 인제 그만하지, 슬슬 질리려고 하는데."

민혁이 쏘아붙였다. 정적. 트럼프는 바지춤에서 뭔가를 꺼냈다. 총이었다. 놈은 안전장치를 푼 다음 방아쇠에 검지를 걸고는 민혁의 이마에 갖다 댔다. 손가락 운동이라도 하듯 트럼프는 검지를 가볍게 딸깍거렸다.

"지금부터 카운트다운을 할 거야. 삼부터 일까지. 영은 없어. 일, 하자마자 쏠 거야. 그 전에 당장 우리한테 뭘 숨기고 있는지 털어놔. 정말, 진짜, 마지막 기회야."

민혁은 도움을 요청하듯 여자 쪽을 흘긋 보았지만, 그녀는 이쪽을 보는 척조차 하지 않았다. 앞에서 벌어지는 일이 딴 세계 일이라는 양.

"자, 셋, 둘,"

어쩌지? 사실대로 말할까?

"하나."

탕, 소리가 방 안을 울렸다.

* * *

태영은 초조하게 테이블을 두드렸다. 사무실 구석에 놓인 TV 화면에선 속보가 흘렀다. 한강대교에서 벌어진 연쇄 추돌 사고. 거의 모든 채널에서 이 사건을 다루고 있다. 사망자와 부상자는 아직 파악 중이지만, 최소 한 자릿수 이상이라는 데는 다들 동의하는 분위기다. 물론 스타트업 회사 건물 총격 사건도.

"진짜 장난 아니네."

턱을 괸 채 TV를 보던 남희가 말했다.

"이 사건에 우리가 얽혀 있다는 게 실감이 안 나."

태영은 속이 타들어 가는 심정이었다. 민혁이 걱정되었다. 무슨 일이라도 벌어진 건 아닐까. 아까 전부터 녀석에게 연락해 봤지만, 죄다 부재중으로 넘어갔다. 최악의 가능성을 상상하지 않으려 했지만, 상황이 최악인 만큼 불가능했다. 심란한 그때 타다닥 하는 키보드 소리가 귓가를 울렸다. 형배다. 그는 커피믹스를 홀짝이며 한가롭게 노트북을 두드렸다. 언제나 그렇듯 독수리 타법으로. 돌연 짜증이 솟구쳤다.

"걱정 안 돼요?"

태영이 물었다. 형배가 맥북 너머로 그를 흘긋 보았다.

"뭐야, 방금 나한테 한 말?"

"예, 그렇습니다. 민혁이가 걱정이 안 돼요?"

형배는 눈썹을 찌푸렸다. 커피를 한 모금 홀짝이더니 태영을 향해 미소 지었다.

"뭐, 죽기보다 더하겠습니까."

"…예?"

"농담, 농담. 아니, 뭐 그런 표정을 짓고 그래요. 무섭게."

"상황 아시잖습니까. 농담할 때는 아닌 것 같은데."

"저기, 솔직히 말하면 나도 지금 태영 씨만큼 쫄려요. 팀장으로서. 그런데 그렇다고 일을 놓을 순 없잖아."

태영은 문득 몇 주 전부터 묻고 싶었던 질문을 하나 떠올렸다. 그래. 이왕 물어본 거, 이번 기회에 한 번에 끝내 버리자.

"하나만 더 물어봅시다. 팀장님은, 민혁이가 소모품이라 생각합니까?"

"뭐요?"

"민혁이 녀석 말이에요. 쓰다 버려도 되는 소모품이라 생각합니까?"

정적. 남희와 제박도 어느새 침묵하며 그들의 대화를 훔쳐 듣고 있었다. 형배는 큼, 하고 목을 가다듬었다. 노트북을 탁하고 덮더니 그는 입을 열었다.

"아니요. 그렇지만, 민혁이가 우리의 유일한 선택지는 아니죠. 당신도 보셨겠지만, 언더커버 할 인간들은 민혁 말고도 많았습니다. 단지 민혁이는 조건이 괜찮았을 뿐이지, 그나마."

그 말을 듣고 태영은 잠시 가만히 있었다. 대충 깨달았다. 형배가 어떤 인간인지. 예상이 틀리기를 바랐지만, 이제는 부정할 수 없었다. 그에게 중요한 것은 오로지 하나였다. 작전의 성공. 그것을 위해서라면 그는 무엇이든 희생하리라. 설령 그것이 팀원의 목숨이라도. 뭐, 됐다. 태영은 한숨을 쉬었다. 어차피 이것도 어느 정도는 예측하던 사실 아닌가. 가장 급한 건, 눈앞의 불이다. 형배는 그다음에 생각하자, 싶었다.

태영은 테이블 위에 놓인 사건 파일들을 하나둘 훑어보

왔다. 서류 중 하나에 민혁의 사진이 있었다. 머그샷이다. 마약이라도 한 듯 멍한 얼굴. 체포 직후에 찍힌 민혁의 모습은 처량하기 그지없었다. 헝클어진 머리에 얼굴 주변에는 핏자국이 흐릿했다. 사진을 찍기 전, 경찰들이 대충 물티슈로 닦았겠지.

태영은 사무실을 나선 다음 흡연 발코니 쪽으로 발걸음을 옮겼다. 만약 녀석이 살아 있다면. 그리고 어떻게든 자신이 그에게 지금 한마디만 건넬 수 있다면, 이 말을 해 주고 싶었다. 민혁아. 뭘 해도 괜찮으니 그냥 목숨만은 건져라.

* * *

탕, 소리가 방 안을 울렸다. 민혁이 바닥을 신발로 힘껏 내리친 탓이다. 앞에 서 있던 둘은 갑작스러운 소리에 움찔했지만, 곧 매서운 눈빛으로 민혁을 쏘아보았다. 여자는 눈빛으로 말했다. 너, 정말 죽고 싶어 환장했냐고. 민혁은 긴장한 나머지 쓴웃음을 흘렸다. 입을 열어 변명을 하려던 그 순간 트럼프가 팔을 휘둘렀다. 뺨에 통증이 찌르고 들어왔다. 따끔했던 느낌은 곧 찌릿한 느낌으로, 찌릿한 느낌은 곧 참을 수 없는 고통이 되었다. 뺨에 칼이 박혔다. 그 사실을 깨닫기까지 대략 3초가 걸렸다.

숨 막히는 고통에 당장이라도 비명을 터뜨리고 싶었지

만, 참았다. 발가락을 있는 대로 웅크렸다. 간신히 고비를 넘겼다고 생각한 것도 잠시, 트럼프가 칼을 쑥 뽑자 곧장 두 번째 고통이 엄습했다. 결국 참지 못하고 짧은 비명을 토해냈다. 이런, 젠장, 젠장, 젠장. 민혁은 고개를 쳐들었다. 미지근한 피가 입속에 흘러넘치는 바람에 사레가 들렸다. 콜록거렸다. 검은 핏방울이 허공에 튀겼다.

"사람 놀라게 뭔 짓이야, 미친 새끼가."

트럼프가 말했다.

민혁은 눈을 부라렸다. 그러고는 이를 악물고 소리쳤다.

"내가 짭새면, 새끼들아. 니들 눈앞에서 정말로 사람을 죽였겠냐?"

트럼프는 뭐, 하고 중얼거렸다. 잠시 망설이다 여자 쪽을 보았다.

"진짜야?"

여전히 경계하는 눈빛이었지만, 그녀는 일단 끄덕였다.

"그게, 맞아. 내가 시키긴 했지만."

트럼프는 민혁을 돌아보더니 고개를 갸웃거렸다.

"그럼 너, 정말 사냥꾼이야?"

"랭커."

"뭐? 랭커씩이나?"

민혁이 끄덕였다. 트럼프는 자기 턱을 문질렀다.

"뭐야, 그러면 진짜 그냥 비매너 플레이였던 거야? 그것도 그것대로 열받는데."

"규칙을 어긴 건 아니잖아?"

민혁이 트럼프를 노려보았다.

"비록 막판에 참가하긴 했지만, 그래도 정정당당하게 했어. 사냥감을 쫓아가 죽였어. 그 대가로 보상금을 받았잖아. 규칙을 어긴 적 따위 없다고."

"잠깐, 잠깐."

여자가 불쑥 튀어나와 태블릿을 민혁의 앞에 들이밀었다.

"너 방금 랭커랬지? 그럼 자. 인증해 봐."

민혁이 화면을 보았다. 프레이어스 사이트, 화면 위로 상위권 랭커 목록이 주르르 나열되어 있었다.

"인증? 무슨 인증?"

"손가락으로 네 아이디 찍어 봐. 네 이름, 이 목록에 있을 거 아냐."

제발 그냥 순순히 믿어 주면 안 될까? 민혁은 속이 벌벌 떨렸다. 손가락으로 찍는 순간 태블릿이 붉은색을 내뿜으며 경보음을 울릴 것만 같았다. 거짓말쟁이 경보. 거짓말쟁이 경보. 여자와 트럼프가 행동 하나하나를 주시하는 가운데, 민혁은 손가락을 뻗어 화면 위를 스크롤 했다. 순위표 맨 위에 이름이 하나 떠 있었다. 고스트. 그 단어를 손가락을 툭툭 쳤다. 그런 다음 뒤늦게 후회했다. 무슨 정신으로 그런 거지?

글자가 순식간에 자동으로 확대됨과 동시에 여자와 트럼프가 민혁을 쳐다보았다.

"그전에."

민혁도 눈길을 피하지 않은 채 말을 이었다.

"나도 너희한테 묻고 싶은 게 있어."

"뭔데?"

여자가 말했다. 민혁은 속으로 길고 긴 안도의 한숨을 내쉬었다. 잠시 머뭇거리는 척한 뒤 입을 열었다.

"사실, 너희를 만나게 되면 내가 제안을 하나 하고 싶었거든."

"뭐? 뭔 놈의 제안."

"너희 길드에 들어가는 거."

트럼프가 푸핫, 웃었다. 여자도 어이가 없는지 입꼬리를 올리고는 실실거렸다. 민혁은 묵묵히 둘을 보았다. 곧 둘의 웃음기가 약간은 사그라들었다.

"아니, 저기요. 상위권 랭커님이시라며. 우리 같은 쪼렙 데리고 뭐 하게?"

트럼프가 물었다.

민혁의 머릿속이 미친 듯이 돌아갔다. 무슨 말을 하든 간에, 이 녀석들을 쥐고 흔들어야 했다. 최대한 감정적으로. 문득 한 가지 기억이 떠올랐다. 회의에서 남희의 말. '자영업자들만 죽어 나간다.'

"자영업자는 죽어 나가."

여자와 트럼프는 서로 눈빛을 교환했다. 갑자기? 싶은 눈치다.

"너희도 오늘 겪었지? 물량 빨. 나도 그거에 한두 번 당해 본 거 아냐. 더 이상 못 버티겠더라고. 혼자 사냥 나갈 때마다 쫄리더라. 떼거지들이랑 또 마주칠까 봐. 생각해 봐, 이건 아니잖아."

오, 하며 트럼프가 끄덕였다.

"이건 진짜 뼛속까지 동의. 쪽수로 조지는 건 솔직히 누가 못 하냐고. 없으니까 못 하지."

여자가 헛소리 말라는 듯 트럼프를 팔꿈치로 툭 쳤다. 그러더니 민혁 앞으로 나섰다.

"됐고, 야, 돈은?"

"뭐?"

"그래서 우리가 받을 현상금은 어떻게 되는데? 네가 싹 다 가져가겠다, 그거야?"

민혁은 한숨을 쉬었다. 머릿속으로 할 말은 이미 대충 정리했다. 입을 열었다.

"여기서 일어날 수 있는 건 두 가지야. 하나는, 너희가 나를 길드에 끼워 주는 거. 만약 게임에서 특정한 길드가 이길 경우, 상금은 그 길드원에게 자동 배분돼. N 분의 1로. 지금 바로 내가 너희 길드 가입 신청하고, 그게 받아들여지면, 오늘 니들은 여기서 주머니 두둑하게 채울 수 있어."

"가능한 얘기야, 이게?"

트럼프가 여자를 보았다. 여자는 끄덕였다.

"규칙상으론."

"그럼 두 번째는?"

"좀 개 같은 선택지야. 너희가 오늘 저지른 불법 행위들이 싸그리 고발당하는 거."

민혁의 말에 모두 우뚝, 몸을 멈췄다. 트럼프는 애써 당황한 기색을 숨기려는 건지 억지로 웃었다.

"고발? 뭐를?"

"너희가 왜 나를 지금 안 죽이는지, 그 이유를 곰곰이 생각해 봤는데. 이런 이유도 있지 않을까. 그런 생각이 문득 들더라고."

민혁은 트럼프를 보았다.

"내가 봤으니까. 너희가 먼저 다른 팀한테 총 쏘는 걸."

"무슨, 정당방위였어. 그 자식이 먼저 나한테 총을 겨눴다고."

"정당방위든 아니든, 사이트는 상관하지 않을걸. '그 어떤 이유에서든' 사냥꾼과 사냥꾼은 싸우지 말아야 하는 걸로 아는데. 아니야?"

"저기, 그러면 더더욱 우리가 목격자인 너를 죽여야 맞는 거 아닌가?"

여자가 지적했다. 민혁은 어깨를 으쓱했다.

"그렇지. 그런데 너희는 내 안경을 가져갔잖아."

트럼프 쪽이 동요했다. 정곡이다. 민혁은 이때다 싶어 말을 이었다.

"내 안경에 달린 렌즈를 본 순간, 아마 간담이 서늘했겠지. 카메라가 달려 있었으니까. 다시 말해 현장 상황을 녹화하고 있었을 가능성이 존재한단 얘기고. 그 영상이 클라우드에 백업이라도 되어 있다면, 그 사실 자체만으로 너희는 엿돼. 지금 너희가 날 죽이지 않는 이유는 바로 그거야. 그 안경이 대체 어떻게 작동하는지, 그걸 모르니까. 맞지?"

"그래서, 정말 백업돼 있어?"

민혁은 피식 웃었다.

"너라면, 말해 주겠냐?"

여자는 잠시 멍하니 입을 벌리고는 민혁을 지긋이 보았다.

"줘 봐."

그녀는 트럼프의 손에서 칼을 뺏어 들더니 민혁의 앞으로 성큼성큼 다가갔다. 그러고는 고개를 숙여 얼굴을 들이밀었다. 흐릿한 화장품 냄새가 풍겼다.

"너 근데 이름이 뭐야?"

"민혁, 오민혁."

"아, 민혁이. 민혁이구나."

여자는 칼을 쥔 손을 뻗었다. 민혁은 이제 끝이구나, 하며 눈을 감았다. 기다려도 고통의 감촉은 느껴지지 않았다. 대신 툭, 하는 소리가 들렸다. 눈을 떴다. 여자는 민혁의 손목에 걸린 밧줄을 끊으며 물었다.

"혹시 짱깨 먹어?"

＊＊＊

민혁은 죽음에서 벗어났을 뿐 아니라 목적까지 달성했다는 사실이 믿기지 않았다. 하늘이 도왔다고밖에는 설명이 되지 않았다. 심장이 펄쩍펄쩍 트램펄린을 뛰었지만, 애써 굳은 표정을 유지하며 티를 내지 않았다. 골방 문을 열자 비슷한 분위기의 복도가 쭉 뻗어 있었다. 민혁은 여자와 트럼프의 뒤를 따라 저벅저벅 걸었다.

"짜장면 두 그릇이요. 네. 엘베 앞에 놔 주세요."

트럼프가 중국집에 전화를 마치더니 툭 끊었다. 민혁이 뻐근한 손목을 빙글빙글 돌리며 여자와 트럼프의 뒤를 따라 걸은 지도 1분. 셋은 또 다른 철문 앞에 섰다. 여자는 손잡이를 잡고 돌리려다 잠시 멈칫했다.

"저기, 다른 사무실에 비하면 우리 시설은 좀 작아. 그건 이해해 줘."

"어? 으응."

민혁은 시설이 코딱지만 하든 체육관만 하든, 이 빌어먹을 곳에서 1초라도 빨리 나갈 수 있다면 아무래도 상관없다는 심정이었다.

곧 문이 열렸다. 새로운 공간이 눈앞에 드러났다. 민혁은 주변을 빙 둘러보았다. 뭐라고 해야 할까. 간단한 인상은 '응옥빌딩 TF 시설의 앤티크 버전'이다. 물론 음침한 분위기는 여전하고 초록빛도 그대로다. TF 시설과 마찬가지로 있을 건 다 있었다. 컴퓨터, 프린트기, 커피포트나 TV. 그중에서도 눈에 띄는 것은 벽에 붙은 코르크 보드였다. 위에는 각종 뉴스 기사가 스크랩되어 있었는데, 하나같이 심란한 내용의 제목이었다.

'비트코인 사기꾼의 미스터리한 실종', '일가족 살해 범인… 끝내 자살 추정'

그런 기사들의 아래에는 장난스러운 문구가 적혀 있었다. '에이펙스의 성과'.

잠시 후. 민혁은 트럼프와 방 정중앙에 놓인 소파에 앉았다. 트럼프가 마스크를 벗었다. 옆을 보다 움찔 놀랐다. 미남이었다. 아니, 정확히 말해 정석적인 미남은 아니지만, 적당히 퇴폐미가 섞인 인상. 그는 민혁의 시선을 느끼고 툭 내뱉었다.

"뭐?"

아니, 하면서 민혁은 고개를 돌렸다. 어째선지 씁쓸한 패배감이 밀려들었다.

"그럼 고객님."

여자가 옆에서 불쑥 다가왔다. 그녀는 무릎 위에 맥북을 놓더니 보험 판매원처럼 미소를 지었다.

"우리 에이펙스 가입 신청 좀 도와드리겠습니다."

노트북 화면 위를 보자 프레이어스 사이트의 '길드 가입 신청서' 페이지가 떠 있었다. 민혁은 여자가 시키는 대로 빈 칸을 채운 뒤 신청 버튼을 눌렀다.

"이제 기다리기만 하면 돼. 그동안 아무거나 하며 쉬고 있어."

여자가 말했다. 신청 확인을 기다리는 사이 여자가 임시로 민혁의 뺨을 꿰매 주었다. 아까 트럼프가 찌른 곳에서 피가 계속 찔끔찔끔 새어 나온 탓이다. 민혁은 예상치 못한 친절에 약간의 고마움을 느꼈지만, 여자의 바느질 실력은 엉터리였다. 처치에 또 다른 처치를 해야 할 정도였다. 지옥 같은 1시간이 흘렀다. 여자는 피투성이가 된 손을 물티슈로 슥슥 닦았다.

"어때, 타이레놀 더 줘?"

민혁은 얼얼한 뺨을 문지르며 고개를 저었다. 끝난 것만으로도 충분히 족하다. 모니터를 보았지만, 아직도 '신청 대기'라는 글이 깜빡거렸다. 대체 얼마나 기다려야 한단 말인가. 눈썹을 찌푸리며 노트북을 보는데 트럼프가 무릎을 툭

툭 건드렸다. 그가 손에 든 담배를 내밀었다.

"하실?"

얼마 지나지 않아 사무실 안은 연기로 자욱해졌다. 다들 아무 말 없이 그저 연기를 뻐끔대기만 했다. 민혁이 운을 뗐다.

"근데 다들, 이름이?"

"나는 새롬. 저 남자는 준환. 참고로 둘 다 박 씨."

까칠한 반응을 예상했는데, 의외로 술술 대답해 주었다. 약간의 신뢰는 샀다는 뜻일까.

"근데 아무리 생각해도 좆 같네."

"뭐가?"

"아니, 오늘 일 말이야. 문주파 그 새끼들, 분명 우리한테 총을 겨눴어. 아마 내가 먼저 안 쐈으면 걔들이 날 죽였을 거라고. 정당방위로 정당하게 죽인 건데, 대체 왜 우리가 아까 그걸로 쩔쩔맸던 건데?"

"죽인 건 죽인 거잖아."

새롬은 재떨이에 담배를 비벼 끈 다음 자일리톨 껌을 입에 한 알 털어 넣었다.

"그러게 난 경고했다, 오빠. 이번 일 하지 말자고."

"근데, 혹시 의도했을 가능성은 없나?"

"의도? 무슨 소리야?"

"우리가 살인을 저지르도록 놈들이 유도했을 가능성 말

이야."

그러자 새롬이 풋, 하고 웃었다.

"문주파 놈들이잖아. 걔들한테 그런 머리가 있을 거 같아?"

"하긴 그것도 그래."

그때, 띵, 소리가 들렸다. 노트북을 확인한 새롬의 얼굴에 미소가 떠올랐다.

"길드 가입 완료. 우리 에이펙스 길드에 오신 것을 환영합니다. 됐다. 입금은 내일까지 해 주겠다고 하고. 뭐, 깔끔해. 다 됐네."

다 됐다는 말은… 민혁은 새롬을 보았다.

"응, 가, 이제. 맞다, 내일 출근인 거 잊지 마. 오전 10시다?"

맙소사. 끝났구나. 민혁은 흥분을 삼키며 끄덕였다.

"내일 보자."

준환이 저 멀리서 외쳤다.

잠시 후, 민혁이 문손잡이를 돌리고 막 나가려던 때였다.

"너 무기 가져가야지."

새롬이 손에 뭔가를 들고 있었다. 첼로 케이스였다. 저 안에는 가짜 총이 들어 있다. 그것을 들킨다면 그 즉시 죽은 목숨이다. 민혁은 순식간에 새롬의 앞으로 달려간 다음 그것을 거칠게 낚아챘다. 새롬은 인상을 찌푸렸다.

"뭐지, 방금? 상당히 기분 나쁜데?"

"아, 미안. 나한테 소중한 거라."

새롬은 코웃음을 치더니 몸을 돌렸다.

"하여튼, 뭐… 다시 한번 빠이."

민혁은 첼로 케이스를 어깨에 단단히 걸었다. 이런 단순한 실수를 하다니, 정신이 나가도 제대로 나갔지. 이제 정말 나가자 생각하며 한 발을 내딛는데 등 뒤에서 또다시 문 열리는 소리가 들렸다.

"저기."

새롬의 목소리.

또 뭐란 말인가. 민혁은 잔뜩 찌푸린 채 돌아보았다. 새롬이 문 옆으로 고개를 빼꼼 내밀었다.

"이건 그냥 말하는 건데. 혹시 너, 배신이라도 하면."

"하면?"

"별거 아냐. 내가 너 죽인다고."

4

6개월 후. 고급 스테이크 레스토랑. 흐릿하게 들려오는 생일 축하 노래. 연인들의 대화, 친구들의 웃음소리. 사방이 온통 행복과 희망으로 물든 이곳에 웬 검은 이물질이 하나 끼어 있다.

태영은 가죽 좌석에 몸을 파묻으며 한숨을 쉬었다. 부른다고 생각 없이 오는 게 아니었는데. 뭐가 꼬이는 바람에 이곳에 앉아 있게 된 걸까. 천장에서 느긋하게 돌아가는 셀링팬을 보며 태영은 회상했다. 6개월. 180일의 시간 동안 무슨일이 벌어졌는가.

민혁은 예상외로 잘 해냈다. 가상의 킬러를 철저하게 연기했다. 그 뒤에는 TF의 치밀한 노력이 있었다. 민혁이 에이펙스에 가입한 다음 날부터, 팀원 전부가 모여 시나리오를 짰다. 가상의 캐릭터 '민혁'이 어디서 태어나 어디서 자랐고 어떻게 되어 여기까지 왔는지 총 40페이지짜리 문서로 정리했다. 굳이 이렇게까지 신경 쓸 필요가 있을까 싶었지만, 허술하게 만들었다가 들키는 것보다는 훨씬 낫다는 형배의 생각에 모두 동의했다. 고생이 보상을 받은 걸까. 며칠이 지나자 민혁은 조금씩 에이펙스의 신뢰를 얻었다.

새롬 그리고 준환. 이 둘은 마음을 열기 시작하면 끝도 없이 여는 스타일이었다. 처음에는 틱틱거리고 경계하다가도 상대방이 완전히 악의가 없다는 것을 깨닫는 순간 허물을 벗는다. 다크 웹 킬러. 태영은 이 말만 들으면 거의 조건 반사적으로 한 이미지를 떠올렸다. 머리부터 발끝까지 검은 인간. 칼과 총을 휘두르며 인정사정없이 사람들을 죽여대는 살인 병기. 그러한 이미지는 에이펙스를 감시하면 감시할수록 점차 옅어지고 흐릿해졌다. 그들도 별반 다르지 않았다.

전체적으로 모든 것은 순조롭고 이상적으로 돌아갔다. 딱 한 명, 형배에게만 빼고.

그는 매일 시간에 쫓겼다. 일이 하나 끝나면 곧장 다음 일에 착수해야 했다. 그런 그에게 이번 언더커버 작전은 고문과도 마찬가지였다. 진척이 더뎠으니까.

"왜 이렇게 결과가 안 나와, 결과가."

회의 때마다 구시렁거리는 형배의 단골 멘트였다.

태영은 그런 형배가 답답한 한편 안쓰러웠다. 상부에서 얼마나 쪼아대길래 저러나 싶었다. 나중에 태영은 의외의 진실을 들었다. 아무도 그를 쪼아대고 있지 않았다. 아니 오히려 쪼아대는 건 그 자신이었다. 성과를 내야 한다는 강박에 휩싸인 채 24시간을 보내고 있었다.

왜 저렇게 힘들게 사는 걸까. 그 답은 제박이 들려준 '소문'에서 찾을 수 있었다. 그가 프레이어스 사건을 시원하게 해결, 심사 승진을 통해 더 큰 직위를 노리고 있다는 소문.

"솔직히 우리는 그냥 가볍게 파이팅, 이런 분위기거든요. 그런데 팀장님 하고 있는 거 보면 무슨 정치물 찍고 있는 기분이랄까. 뭐, 근데 어쩌겠어요. 그분은 정치 워낙 좋아하시니까."

하긴, 형배는 치안감 라인이라고 들었다. 나름 빵빵한 라인이 아닌가. 하지만 태영이 봤을 때 그 인간은 거기 만족할 위인이 아니었다. 형배는 아마 평생 만족하지 못하리라. 자기 자신이 라인의 꼭대기에 오른다 해도 마찬가지일 것이다. 그렇다면 그런 형배에게 지금 두통을 안기고 있는 가장 큰 장애물이 뭘까? 답은 하나밖에 없었다.

에이펙스.

팀은 의외로 하위권이었다. 그 정보를 처음 들었을 때 태영은 귀를 의심했다. 그가 민혁을 저번 미션에 참가시킨 이유는 해당 미션이 A급이기 때문이었으니까. 보통 A급 미션은 상위 10% 정도 되는, '방귀 좀 뀌는 팀'이 아니고서야 참가할 엄두조차 내지 못한다고 지영이 설명했다. 그래서 민혁이 에이펙스에 들어갔을 때, 당연히 그들이 상위권이라고 예상했다.

엄밀히 따지면 상위권이긴 했다. 상위 50%. 에이펙스는 정확히 52위. 킬 카운트는 21이었다. 그들이 10위권에 도달해 운영자를 만나기까지 오랜 시간이 걸릴 것은 명백한 사실이었다.

형배는 점차 초조함을 넘어 분노를 느끼는 낌새였다. 사기를 당했다며 중얼거리는 모습도 본 적이 있다. 형배를 볼 때마다, 태영은 시한폭탄의 째깍거리는 소리를 듣는 느낌에 사로잡혔다. 저 인간, 조만간 폭발할 것 같은데. 대체 언제일까.

오늘 점심. 형배가 그에게 문자를 보냈다. 웬 고급 스테이크 집의 주소를 찍어 준 다음, 둘이 따로 만나자고 했다. '얘기할 게 있다'라고 덧붙이며. 대체 어떤 얘기이길래. 예감이 좋지 않았다. 선택지가 있었다면 무조건 나가지 않았으리라.

슬슬 약속 시간이었다. 태영은 다시 한번 고개를 들었다. 익숙한 얼굴이 눈에 들어왔다. 복도 저쪽에서 누군가 손을 휘휘 저으며 다가왔다. 형배였다.

식당 직원이 조그만 토치를 꺼내더니 불을 붙였다. 그러자 5초 정도 고기에서 불길이 화르륵 일었다. 형배는 싱글싱글 웃으며 폰으로 그것을 촬영했다.

"맛있게 드세요."

직원이 불 쇼를 마친 후 유령처럼 사라졌다. 형배는 핸드폰을 만지작거리다 태영의 시선을 눈치채고는 웃었다.

"아, 이거. 걱정하지 마. 인스타 찍어서 올리고 안 그래. 내 헬스 트레이너가 보내래. 먹는 건 무조건 찍어서 카톡으로."

찰칵, 찰칵, 소리가 이어졌다. 형배가 큭큭 웃었다.

"이거 보내 주면 엄청 부러워하지 않을까? 속으로 대박 욕하겠지?"

욕은 태영이 하고 있었다. 태영은 한숨을 쉬며 포크와 나이프를 집어 든 다음 묵묵히 먹었다. 침묵에 싸인 지 2분 정도 지났을 때였다. 형배가 입을 열었다.

"대를 위해 소를 희생한다, 이 말에 대해 어떻게 생각해요?"

태영은 물을 벌컥벌컥 들이켠 다음 입을 닦았다.

"그 대와 소가 뭐냐에 따라 다르죠. 사람과 물건은 다르니까."

"역시, 딱, 그렇게 말할 줄 알았어. 진짜. 에프엠이라니까."

형배가 칼을 집어 들어 스테이크를 꾸욱 짓눌렀다. 갈색 섞인 핏물이 고기 주변으로 둥그렇게 번졌다. 태영은 눈살을 찌푸렸다.

"그래서, 무슨 말씀을 하고 싶으신 겁니까?"

형배가 포크와 나이프를 내려놓았다.

"보통 우리가 일을 할 때 말이야, 나는 기본적으로 태영 씨를 건드리지 않는 주의거든. 혼자 잘하니까. 그런데, 이번에는 말이야. 태영 씨가 내 말을 좀 따라 주면 좋겠거든. 날 믿고 팔로우 좀 해 줬으면 좋겠어."

형배가 말을 이었다.

"게다가 우리 애들이 태영 씨 당신을 좋아하니까, 당신이 작전에 동의하냐 안 하냐, 이 사실이 팀원들한테도 영향을 좀 끼치지 않겠어? 제발 부탁 좀 할게. 협조 좀 해 줘."

"무슨 부탁 말씀입니까?"

"태영 씨. 태영 씨가 그 사건 이후로 민혁이에게 A급 미션을 시키지 말자고 계속 날 설득해 온 건 잘 알겠어. 하지만, 프로그레스를 위해 위험 부담을 감수해야 하는 건 어쩔 수 없는 거잖아. 안 그래?"

그제야 무슨 말을 하는 지 감이 잡혔다. 민혁이 또 다른 A급 미션을 하도록 만들자는 뜻이리라.

"안 됩니다. 충분히 팀원 간 라포르를 형성한 다음에야,"

"라포르고 자시고, 민혁이가 오늘 팀원들에게 제안할 거야. 내가 따로 시켰어."

"그러면 멈추세요."

"태영 씨. 미안한데 팀을 운영하는 건 나야, 당신이 아니라고."

형배는 얼굴을 급속도로 일그러뜨렸다. 가빠지는 호흡을 간신히 억누르며 말하고는 있었지만, 곧장 폭발할 것 같았다. 째깍, 째깍, 째깍. 초침 소리가 들린다. 점차 빨라진다.

"나도 말이야, 많이 참고 있어. 통보식으로 처리할 수 있었다고. 그런데 이렇게 태영 씨 얼굴 보고 예의 있게 말해 주잖아. 다른 거 다 필요 없어, 말을 좀 들어 먹으라고, 제발."

"잘 먹었습니다."

태영은 고개를 가볍게 끄덕인 다음 자리에서 일어섰다. 형배의 중얼거림이 등 뒤로 들렸지만 무시했다. 걸음을 빨리 했다. 가게를 나서자마자 곧장 민혁에게 전화를 걸었다. 수화음이 몇 차례 들리더니 곧장 부재중으로 넘어갔다. 연락이 안 된다. 이것도 형배 짓일까. 속이 타들어 갔다. 폭탄이 곧 터지려 했다. 지금껏 본 적 없는 가장 큰 폭탄이.

* * *

"가장 낮은 점수 나온 놈이 치킨 사는 거다?"

훈련 도중 새롬이 갑자기 제안했다. 사격 연습을 하기 위해 야산에 온 일행은 곧 치킨을 건 본격적인 혈투를 벌였다. 나뭇가지, 미리 공수해 온 맥주병을 과녁 삼아 차례차례 쏘았다. 시간이 지나자 문제가 생겼다. 아무리 해도 승부가 나지 않았다. 다들 백발백중이라. 해가 떨어질 때쯤 되자 바닥은 유리 조각으로 가득했다. '결판을 내자'며 열의를 불태우던 분위기는 온데간데없었다. 그냥 산에서 내려가 다 같이 술이나 한잔하자, 결국 그렇게 의견이 모였다.

산 근처의 호프집에는 손님이 거의 없었다. 그들은 야외 파라솔에 자리를 잡고 앉았다. 이윽고 술이 오자마자 새롬은 곧장 잔을 휙 들었다.

"자, 자, 건배하자, 건배. 하나, 둘, 셋."

민혁은 "건배"라고 했고, 새롬은 "짠"이라고 했고, 준환은 "에이펙스를 위하" 하다가 '여' 부분을 웅얼거렸다. 잔을 들이켰다. 민혁은 웃고 떠드는 둘을 보며 웃었지만, 생각에 빠져 있었다. 오늘 해 내야 하는 미션이 있으니까. 바로 에이펙스에 '건수 하나 해 보자'라고 제안하는 것.

도저히 타이밍이 나지 않았다. 새롬과 준환이 쉴 새 없이 수다를 떨어댔기 때문이다. 어울리지 않게 AI에 관해 논쟁하고 있었다. 챗GPT가 터미네이터 사태를 일으킬까, 아닐까. 민혁은 더 기다리지 못하고 둘 사이로 끼어들었다.

"저기, 철학적인 토론 중 미안한데 잠깐 한마디 해도 될까?"

"왜, 형? 뭐 말할 거 있어?"

준환이 물었다.

"아, 혹시 짭샌 거?"

새롬의 말에 민혁은 소리 내 웃었다. 이 농담은 언제 들어도 가슴이 덜컥 내려앉는다.

"아니, 그거 말고. 슬슬 미션 할 때가 되지 않았나 싶어서. 다음 미션."

정적. 준환이 돌연 혀를 찼다.

"밥 먹는데 일 얘기는 진짜 아니지, 형."

새롬이 헉, 소리를 내며 태영의 가득 찬 맥주잔을 새끼손가락으로 툭툭 건드렸다.

"게다가 이 인간, 잔도 안 비웠어, 대박."

민혁은 뒤늦게 맥주를 들이켰다. '술 마시며 얼떨결에 제안한다'는 설정이었는데, 술을 안 마시다니. 치명적인 부분에서 실수해 버렸다.

"됐어. 그냥 해 본 소리야."

그때 준환이 테이블을 두 손으로 쾅 내리쳤다.

"잠깐, 동작 그만. 우리 이 사태를 어떻게 해결할지 토론 좀 해 보자. 형이 안 하던 짓을 한다? 이거가 뜻하는 건 딱 하나야, 하나."

준환이 중얼거렸다.

"손절 각. 우리 떠나려는 거지, 지금."

"이래서 옛말에 검은 머리 짐승은 거두지 말라고 하더니."

새롬은 울먹이는 척 중얼거리고는 이내 깔깔 웃었다. 민혁도 너털웃음을 흘렸다. 그래, 그냥 웃어넘기자. 그냥 없던 일로 하는 거다. 한바탕 웃던 준환은 돌연 잔을 툭 내려놓았다.

"근데 형 말이 맞기도 해. 우리도 슬슬, 하긴 해야지."

"뭐?"

새롬이 눈을 크게 떴다.

"아니. 요즘 훈련만 하고 일을 너무 안 하니까, 내가 백수

인지 헌터인지 헷갈리더라고."

"진심이야?"

새롬이 묻자 준환은 쓴웃음을 흘렸다.

"저기요. 너도 어제 그랬잖아. 요즘 아무것도 안 하니까 슬슬 질린다고."

"그건 그냥 해 본 소리고."

"정말?"

새롬의 말문이 막혔다. 잠시 망설이더니 한숨을 푹 내쉬었다. 그녀의 얼굴에 장난기 어린 웃음이 떠올랐다.

"아니."

잠시 후. 새롬이 계산을 하는 동안, 민혁과 준환은 얼큰하게 취해 화장실에 들렀다.

민혁은 진심으로 다행이라고 생각했다. 다들 새로운 미션 진행에 다들 흔쾌히 동의해 줄 줄은 상상도 하지 못했다. 이제 미션 관련해서 더 이상의 걱정은 하지 않아도 되려나. 큰 짐을 하나 내려놓은 기분이라 마음 한편이 후련했다.

"뭐야, 형. 뭐 좋은 일이라도 있나 봐."

준환이 민혁을 보며 실실거렸다.

"없어, 자식아."

피식 웃던 그때였다. 눈앞에 뭔가가 스치는 것이 보였다. 사람 그림자 비슷한 것이 눈앞으로 뛰어왔다. 어, 하고 중얼거리기도 전에 큼직한 칼이 허공을 갈랐다. 만화에서나 볼 법한 크기의 칼이었다. 반사적으로 민혁은 준환을 밀치며 몸을 아래로 숙였다. 칼은 머리를 아슬아슬하게 스쳤다. 훙, 바람 소리가 귓가를 울렸다. 간발의 차였다. 다급히 숨을 몰아쉬는데 등 뒤에서 짧은 비명이 들렸다. 돌아보았다. 준환이 팔을 부여잡은 채 비틀비틀 뒷걸음쳤다. 그의 앞으로 남자 둘이 달려들었다.

"뒤를 봐!"

민혁이 소리쳤지만, 남자들은 이미 준환의 바로 앞까지 간 상태였다. 순간 또 다른 그림자가 튀어나와 남자들을 하나둘 쓰러트렸다. 새롬이었다.

"어디 봐, 새끼야."

고개를 돌렸다. 쿠크리를 든 덩치 큰 남자가 민혁 앞에 떡하니 서 있었다. 민혁은 옆으로 몸을 움직여 남자의 공격을 피하는 동시에 팔을 붙잡았다. 그런 다음 손에 힘을 주었다. 팔을 붙들린 남자는 당황했다. 놈은 이를 악물며 소리쳤다. 목에 핏대를 세우며 온 힘을 다해 팔을 움직이려 했지만, 민혁은 그에 지지 않고 더더욱 세게 붙잡았다.

"놓으라고, 새끼야."

남자가 민혁의 얼굴에 박치기를 했다. 뚜둑, 부러지는 느낌과 함께 콧구멍에서 피가 철철 흘렀다. 손에서 힘이 빠질 뻔했지만, 간신히 버텼다. 민혁은 남자의 얼굴을 노려본 다음 머리로 있는 힘껏 들이받았다. 동시에 떨그렁, 하는 소리가 들렸다. 남자가 충격 때문에 쿠크리를 떨어뜨린 것이리라. 민혁은 다리를 걸어 남자를 쓰러트린 다음 쿠크리를 집어 들었다. 몸을 돌리자마자 곧장 휘둘렀다. 턱. 묵직한 느낌이 팔을 타고 전해졌다. 민혁의 입에서 탄식이 흘러나왔다. 뒤늦게 후회했다. 칼을 놓았지만, 그것은 공중에서 떨어지지 않았다. 쿠크리는 남자의 머리 정중앙에 깨끗하게 박힌 채였다. 남자는 눈동자를 위로 올려 자기 머리 쪽을 흘긋 보았다. 목구멍 속에서 끅, 하는 소리를 한 번 내고는 오른쪽으로 기우뚱 힘없이 쓰러졌다. 민혁은 잠시 거친 숨을 몰아쉰 뒤 주변을 둘러보았다. 남자들은 전부 쓰러져 있었다. 새롬은 준환을 부축하며 그의 상처에 웃옷을 감았다. 덕분에 당장 출혈은 멈춘 듯 보였지만, 그 상태가 얼마나 갈지 알 수 없었다. 서둘러야 했다. 또 다른 습격이 이어지기 전에.

민혁은 새롬과 함께 기절한 준환을 아지트로 끌고 갔다. 도착하자마자 새롬은 알코올로 상처 부위를 소독한 다음 대충 꿰맸다. 민혁은 새롬의 끔찍한 수술 실력을 알기에, 꿰매기 전 진통제를 왕창 먹이자고 제안했다. 새롬은 잠시 생각하는 듯하더니 정체 모를 하얀 가루를 가져온 다음 준환의 입에 쑤셔 넣었다. 약이 효과를 발휘한 건지 준환은 수술 내내 찍소리도 하지 않았다. 약효는 대단했다. 1시간이 흐른 뒤에도 준환은 계속 혼잣말을 웅얼거렸다.

"그나저나 그 새끼들, 뭐였지, 대체?"

새롬이 바닥을 발로 툭툭 쳤다. 민혁은 고개를 저었다. 감도 잡히지 않았다. 설상가상 TF의 정보가 가장 절박한 지금, 그들에게선 연락조차 없었다. 대체 무슨 일이 벌어지고 있는 걸까. 괜찮은 걸까.

다행히 얼마 지나지 않아 메시지가 도착했다. 태영이 보낸 문자였다. 그제야 대략적인 사태를 파악할 수 있었다. 이번 미션을 수행하라는 지시는 형배가 독단으로 내린 것이고, 자신이 알았다면 분명 반대했을 거라고. 미안하다고. 민혁은 한숨을 쉬었다. 새롬을 흘긋 훔쳐본 뒤 조심스레 태영에게 메시지를 보냈다.

'근데, 우리 습격한 놈들은 대체 누구예요?'

곧 답장이 왔다.

'지영이 말로는, 놈들 중 하나가 문주파 쪽 놈 얼굴이랑 일치한다네'

5

"이해가 안 되는데. 왜 문주파가 이제 와서 우리를 쳐. 그것도 이렇게 막무가내로?"

민혁의 정보를 들은 새롬이 눈을 크게 떴다. 도저히 믿을 수 없다는 눈치다.

"나도 몰라. 지금부터 알아봐야지. 하지만 정보통이 분명히 말했어. 저 오이처럼 생긴 놈은 백 퍼센트 문주파라고."

민혁은 한숨을 쉬며 머리를 주물럭거렸다. 당장 타이레놀 한 알이 간절했다.

"그 정보통 확실한 거 맞아, 오빠?"

"뭐?"

"스파이 같은 놈일 수도 있잖아. 게다가 이런 상황에 어떻게,"

"저기, 싸우지 마. 전부 나 때문이니까."

갑작스러운 목소리에 민혁과 새롬이 돌아보았다. 소파에 앉아 있던 준환은 꿈을 헤매듯 느릿느릿한 동작으로 옷을 입었다.

"내가 잘못한 거야. 그때 내가 죽였으니까, 저놈들이 복수하러 온 거지. 그게 다야."

"그게 이해가 안 된다고. 왜 6개월이나 지나서 이러는 건데."

새롬이 구시렁거리던 그때 문득 민혁의 머릿속에 생각

하나가 스쳤다.

"명분?"

"뭐?"

새롬이 고개를 돌렸다. 민혁은 마른침을 삼켰다. 그는 새롬과 준환을 차례로 보았다.

"저번에 빌딩 사건, 문주파 입장에선 잭팟이었겠지. 아니야? 눈엣가시인 너희를 단번에 처리할 수 있는 절호의 기회였어. 그런데 왜, 그러지 않았을까?"

새롬은 모르겠다는 듯 고개를 저었다.

"그래서, 생각해 둔 답이라도 있어?"

"아마 나 때문일 거야."

"형 때문에?"

준환이 고개를 갸우뚱거렸다.

"나도 그 현장에 있었잖아. 게다가 나는 문주파가 먼저 총을 들어 준환이를 겨누는 것을 똑똑히 봤어. 만약 내가 어떤 장치를 이용해 그 장면을 우연히라도 촬영했다면, 놈들 계획은 틀어지는 거지."

"그럼 결과적으로 그때 형이 나타난 게, 우리 입장에선 행운이었던 거네."

"애초에 문주 새끼들이랑 엮인 거 자체가 존나 개똥 같은 거지."

새롬이 투덜거렸다. 그녀는 잠시 검지로 머리를 꼬다가

툭 내뱉었다.

"지금이라도 X에게 전부 털어놓으면 어떨까."

"지금이라도?"

"쌍방이 잘못했고, 놈들이 그걸 명분 삼아 우릴 죽이려 한다고."

목덜미를 긁적이던 준환이 고개를 저었다.

"문주파는 상위 랭커야. 우리는 고작해야 50위 주변이 고. 아무리 X라고 해도, 우리 편을 들 거 같진 않은데."

순간 땅, 하는 전자음이 울렸다. 땅, 땅, 땅. 정체불명의 소리는 맥북에서 들려왔다. 맥북을 집어 든 새롬은 충전기를 뽑은 다음 커버를 열었다.

"호랑이도 제 말 하면 온다더니."

새롬이 노트북을 한 바퀴 돌려 민혁에게 화면을 보여 주 었다. 그 위에는 'X'라는 글자가 큼직하게 떠 있었다.

* * *

"껴, 이거 쓰고 만날 거야."

고글을 받아 든 채, 민혁은 그저 가만히 있었다. 이걸로 뭘 어쩌란 말인가.

"어떻게 껴?"

"뭐?"

"이런 거 난 해 본 적 없는데. 어떻게 해야,"

새롬이 긴 한숨을 내쉬었다. 그녀는 고글을 낚아채더니 민혁의 얼굴에 욱여넣었다. 어, 소리를 냈지만, 이미 암흑이 눈앞을 뒤덮은 후였다. 곧 형광빛 문구 하나가 떴다. 'CONFIRMED'. 그것은 곧 'WELCOME, PREYERS'라는 문구가 되어 깜빡이더니 가루가 되어 어둠 속으로 흩어졌다. 주위를 둘러보았다. 보이는 것도 들리는 것도 없었다. 뭔가 잘못된 것 아닐까. 오류가 발생한 거 아닐까. 온갖 걱정이 머릿속에 날뛰던 그때 눈앞에 청록 빛깔의 선이 반짝였다. 선은 증식했다. 가지를 뻗고 뻗고 또 뻗으며 수많은 네모를 만들었다. 균일한 사이즈의 네모들은 사방을 도배하며 바닥을, 벽을, 끝끝내 세계를 만들었다. 주변의 모든 것이 블록이었다. 주변을 둘러보던 그때, 민혁은 문득 한 가지 사실을 깨달았다. 비록 포장지가 바뀌긴 했지만, 이 방의 구조는 어딘가 익숙하게 느껴졌다. 아니, 익숙한 것이 당연했다.

"아지트 구조랑 똑같잖아."

중얼거리며 주위를 둘러보던 그는 움찔했다. 쇼핑센터의 옷 코너에서나 볼 법한 여자 마네킹이 눈앞에 서 있었다. 그것에서 새롬의 목소리가 흘러나왔다.

"아, 그거. 최근에 나온 기능이야. 주변의 환경을 VR로 실시간 모델링하는 기능. 다행이지. 덕분에 생각 없이 움직이다 정강이를 찧거나 이마를 박을 일도 없고."

"왜 근데 너는 마네킹이야?"

"다크 웹에서 정체가 밝혀질 수 있는 행동은 최대한 자제해야지. 설령 그게 VR이라도."

그때였다. 저 멀리, 검은 심연 속에 청록색 선이 번쩍였다. 선은 조금 전처럼 수십 개의 네모를 만들며 또 다른 공간을 생성했다. 새로운 방의 위치는 민혁이 서 있는 곳으로부터 대략 50미터 앞.

방이 완전히 로딩되자 아바타가 하나둘 입장했다.

"저건 또 뭐야."

민혁은 넋이 나가 중얼거렸다. 거대 로봇들. 로봇 몇십 대가 허공에서 우르르 쏟아졌다. 로딩된 방은 비좁은 데 비해 들어 온 아바타는 너무나 컸다. 결국 아바타들이 서로 겹치며 버그를 일으켰다. 눈앞이 요란하게 깜빡거렸다. 민혁이 새롬에게 물었다.

"쟤네가 문주파?"

새롬이 끄덕였다. 시간이 얼마 정도 지나자 버그가 잦아들었다. 50대가량의 거대 로봇은 각자의 크기를 적당히 줄인 다음, 정자세로 앉았다. 그런 그들의 맨 앞에는 소파가 놓여 있었다. 고급 가죽 소파. 그리고 그 위에는, 역시 로봇이 앉아 있다. 녀석은 뭔가 달랐다. 다른 로봇들에 비해 색깔도 더 붉었고 더 번쩍거렸다. 저 인간이 우두머리일까? 설마 문주파의 '문주'? 붉은 로봇은 이쪽에 시선을 고정한 채 꼼짝도 하지 않았다. 눈이 없는데도 어째선지 시선이 마주친 듯한 기분이 들었다. 싸한 느낌이 스멀스멀 기어오르던 그때 붉은 로봇이 민혁을 가리켰다. 그러고는 자신의 목을 스윽 베는 동작을 했다.

"방금 봤어?"

민혁이 중얼거린 그때였다. 귀청을 찢는 '떵동' 소리가 허공을 울렸다. 이어 덜컹, 끼익, 하고 문이 여닫히는 소리. 순간 모든 것이 멈추었다. 소음도, 동작도. 모두가 일제히 한 곳으로 고개를 돌렸다. 어둠 속에 사람 형태의 그림자가 서 있었다. 그가 성큼성큼 스포트라이트 앞으로 다가왔다. 정장 차림의 남자였다. 그가 한 걸음 더 내딛자 얼굴이 드러났다. 아니, 얼굴이 아니었다.

사슴 대가리다.

남자의 머리엔 사슴 대가리가 있었다. 만화적인 허용도, 각색도 아닌, 다큐에서나 볼 법한 진짜 사슴. 이상한 건 그뿐만이 아니다. 형언할 수 없는 패턴으로 구불구불 꼬인 뿔의 모습은 시시각각 형태를 바꿔 가며 변화했다. 살아 있는 유기체처럼. 사슴이 조심스레 입을 열었다.

"사냥꾼 여러분, 환영합니다. 저는 프레이어스를 운영하는 X라고 합니다."

정적. 문주파 조직원 중 누군가로 추정되는 이의 기침 소리만이 흐릿하게 들려왔다. "사실 말이죠," 하며 사슴이 운을 뗐다. 그는 고개를 돌려 준환을 똑바로 처다보았다.

"저는 에이펙스 분들이 문주파 분들 죽인 것을 알고 있습니다. 아, 그리고 계단에서 벌어진 일도요. 물론 그건 죽은 것에 해당하진 않습니다만. 부상은 부상이죠."

"어이, 그래서 대책이 뭔데."

붉은 로봇이 소파에서 소리쳤다. 뒤에 앉아 있는 부하들 역시 웅성거렸다.

"형신이는? 저 자식이 계단에서 밀친 뒤로 걔 지금 전신마비 상태야. 사실상 죽었다고 봐도 무방하다고."

사슴이 차가운 목소리로 속삭였다.

"문주 씨. 저는 알고 있습니다."

붉은 로봇이 당황한 듯 입을 뻐끔거렸다. 카악, 퉤, 하고 가래 뱉는 소리를 내더니 투덜거렸다.

"그래, 전치 3주야. 그래도 이거, 규칙 위반이잖아. 어쨌든 남의 팀원 건드린 거잖아. 이걸 보고 우리더러 가만있으라고?"

"그런 말은 하지 않았습니다. 그리고, 문주 씨 말이 맞습니다. 사이트를 이끌어야 하는 운영자로서, 헌터가 규칙을 어기는 행위는 가만히 두고 볼 수 없습니다."

하지만, 하며 사슴이 집게손가락을 치켜세웠다.

"에이펙스는 지난 몇 개월간 당신들의 골칫거리였다는 사실을 저는 알고 있습니다. 그저 신생 길드에 불과한 그들은 지속적이고 확실하게 당신들이 노린 사냥감들을 먼저 잡아내는 데 성공했죠. 물론 이 모든 과정에서 그동안 비합법적인 방법은 없었습니다. 그 한 사건을 제외하면 말이죠."

"그래서, 그냥 놔주겠다? 규칙 위반한 새끼들을?"

"문주 씨, 위반 행위는 당신도 저지르지 않았던가요."

사슴의 옆에 문서 하나가 떠올랐다. 종이로 뽑은 문서를 누군가 스캔해 PDF 파일로 만든 듯한 파일이었다. 붉은 로봇이 움찔하자 사슴이 말을 이었다.

"이 문서는 문주 씨가 적은 계획서입니다. 문주 씨는 상당히 체계적인 분이라, 사냥을 나가기 전 철저하게 계획을 짜시죠. 그런 다음 부하들에게 해당 문서를 공유함으로써, 상황을 전체적으로 통제합니다. 그날도 마찬가지였습니다. 문주씨는 계획서를 작성했습니다. 이것이 바로 그 계획서입니다."

문주는 변명도 부정도 하지 않았다. 그저 뻣뻣하게 굳어 있을 뿐이었다. 사슴이 손가락을 움직이자 문서가 자동으로 한 장씩 펄럭펄럭 넘어갔다.

"뭐, 다 읽으실 필요 없습니다. 다만 마지막 부분을 보시죠. 이런 구절이 있습니다. 사냥감을 쏘기 전, 먼저 에이펙스를 쏘는 척을 할 것. 놈들이 선공을 해야 우리가 죽일 명분이 생김."

"솔직히 놀랍지도 않아, 이젠."

새롬이 중얼거렸다. 여전히 문주에게 시선을 고정한 채

사슴은 말을 이었다.

"이 문서는 사건이 벌어지기 3일 전에 쓰인 문서입니다. 작성자는, 김문주. 바로 당신으로 되어 있습니다."

"아니야. 그런 적 없어, 나는."

문주가 당황한 듯 고개를 저었다.

"해킹, 해킹당한 거야. 난 저딴 글 자체를 쓴 적이 없어. 없다고."

"문주 씨, 저는 알고 있습니다."

"뭘 알아, 이 좆 같은 사슴 새끼야."

붉은 로봇이 벌떡 일어섰다.

"위조된 문서 한 장 갖고 지금 멀쩡한 사람을 범죄자로 몰고 있어."

그때 새롬이 "잠깐만," 하고 소리쳤다. 사슴이 돌아보았다.

"네, 새롬 씨?"

"방금 네가 한 말이 사실이면, 왜 안 알려 줬어?"

"무슨 말씀이신지?"

"문서를 입수했다는 말은 즉 문주파가 우리 통수를 칠줄 알고 있었다는 거잖아. 그럼 적어도 우리한테 경고라도 할 수 있지 않았어?"

"이건 사건 이후, 정확히는 오늘 입수한 문서입니다. 당시엔 저희도 인지하지 못한 사실이었죠."

"뭐야, 그게. 몰랐다고 하면 끝이야?"

"그런데, 이건 저희끼리 말이지만요."

사슴이 돌연 음 소거 모드를 켰다. 자신의 목소리를 문주파 일당이 듣지 못하도록.

"에이펙스, 그동안 당신들의 활약상을 지켜보는 게 저는 재미있었어요."

사슴이 씨익 웃었다. 그래, 분명 웃었다. 사슴은 말을 이었다.

"당신들은 바닥부터 시작해 이곳까지 도달한 특수한 사례죠. 이른바 언더독의 성공 스토리랄까. 용기도 대단해요. 결국 이렇게 문주파랑 맞서게 될 것도, 이미 알고 있었잖아요? 그런데도 그런 모험을 전부 감수하고 덤벼들다니, 대단합니다."

사슴은 음 소거 모드를 해제했다. 붉은 로봇이 방금 무슨 얘기를 한 거냐며 고함을 질러댔지만, 그는 가볍게 무시하며 말을 이었다.

"고민한 끝에 저는 해결책 하나를 떠올렸습니다. 이 난장판을 어느 정도 매듭지을 해결책을요. 지금 그것을 모두와 공유하고 싶은데, 다들 괜찮으시겠습니까?"

"해결책이고 뭐고, 에이펙스부터 처치해."

문주는 목이 찢어지라 소리쳤다.

"저 새끼들이 왜 아직도 살아 있는 거냐고. 규칙 위반은 처형, 그게 법이잖아."

"그렇게 따지면, 문주 씨, 당신은 이미 한참 전 죽었어야 합니다."

"뭐, 사슴 새끼야?"

문주가 눈을 부릅떴다. 사슴은 조곤조곤 말을 이었다.

"문주 씨. 엄밀히 따졌을 때, 죄를 가장 먼저 저지른 것은 당신 쪽입니다. 고의로 팀원 간의 분쟁을 발생시켜 시스템의 평화를 해칠 경우, 페널티가 부과되는 것은 알고 계시겠죠?"

사슴이 돌연 집게손가락을 쳐들었다.

"길드는 한 명으로 취급한다, 다시 말해 한 몸으로 움직이는 운명 공동체로 여긴다는 게 우리 사이트 규칙 중 하나입니다. 만약 페널티를 부과할 경우, 길드 전체에 해당 페널티를 부과한다는 사실 또한 알고 계시겠죠. 규칙대로라면 당신들은 이미, 아시겠습니까?"

설마, 하며 민혁은 입술을 깨물었다. 문주 역시 똑같은 생각을 입에 담았다.

"너 설마, 우리를 다 죽이겠다, 그 말이냐?"

"냉정하게 따졌을 때, 저는 이미 그랬어야 했습니다. 당신들도, 그리고 에이펙스도. 저는 언제든 조인트를 작동시켜 이 상황을 간단히 끝내 버릴 수 있었습니다."

사슴이 계속 말했다.

"하지만, 사이트 조항의 맨 마지막을 유심히 살피셨다면 기억하시겠지만, '까다로운 상황이 발생했을 경우 운영자가

142

직접 나서 팀원 간의 문제를 중재할 수 있다'라고 적혀 있습니다."

문주가 입술을 비죽 내민 채 끄덕였다.

"뭐, 여기 보스는 당신이니까. 그 정도는 당연하지."

"그래서 말인데, 게임을 통해 결판을 내는 건 어떻습니까?"

에이펙스 팀원들의 몸이 일제히 굳었다. 막연히 '전부 구제'를 바라긴 했지만, 설마 이런 전개일 줄이야. 당황한 것은 문주 역시 마찬가지인 듯했다.

"그딴 귀찮은 걸 왜 해, 됐어. 우리가 처리하겠다고. 우리이 새끼들 사무실도 알고 어떻게 생겼는지도 다 알아. X, 당신은 그냥 발 닦고 잠이나 자. 내일 아침 해 뜨기 전까지 뼈도 안 보이게 처리해 줄 테니."

사슴은 두통이 오는지 머리 부분을 만지작거렸다. 그는 한숨을 쉬더니 입을 열었다.

"문주 씨 따님 고은이는 서울 외곽에 있는 사립 유치원에 다니죠. 당신 정부 영미 씨가 도로 정체 때문에 도착을 못해, 고은이는 아직 유치원에 있어요. 선생님 한 사람과 있죠."

"고은이…, 고은이를 네가 어떻게,"

문주의 얼굴이 급속도로 창백해졌다. 사슴이 문주 쪽으로 등을 돌렸다. 조명 때문에 더 이상 사슴의 모습이 제대로 보이지 않았다. 그저 검은 실루엣이 어둠 속에서 꿈틀거릴

뿐이었다.

"지금, 말하기 전 잘 생각하셔야 할 겁니다."

문주는 숨을 들이켜는 소리를 냈다. 민혁은 묵묵히 상황을 지켜보았다. 궁금하기도 했다. 문주가 과연 이 상황을 납득하고 지나갈까 싶었다. 또다시 벌떡 일어나 욕을 퍼붓지 않을까.

문주가 고개를 젓더니 소파에 풀썩 앉았다.

"마음대로 해."

사슴은 문주의 반응에 만족했는지 다시 원래의 표정으로 돌아왔다. 그는 새하얀 치열을 드러내며 활짝 미소 지었다.

"그러면 설명을 계속하죠. 중재를 위해, 저는 이른바 데스 매치를 제안합니다."

"데스 매치. 데스 매치는 유명 게임 〈둠〉을 제작한 존 로메로가 처음 만들고 쓴 단어입니다. 상대방과 서로 죽을 때까지 싸우는 경기를 의미하죠. 우리는 바로 이 게임을 할 겁니다. 제가 정한 종목은 다름 아닌, 인간 깃발 뺏기. 그나저나 깃발 뺏기라는 용어가 처음 사용된 때가 언제인지 아시나요? 상상도 못 할 겁니다. 무려 1860년 독일까지 거슬러 올라가는데, 하하, 다들 표정으로 말하고 있네요. '관심 없어'라고. 죄송합니다. 게임을 얘기하게 되면 제가 저절로 말이 많아지곤 한답니다. 양해해 주세요. 각설하고, 규칙을 계속 설명하겠습니다. 그냥 깃발 뺏기가 아닙니다. 인간 깃발 뺏기죠. 그런데 '인간'이란 단어를 붙인 이유는, 여러분도 충분히 짐작하셨겠죠? 그렇습니다. 우리는 깃발이 아닌 인간을 가지고 경쟁하게 됩니다.

이제부터 규칙을 설명 드리겠습니다. 여러분 두 팀은, 각자 한 인간을 두고 싸웁니다. 우승 조건은, 오리지널 규칙과 같습니다. 제한 시간 안에 깃발을 손에 쥔 사람이 속한 팀이 승리합니다. 깃발이 된 인간의 팔을 잡고 있거나 다리를 잡고 있어도 '깃발을 잡았다'에 해당하니 자동으로 승리하게 됩니다. 간단하기 짝이 없죠.

여러 변수를 고려해 한 가지 조건을 더 적용하기로 했습니다. 제한 시간 안에 깃발을 잡은 이가 없을 경우, 특정 목표에 물리적으로 가장 가까이 있는 분, 그분이 속한 팀이 자동으로 게임에서 승리합니다. 왜 이런 규칙을 넣었냐고요? 한 번에 두 팀을 잃을 수야 없으니까요. 여러분 한 분 한 분은 저에게 훌륭한 사냥꾼이자 소중한 인력입니다.

게임의 제한 시간은 총 1시간입니다. 타깃이 누구냐고요? 하하, 문주 씨. 진정하세요. 아직 게임은 시작도 안 했습니다. 그것이 바로 이번 게임의 묘미 중 하나랍니다. 물론 장소가 어디인지는 지금 알려 드리죠. 전북 전주, 이번에 새로 설립된 스타테크 주식회사 기업 연구소입니다. 스타테크 아시죠? 요즘 공격적으로 성장하고 있는 전자기기 업체죠. 뭐, 중요한 건 그게 아니고, 게임은 그곳에서, 사흘 뒤, 오후 2시부터 시작합니다. 그렇게 정확히 1시간 동안 게임이 진행된 후, 3시에 종료될 겁니다. 네? 아직 타깃이 누구인지 못 들었다고요? 그건, 의도한 겁니다. 게임 시작 5초 전까지, 저는 여러분에게 비밀에 부칠 겁니다. 뭐, 그렇다고 완전히 뜬금없는 사람을 깃발로 지목하진 않을 테니 걱정하지 마세요, 하하.

아, 마지막으로 주의 사항 몇 가지 더. 팀을 도중에 바꿀 수 없습니다. 타깃을 죽이면 안 됩니다. 이 두 가지를 어길 경우 게임은 자동으로 종료되고, 룰을 어긴 팀은 자동으로 패배 처리됩니다. 이 게임에는 흔하디흔한 필승법 따위, 모두가 다 같이 사는 숨겨진 방법 따위 없습니다. 승자는 단 한 팀뿐입니다. 이 점 명심하시기 바랍니다.

마지막으로, 당연한 것이지만, 데스 매치에서 진 조직은 즉결 처형됩니다.

혹시 질문 있으면 손들어 주세요. 없습니까? 정말 마지막일 수도 있는데? 농담입니다."

* * *

살기 위해선 동의할 수밖에 없었다.

X는 말했다. 팀이 지금 당장 게임 참가에 동의하지 않으

면 데스 매치는 성립되지 않는다고. 만약 게임이 무산될 경우, 이번 제안은 없는 걸로 하고, 전부 쥣값을 받는 것으로 알겠다고. 어이가 없었다. 총 들고 협박하는 것이나 다름없다. 그는 손가락 하나 까딱하지 않고 모두 죽일 수 있다. VR 회의에 참여하기 전 사냥꾼들은 전부 조인트를 착용해야 했으니까.

에이펙스 못지않게 문주파 역시 갈등하는 듯 보였다. 게임에 참가해야 할지 말아야 할지. 물론 그들이 50대 3이라는 어마어마한 어드밴티지를 가지고 시작하는 것은 맞다. 그렇다고 해도 그렇지, 목숨을 걸라니. 아무리 문주파라도 두렵긴 마찬가지이리라.

선택지는 오로지 두 개였다. 게임에 참가하느냐, 프레이어스와 전면전을 선포하느냐. 문주파는 당연히, 게임에 참가했다. 그들에게 있어 이보다 더 유리하기 짝이 없는 게임은 앞으로도 없을 테니. 두 팀의 참가를 확인한 후, 사슴은 미소지었다. 징그러울 만큼 깔끔한 치열을 활짝 드러내 보이며.

"그럼, 여러분, 즐거운 사냥 되시길 바랍니다."

미팅이 끝난 뒤 에이펙스는 한동안 아무 말도 하지 않았다. 할 말이 없었다. 병원에서 급작스럽게 시한부 선고를 받는다 해도 분위기가 이보다 더 절망적이지는 않으리라. 준환이 가까스로 운을 뗐다.

"우리더러 50대 3으로 싸우라는 거잖아, 지금."

긴 한숨을 쉬며 준환이 말을 이었다.

"진짜 제대로 좆됐네. X, 그 새끼. 애초부터 이상하다 생각했는데, 지금 보니 아주 미친 새끼야. 오늘 부른 것도 애초부터 우리를 엿 먹일 작정으로 부른 걸 거야."

"미친놈인 건 동의하는데, 엿 부분은 좀 걸리네?"

"뭐? 왜?"

"맥일 거면, 오늘 문주 놈들이 우리를 습격하도록 놔뒀겠지. 아까 문주가 말했잖아. 우리 사무실 위치도, 우리 얼굴도 다 안다고. 놈은 애초에 우리를 싹 다 죽일 생각이었어."

소파에서 일어난 새롬이 준환의 눈을 똑바로 보았다.

"어쩌면 오빠, 지금 우리가 살아 숨 쉬고 있는 건 전적으로 X 덕인지도 모른다고."

"그럼 니 말은, X가 우리 편이다?"

"그놈은 누구 편도 아냐."

민혁이 말했다.

"그냥 즐기고 있는 거야. 이 상황 자체를."

다시 정적이 흘렀다. 침묵을 견디다 못하고 준환이 입을 열었다.

"해외로, 튈까?"

"그래봤자 몇 시간도 안 돼 찾아낼걸."

"답은 역시 자살인가."

퍽. 새롬이 발로 소파를 다짜고짜 내리쳤다.

"오빠. 농담이라도 그런 말 하지 마. 진짜 죽여 버린다."

"뭔, 갑자기 신경질이야."

"그런데, 왜 단정하는 거야? 우리가 지는걸?"

민혁이 말했다. 준환이 뭔 소리냐는 듯 쳐다보았다.

"아니, 그게. 우리한테 이길 가능성이 아예 없는 건 아니잖아."

"뭐, 있긴 있지, 형. 아주 아주 낮은 확률로."

"아니, 내 말 좀 들어 봐. 너흰 지금까지 문주파를 요령껏 상대해 왔잖아. 이번 것도 별반 다르지 않아. 약간 변형되긴 했을 뿐 일반적인 사냥과 크게 다른 건 없어. 안 그래?"

새롬이 넋 놓은 표정으로 민혁을 보았다.

"오빠, 지금 무슨 약 한 거 아니지?"

민혁이 심호흡을 했다.

"내가 방금 생각한 작전이 하나 있어. 들어 볼래?"

6

스타테크 대표이사 서유진은 차창 밖으로 흐르는 풍경을 보며 한숨을 쉬었다. 그녀는 흘긋 핸드폰 시계를 보았다. 오후 1시 40분. 목소리가 말한 시간까지 이제 얼마 남지 않았다. 찜찜했다. 찜찜할 이유가 전혀 없다는 걸 본인이 가장 잘 아는데도.

오늘 아침, 유진에게 이상한 전화가 한 통 걸려 왔다. 언제나와 같은 뻔하디뻔한 협박 전화. 내용도 목소리도 평소와 다를 게 없었다. 그렇지만. 어째선지 전화를 끊은 이후로 영문 모를 불안감이 스멀스멀 자라났다. 왜일까. 그럴 이유가 없는데.

도저히 계산이 맞지 않았다.

계산. 유진은 언제나 계산과 숫자를 바탕으로 움직였다. 물론 가능하면, 숫자가 더 높은 쪽으로.

대학 시절, 모 TV 드라마의 치와와 캐릭터가 인기를 끈적이 있다. 자연스럽게, 치와와를 분양하려는 가구가 늘어났다. 순둥순둥한 겉껍질 속에 맹견이 숨어 있으리라곤 꿈에도 모른 채. 손이 이빨 자국으로 도배가 되고 나서야 많은 가정에서 뒤늦은 후회를 했다. 그 당시, 유진은 계산했다. 대부분이 치와와를 유기하기보다는 그래도 한 번 길들이려 시도는 해 보지 않을까. 그렇지만 자신이 볼 때 시중에 나와 있는 물건 중 맹견을 길들일 적절한 것은 없었다. 다들 어르고 달래기만 할 뿐이지 정작 직접적인 효과는 없다. 3일 정도 시간을 들인 끝에 상품 하나를 개발했다. 고전압 전류를 흘리는 개 목걸이. 나중에 '개만도 못한 년'이라는 말을 들었지만, 상품 은 미친 듯이 팔려 나갔다. 동물보호단체에서 클레임을 걸어 사업이 중지되기 전까지는.

이후로도 계속 숫자를 따라갔다. 그녀가 개발한 물품은 각종 논란을 불렀다. 특수 고무 재질로 코팅된 덕에 절대 탐 지 불가능한 카메라, 콩알만 한 블루투스 도청기. 범죄를 조 장하는 거냐며 각종 단체에서 항의가 들어왔지만, 언제나처 럼 무시했다. 정부가 개입해서 판이 완전히 망가질 것 같다 는 확신이 들기 전까지는 고개를 빳빳이 쳐들고 버텼다. 최 대한.

협박 전화와 편지가 비 오듯 쏟아지는 것도 어쩌면 당연 한 결과였다. 전화 내용은 뻔했다. 당장 어디에 투자하는 걸 멈추지 않으면 화를 당한다, 어디 어디에 참석이라도 하면 당 신을 죽이겠다, 그런 시시껄렁한 협박들이 물 흐르듯 이어지 고 또 이어졌다. 물론 진짜 화를 당한 적도 죽은 적도 여태껏 없다. 애초에 그럴 용기도 없으니 그렇게 전화질을 해대는 것 이 아닐까.

몇 시간 전 걸려 온 전화는 지금까지 걸려 온 협박 전화 와는 결이 조금 달랐다. 보통 협박 전화를 받으면, 유진은 몇 초도 안 되어 곧장 판단했다. 상대방이 무엇을 원하는지. 이 인간은 돈을 원한다, 복수를 원한다, 정의를 원한다, 그런 식으로. 한데 수화기 너머의 목소리는 그저 이렇게 중얼거렸다.

"위험해요. 그 행사장에 가지 마세요. 부탁입니다."

듣다 보니 짜증이 났다. 대체 뭘 원하는 건지 직접 물어보려 했지만, 그럴 새도 없이 상대방은 전화를 끊어 버렸다. 적잖은 시간이 흐른 지금, 이제 그 전화는 완전히 자신을 옭아맸다.

"괜찮으십니까?"

유진이 앞을 보았다. 운전석에 앉은 경호원이 환하게 웃고 있다.

"걱정하지 마세요, 사장님. 저희 경호팀이 안전하게 지켜 드리겠습니다."

"똑바로 앞에 보고 운전이나 해."

경호원은 움찔하더니 죄송하다며 고개를 돌렸다. 유진은 좌석에 몸을 파묻으며 한숨을 쉬었다. 대표이사. 애초에 이 자리를 원한 것도 아니다. 얼떨결에 CEO 자리에 오른 뒤로 자신에게 쏟아진 것은 오로지 일, 일, 일 뿐이었다. 쉴 수 있는 건 오로지 이런 의미 없는 행사에나 참가할 때 정도일까. 유진은 주머니에 손을 집어넣고 안약 통을 꺼냈다. 투명한 플라스틱병 안에서 하얀 가루가 찰랑거렸다. 하얀 가루의 축복. 안약 통에 넣은 하얀 가루를 손등에 한 줄 뿌린다. 흡입한 다음, 마지막 가루까지 쪽쪽 빨아먹는다. 흥분이 치민다.

뇌의 모든 회로가 기분 좋은 비명을 지르며 바짝 타들어 간다. 이 흥분을 진정시키기 위해 재낵스도 반 알 정도 삼킨다. 30초 정도 지나면 마법이 찾아온다. 육체가 분리된다. 헤실헤실 웃는 몸에서 투명한 자신이 빠져나온다. 자신을, 또 다른 자신이 본다. 유능하고 빠릿빠릿한 서유진, 그런 유진을 옆에서 지켜보며 비웃는 서유진. 멍청한 년.

"도착 10분 전입니다."

경호원의 말에 정신을 차렸다. 낭패였다. 재낵스는 30분 전부터 먹어야 효과가 제대로 도는데. 그래, 재낵스는 지금 먹고, 코카인은 일단 아껴 뒀다가 행사 직전에 하자. 그녀는 한 알을 물 없이 씹어 삼켰다. 쌉싸름한 맛에 뒤늦은 후회가 밀려들었지만, 눈을 감고 좌석에 몸을 기댔다. 몽롱한 기운이 약간 올라오던 그때였다.

"사장님, 도착했습니다."

창 너머로 요란한 박수 소리가 들렸다.

"한국 전자기기 업계의 젊은 피, 스타테크 서유진 사장님을 지금 여기 모십니다."

준비해 둔 하얀 가루를 빨아들이자마자 문이 벌컥 열렸다. 눈앞이 번쩍였다. 연달아 폭죽이 터졌다. 좁았던 시야가 양옆으로 넓어졌다. 연극 무대의 커튼이 걷히듯이. 문득 행복이 홍수처럼 밀려든다. 유진은 울컥했다. 이 모든 사람이 자신을 반기고 있다. 환영해 주고 있다. 마치 자신이 여신이라도 된 것처럼. 리무진에서 내리자 사람들이 박수갈채를 쏟아냈다. 스포트라이트를 받으며, 사람들의 미소에 화답하며, 한 걸음 한 걸음 무대 위로 올랐다. 목을 다듬었다. 초롱초롱하는 수많은 눈동자를 잠시 훑어본 후, 준비해 온 말을 꺼냈다. 입에 발린 소리를 기계적으로 쏟아내는 동안 어째선지 목뒤가 서늘해졌다.

"21세기형, AI 시대의 인재 양성을 위해, 앞으로 우리 스타테크는 온 힘을 다해,"

그때, 총소리 비슷한 것이 들렸다. 처음에 유진은 자신만 들은 소리인 줄 알았다. 아니었다. 사람들의 얼굴을 본 순간, 그들의 공포 어린 얼굴을 직면한 순간, 그 누구도 아닌 자신에게 어떤 일이 벌어졌다는 사실을 깨달았다. 뭐지. 유진은 아래를 보았다. 어, 중얼거렸다. 가슴에서 붉은 액체가 흘러넘쳤다. 수십 명의 비명이 하늘을 갈랐다. 무대 앞에서 대기하고 있던 경호원들이 전력으로 뛰어왔다. 온몸에 힘이 풀렸다. 쓰러지며, 유진은 속으로 낄낄 웃었다. 쓰러지는 자신을 보는 또 다른 자신도 흐릿하게 웃었다. 그녀는 속삭였다. 이렇게 끝날 줄 알고 있었잖아, 서유진.

* * *

민혁은 연구소 4층 비상계단에서 몸을 잔뜩 웅크린 채

가만히 있었다. 귀에 꽂은 인이어에서 X의 목소리가 울렸다. [서유진, 이번 게임의 타깃은 서유진입니다.] 동시에 삑, 게임 시작 휘슬이 울렸다.

민혁은 준환과 눈을 마주친 다음 곧장 손목에 찬 시계의 버튼을 눌렀다. 미리 세팅된 5분 타이머가 줄어들었다. 숨을 죽였다. 곧 철문 너머로 흐릿한 총성이 들렸다. 플래시뱅이 내는 굉음도. 모든 것이 계획대로였다. 이제 유진은 지금쯤 경호원 무리에게 둘러싸여 연구소에 들어가고 있으리라.

이제 벌어질 일은 다음과 같다.

유진을 부축한 경호원들은 빌딩에 뛰어 들어온 뒤, 경비에게 질문을 던진다. 이 건물에서 가장 안전한 곳이 어디냐. 세이프 룸. 그 위치는, 바로 민혁과 준환이 서 있는 곳, 4층이다. 민혁은 솔직히 연구소 같은 곳에 세이프 룸이 있을 거라고 기대하진 않았다. 국정원 지하 벙커나 부잣집이 아닌 이상 구경조차 못 해 보지 않을까 싶었다. 대체 왜, 이런 곳에 세이프 룸이 있단 말인가. 소문에 의하면 시공 도중 서유진의 특별 지시가 있었다고 한다. 설마 예상한 걸까? 자신이 그런 상황에 처할 수도 있다는걸? 삐비빅. 손목에 찬 시계에 0이 떠올랐다.

"자, 가자."

철문을 연 다음 조용하지만 빠르게 복도를 가로질렀다. 민혁은 왼쪽, 준환은 오른쪽. 각자 맡은 벽을 조심스레 훑어가며 한 발짝씩 전진했다.

복도 끄트머리를 돌자마자 난데없는 쾅, 소리가 복도에 울려 퍼졌다. 준환은 눈을 크게 뜨고 고개를 들었다. 철문의 정중앙에, 정확히는 준환의 머리 바로 위에 주먹 크기만 한 구멍이 뚫렸다.

"씨발!"

준환은 욕을 내지르며 허둥거리다 바닥에 엉덩방아를 찧었다. 쾅, 쾅, 소리가 이어졌다. 총알이 세 발 정도 관통하자 문은 이제 거의 구겨진 캔처럼 우그러진 상태였다. 준환이 몸을 돌렸다. 허겁지겁 방 안으로 뛰어 들어갔다. 철문 위로 총탄이 꽂힌 것은 간발의 차였다. 나사 떨어지는 소리와 함께 문이 바닥에 요란한 소리를 내며 넘어졌다. 보고 있는데도 눈을 믿을 수 없었다. 저건 또 무슨 총이지? 빌어먹을 철갑탄?

그때였다. 숨은 준환이 민혁에게 손짓을 했다. 대충 '내가 그쪽으로 건너갈까?'란 의미였다. 생전 처음 보는 위력의 총 때문인지 그의 얼굴엔 당황한 기색이 역력했다. 민혁은 고개를 저었다. 지금 같은 상황에서는 그런다고 좋을 게 없다. 쥐고 있던 총을 바닥에 내려놓았다. 그런 다음 허리춤에서 작은 사이즈의 권총을 꺼내 들었다. 개량형이라 웬만한 핸드폰보다 가볍다. 준환과 눈을 마주치며 민혁은 입 모양으로 말했다. 엄호. 준환은 눈썹을 찡그리며 억지웃음을 지었다. 돌았어? 그가 입 모양으로 중얼거렸다. 시간이 없다. 민혁은 심호흡을 했다. 쿵덕거리던 심장이 가라앉자, 감았던 눈을 서서히 떴다. 아까 전까지만 해도 흐릿했던 시야가 지금은 그 어느 때보다 또렷했다.

민혁이 문 뒤편에서 뛰쳐나갔다. 지그재그 방향으로 달리며 앞을 보았다. 남자들이 각각 어디에 숨어 있는지 파악했다. 왼쪽 벽 그리고 오른쪽 정수기. 이윽고 장전을 마친 남자 중 하나가 숨어 있던 엄폐물 너머로 고개를 빼꼼 내밀었다. 달려오는 민혁을 보며 놈은 눈을 휘둥그레 떴다. 잽싸게 손을 뻗은 뒤 정확히 두 번 방아쇠를 당겼다. 두 발, 전부 명중이다.

민혁이 가쁜 숨을 몰아쉬며 뒤를 돌아보았다. 준환이 이쪽을 뚫어져라 보았다. 낯선 눈빛이었다. 방금까지 친하게 지내던 친구가 갑자기 외계인이라도 된 것처럼. 민혁이 살짝 긴장했다. 그때 준환이 엄지를 척, 하고 치켜들었다.

"여읏-시 랭커."

민혁이 피식 웃었다.

민혁과 준환은 시체들을 넘어 계속 움직였다. 3분 후, 복도 한구석 세이프 룸에 도착했다. 문을 열려고 손잡이에 손을 뻗은 순간, 민혁은 문득 불길해졌다. 그러고 보니 예상 시간보다 10분이나 늦지 않았나. 그런 것 치고는 너무 일이 잘

풀렸다. 과할 정도로. 뭔가 일이 어그러질 타이밍이 있다면 지금인데. 민혁이 조심스레 세이프 룸의 문을 열었다. 그리고 숨을 집어삼켰다. 안이 깨끗하게 비어 있었다.

* * *

"대체 뭐야?"

지켜보던 남희가 겁에 질린 목소리로 중얼거렸다. 프로 젝터 화면 위에는 저번처럼 민혁의 실시간 시점이 송출되었 다. 민혁의 안경에 달린 고프로 캠은 최신형이었지만, 아까부 터 자꾸 영상이 끊겼다. 신호가 불안정했다.

"문주파가 이미 서유진을 확보한 건가?"

태영이 중얼거렸다.

"아무래도 그런 것 같네요."

남희가 고개를 힘없이 떨구었다. 제박은 두 손으로 머리 를 받친 채 중얼거렸다.

"완전 끝났네. 게임 오버."

형배는 잠시 테이블을 손가락으로 두드리더니 입을 열 었다.

"그럼 슬슬 철수 명령 내리지. 작전은 이대로 종료해."

철수해 봤자다. 지금 당장 연구소에서 도망친다 한들 민 혁은 살아서 돌아오지 못한다. 맙소사. 어쩌다 일이 이렇게 꼬였지. 태영은 세수하듯 두 손바닥으로 얼굴을 박박 비볐다. 짜증이 불쑥 치솟았다. 이 막막하고 답답한 기분을 깨끗하게 털어 내고 싶었다. 뭘 하지? 수영장? 샤워? 아니, 다 필요 없다. 하다못해 회의실을 뛰쳐나가 담배나 한 대 태우고 싶었다. 정신 차려, 태영은 스스로에게 말했다. 누구는 목숨을 걸고 작전을 펼치고 있는데, 한가롭게 담배나 피우고 싶어 한다니. 말이 안 됐다. 아무리 생각해 봐도 도저히 자연스럽지 않다.

부자연스럽다. 태영은 얼굴에서 손을 뗐다. 문득 머리 한쪽에서 딱, 뭔가가 맞아떨어지는 느낌이 들었다. 스크린 위의 영상 앞으로 한 걸음 다가갔다.

"이상할 정도로 차분하지 않아? 자기 목숨이 걸렸는데."

"'싸패'잖아요, 쟤들."

제박이 중얼거렸다.

"아니. 설령 쟤들이 네 말대로 사이코패스라 해도, 그건 타인에 대한 공감이 결여됐단 뜻이지 감정이 없다는 소리가 아냐. 죽음에 대한 공포는 우리랑 똑같이 느낀다고."

형배가 눈썹을 찌푸리며 뺨을 긁적였다.

"태영 씨, 그래서 대체 무슨 말을 하고 싶은 건데?"

"이런 상황조차 계획의 일부가 아닐까, 말하고 싶은 겁니다."

형배는 어이가 없다는 듯 낄낄 웃었다.

"뭔 놈의 계획이 저렇게 처참하게 무너지는 게 목표야?"

"저도 잘은 모르겠습니다. 그렇지만, 작전은 시작된 이상 어차피 멈출 수 없습니다. 지금 민혁이는 목숨을 걸고 작전에 임하고 있습니다. 그러니,"

태영은 형배를 똑바로 보았다.

"철수는 보류하고, 당장은 저놈들을 믿어 봅시다. 마지막 한 번만이라도."

형배가 당혹한 표정을 짓던 그때였다. 누군가 번쩍 오른손을 들었다.

"저도 찬성."

제박이었다.

"어차피, 뭐가 됐든 마지막은 마지막이잖아요. 뭐 하는지 지켜나 보죠."

* * *

연구소 1층 뒤편. 민혁은 준환과 함께 뒷문을 열고 허겁지겁 나왔다.

"저기, 저기 있다."

민혁이 앞쪽을 가리키며 외쳤다. 10m 길이의 트레일러를 단 대형 트럭이 막 연구소 건물을 벗어나고 있었다. 트럭은 속도를 더욱더 높였다.

둘은 연구소 뒤편의 수풀 안쪽으로 뛰어 들어갔다. 곧 붉은색 형체가 눈에 띄었다. 민혁이 '최후의 보루' 삼아 이곳에 미리 숨겨 둔 오토바이였다. 준환이 운전석에서 시동을 거는 사이 민혁이 뒤에 올라탔다.

"빨리, 빨리."

준환이 재촉했다. 민혁이 핸드폰을 꺼내 GPS 앱을 켰다. 맵 위의 붉은 점이 빠른 속도로 연구소에서 멀어졌다. 문주의 위치다. 셋업을 완료하자마자 곧장 핸드폰을 준환에게 건넸다. 준환은 계기판 옆 거치대에 폰을 꽂고 액셀레이터를 밟았다. 수풀에 자국을 내며 덜덜덜 나아가던 오토바이는 곧 매끄러운 아스팔트 바닥 위에 착지했다. 스로틀을 당기며, 준환은 몸을 더욱더 앞으로 기울였다. 오토바이 특유의 배기음이 요란하게 허공을 울렸다. 둘은 연구소 옆 도로를 가로지르며 질주했다. 차들을 가까스로 피하며 계속 움직이던 그때였다. 준환이 물었다.

"미션 끝날 때까지 몇 분?"

"3분. 이제 3분 남았어."

손목시계를 보며 민혁이 외쳤다.

"좋은?"

"그것도 오케이."

"형, 근데 정말 계획대로 될까?"

민혁은 솔직하게 말할 수 없었다. 사실 준비해 둔 계획은 바로 지금, 이 순간까지니까. 직전까지만 해도 모든 것은 시간 단위로, 분 단위로, 초 단위로 디테일하게 짜여 있었다. 누가 어디서 뭘 해야 하는지를 모조리 계산했다.

여기서부터는 그럴 수 없었다. 변수가 많아 도저히 계산이 불가능했다. 민혁은 달리면서 속으로 빌고 또 빌었다. 제발 이번만큼은, 상투적인 표현일지라도 '행운의 여신이 자신에게 미소를 짓길' 바랐다.

"될 거야. 아니, 돼야 돼."

* * *

트럭 안. 게임이 끝나기까지는 이제 1분도 채 남지 않았다. 결과는 정해졌다. 무르기는 불가능하다. 말 그대로 체크메이트. 시간이 30초 정도 남자, 문주는 느긋한 표정으로 부하들에게 선언했다.

"끝났다, 얘들아."

정적. 곧 환호성이 트레일러를 흔들었다. 환호성이라 해봤자 남자 네다섯의 고함에 불과했지만. 서로 부둥켜안고 환호를 지르는 부하들을 보며 문주는 흐뭇한 미소를 흘렸다. 이겼다. 완벽하게. 다른 가능성 따위 존재하지 않는다. 귓가에서 이상한 소리가 들린 것은 그때였다.

쉬이이익.

문주는 웃고 있던 표정 그대로 몸을 멈췄다. 소리가 난 쪽을 보았다. 트럭 저편에 뭔가가 데굴데굴 굴러가고 있다. 동그란 뭔가가 모락모락 연기를 뿜어댔다. 냄새를 맡자 정신이 몽롱해졌다. 이 기분, 왜 익숙하지. 문득 깨달았다. 전에 몇 번 써 본 적이 있기 때문이다. 물뽕.

"다들 숨 쉬지 마! 코 막아! 문 열어!"

문주가 소리쳤다. 부하들은 지시대로 트레일러의 문을 열려 했지만, 이미 늦었다. 연기는 순식간에 트럭 안에 퍼져나갔다. 빌어먹을. 대체 뭐가 어떻게 돌아가는 건가. 그때 귀에 꽂은 인이어에서 X의 말이 들렸다.

[게임이 종료되었습니다. 결과를 말씀드리겠습니다. 문주파, 패배. 문주파, 패배.]

이해할 수 없었다.

'패배?

패배했다고? 우리가?

말도 안 된다. 이 상황에서 어떻게 우리가 질 수 있단 말인가. 그랬나. 역시 그런 거였나. X는 처음부터 우리를 엿먹일 생각이었다. 어쩌면 예전부터 우리가 눈에 밟힌 걸지도. 그래서 데스 매치니 뭐니 하는 말도 안 되는 게임을 만들어냈으리라. 그리고 보니 VR 미팅 때도 뭔가 이상했다. 그 자식들에게만 우리 몰래 뭔가 말하지 않았던가. 그 내용도 대충 짐작이 간다.

혹시나 내 생각이 틀렸다면?'

문주는 섬뜩해졌다. 저들이 정말 어떤 정정당당한 방법으로 이겼으며, 그 사실을 아직 자신이 눈치채지 못한 것뿐이라면? 아니. 도저히 말이 안 된다. 대체 어떤 시나리오여야 놈들이 여기서 승리를 거머쥘 수 있단 말인가. 그럴 가능성은 없다. 설령 있다고 한다면,

순간 머리 한구석이 번쩍였다. 문주는 입을 떡하고 벌렸다. 별안간 답이 하나 떠올랐다. 단순하기 짝이 없는 답이. 빌어먹을 정도로 쉬워서 방금 떠올렸다는 사실 자체에 자괴감이 들 정도의 답이.

문주는 허겁지겁 여자가 누워 있었던 곳으로 달려갔다. 여자는 없었고, 주변에 핏자국만 묻어 있을 뿐이었다. 조심스레 핏자국 위로 다가갔다. 손바닥을 뻗어 피 위를 슬쩍 문지른 다음 그것을 핥았다. 비린 피 맛이 아닌 달짝지근한 맛이 미뢰를 자극했다.

즉시 모든 것이 설명되었다. 대체 왜 시종일관 그 빌어먹을 여자 팀원이 보이지 않은 건지. 왜 플래시뱅을 굳이 차에다 설치해 놓은 건지. 세이프 룸에서 납치해 온 여자는 유진이 아니다. 갑작스러운 총격전부터 한 타이밍 늦은 습격까지. 전부 치밀한 계산 하에 이루어졌다. 상황을 급박하게 몰아가 '생각할 필요 없을' 당연한 것 정도로 넘겨짚도록. 놀아났다, 처음부터. 충격에 멍하니 있던 그때 뒤에서 인기척이

164

느껴졌다.

"표정이 왜 그래? 난 존나 반가운데. 갓문주 씨."

새롬이 웃었다.

* * *

[문주파, 패배.]

그 말을 듣는 순간, 민혁의 입에서 절로 안도의 한숨이
터져 나왔다. 그것도 잠깐이었다. 민혁은 준환의 창백한 옆모
습을 보고 나서야 상황이 심상치 않음을 깨달았다.

"뭐야, 이겼는데. 왜 그래?"

"새롬이. 아직 저기 있잖아."

궁지에 몰린 인간은 살아남기 위해 무엇이든 한다는 말
이 있다. 만약 그 인간이 문주라면? 순간 찢어질 듯한 굉음이
들려왔다. 빠른 속도로 질주하던 문주의 트럭이 급하게 방향
을 꺾었다. 무게 중심을 잃은 트럭은 육중한 쇳소리를 내며
볼링공에 맞은 핀처럼 오른쪽 왼쪽으로 휘청거리더니 가드
레일을 뚫고 돌진했다. 근처의 나무를 들이박음과 동시에 운
전석은 폭삭 찌그러졌다.

"새롬아!"

준환이 다급히 오토바이를 세웠다. 훌쩍 뛰어내린 그는
검은 연기를 무럭무럭 토해 내는 트럭을 향해 질주했다. 트럭

문손잡이에 손을 가져다 대려던 그때였다. 트레일러 뒤 칸이 벌컥 열렸다. 열린 틈 사이로 하얀 연기가 뿜어져 나왔다. 가스는 순식간에 바닥을 흐르더니 트레일러 근처를 둥그렇게 감쌌다. 민혁은 총을 쥔 손에 더욱 힘을 주고 문틈을 노려보았다. 저 안에서 대체 무슨 일이 벌어지고 있는 걸까.

"새롬아?"

준환이 중얼거렸다. 그때 문밖으로 뭔가가 획 떨어졌다. 힘없이 바닥을 데굴데굴 구르는 누군가. 새롬이었다. 동시에 연기 속에서 한 그림자가 그 모습을 드러냈다. 문주. 그는 그로테스크한 모습이었다. 충돌로 머리를 다친 건지 온통 피범벅이었지만, 그는 하얀 이빨을 드러내며 활짝 웃었다. 손에 든 총을 새롬에게 겨눈 채로.

문득 민혁은 어떤 작품의 구절 하나가 떠올랐다. '가장 무서운 인간은 사이코패스도 살인마도 귀신도 아니다. 더 이상 잃을 게 없는 인간이다.'

"이 사기꾼 새끼들아!"

문주가 목청 터지게 소리쳤다. 지금 문주를 움직이고 있는 것은 광기였다. 완벽한 광기.

"감히 속여, 나를?"

눈알을 희번덕거리며 문주가 고래고래 소리쳤다.

"아직 시간, 시간 다 안 지났어, 씨발 새끼들아. 쓰레기 새끼들."

완전히 헛소리였지만, 그 사실은 지금 중요하지 않았다. 중요한 건 문주가 총을 들고 있으며, 그 총구가 바닥에 엎드린 새롬의 머리 위에 겨누어져 있다는 사실이다.

"서유진, 서유진 어딨어?"

"그만 해, 김문주. 다 끝났어."

준환이 문주를 노려보며 말했다. 문주는 어이가 없다는 듯 낄낄거렸다.

"끝나긴 뭘 끝나, 새끼야. 지금 상황 파악이 잘 안되지?"

문주는 쥐고 있던 총을 새롬의 머리에 대고 꽉 눌렀다. 엎드린 새롬의 입에서 고통스러운 신음이 터져 나왔다. 의기양양한 웃음을 머금은 채 그는 준환을 보았다.

"아직 안 끝났어. 보이지?"

"끝났어. 너희, 방금 졌잖아."

"좆 까. 이딴 유치한 게임 하나에 목숨 걸 정도로 우리가 병신인 줄 알아? 난 오늘 죽을 생각 없었어, 애초에."

민혁과 준환은 미동도 하지 않았다. 문주는 입술에 침을 적신 뒤 말을 이었다.

"총 내리든 말든 그건 니네 선택인데, 5초 안에 그 손에 든 물건 안 내리면, 이 씨발년 대가리는 빵 날아가는 거야. 알았어?"

"알았어. 잠깐만."

준환이 두 손을 드는 동작을 취했다. 그는 잠시 망설이는 듯하더니 몸을 숙였다. 바닥에 총을 놓은 다음 몸을 일으켰다.

"됐지?"

"저 새낀 뭐 하는 거야? 분위기 안 맞추고."

준환이 민혁을 보았다.

"형, 그냥 맞춰 줘. 지금만."

"미치겠네."

민혁은 잠시 머뭇거리다가 바닥에 총을 내려놓았다. 문주는 준환을 보며 실실 웃었다.

"그래. 그래도 가족이다, 이거잖아. 여동생 대가리 날아가는 꼴은 보기 싫지?"

"여동생이라고?"

문주가 고개를 갸웃거렸다.

"뭐, 쟤 둘이 남매잖아. 몰랐냐?"

잠시 멍한 표정을 하던 문주가 곧 준환을 보더니 폭소했다.

"설마 너, 저 새끼한테 그것도 안 가르쳐 준 거야? 둘이 남매인 거?"

민혁이 준환을 보았다. 그야말로 당황해서 어쩔 줄 몰라 하는 모습이었다.

"진짜야?"

"어? 어. 안타깝게도."

민혁이 허탈한 웃음을 흘렸다. 가족. 그래. 가족이었구나.

사실 어렴풋이 짐작하긴 했다. 30대 초반의 남자와 여자가 한 곳에 동거하며 산다. 둘이 서로 친하긴 해도 커플처럼 꽁냥꽁냥한 것도 아니다. 대체 무슨 관계인가 궁금했는데, 아니나 다를까.

민혁은 사실을 숨긴 이유를 곧 납득했다. 그들은 민혁을 믿긴 했지만, 치명적인 약점을 공유할 정도로 100% 신뢰하지는 못했다. 가족이란 그 존재 자체로 프레이어스의 사냥꾼에게 있어 역린이다. 가족을 인질로 잡는 순간 대부분의 인간은 단념하게 되니까. 예를 들어 지금처럼.

"시키는 대로 했어. 이제 슬슬 총 치워도 되지 않을까?"

준환이 입을 열자마자 문주가 바닥을 발로 쾅 내리쳤다.

"명령은 내가 해, 씨발 새끼야. 입 안 닥쳐?"

"알았어, 알았어."

민혁은 그 순간에도 열심히 탈출 방법을 고민했다. 혹시나 문주에게 숨겨 둔 탈출 계획이라도 있는 걸까 싶었지만, 아무리 생각해 봐도 그럴 리 없었다. 놈은 그럴 위인이 아니다. 분명 자신이 오늘 승리하리라 확신해 마지않았으리라. 다시 말해, 지금 그는 완전히 즉흥적으로 움직인다는 뜻이다. 그렇다면 대체 어떻게 해야 그를 설득할 수 있을까. 고민하던 그때 문주가 입을 뗐다.

"야, 준환이. 바닥에 총 다시 들어 봐."

시키는 대로 준환은 총을 집어 들었다. 문주는 끄덕이더니 한 마디 덧붙였다.

"옆에 있는 그 새끼, 쏴."

민혁이 준환을 돌아보았다. 명령을 받은 준환 역시 적잖이 당황한 눈치였다.

"귀먹었어? 쏘라고, 그놈. 아까부터 자꾸 거슬려."

"우리 팀원이야. 내가 앨 어떻게 쏴."

"응. 근데 팀원 아니면 니 여동생이야. 하나를 택해야 돼. 자, 어떡할래?"

문주는 말을 마치자마자 총구로 새롬의 관자놀이를 힘껏 짓눌렀다. 그녀의 입에서 다시 한번 욱, 하는 신음이 터졌다.

준환이 총구를 민혁 앞으로 들어 올렸다.

"오빠, 제발."

새롬이었다. 어느새 정신을 차린 그녀가 이쪽을 바라보고 있다. 문주는 한숨을 쉬더니 새롬의 머리를 발로 걷어찼다.

"씨발, 카운트다운까지 하게 만들래? 센다? 자, 10, 9,"

민혁은 뭐라 말을 하려 했지만, 입이 떨어지지 않았다.

"미안해, 형."

준환은 검지를 방아쇠에 걸었다. 그때, 민혁은 보았다. 준환의 총에 안전장치가 걸려 있는 것을. 애초에 그는 쏠 생각이 없었다. 왜? 그래봤자 잠깐 시간을 끄는 것밖에 더 되나? 대체 뭘 기다리는 거지?

"5, 4, 3,"

[그럼 지금부터, 처벌을 진행하겠습니다.] X의 말과 함께 그 소리가 들렸다. 듣는 순간, 심장 저 안쪽까지 두려움에 떨게 만드는 섬뜩한 기계 소리.

착착착착착.

민혁은 뒤늦게 깨달았다. 어차피 이들은 게임에서 졌다. 애초부터 그들은 죽을 운명이었다. 준환은 단지 이 타이밍을 기다렸을 뿐이다. 처형이 시작될 타이밍을.

"X, 미쳤어? 이 자식들이 사기 친 거, 너도 분명 봤을 거 아냐."

문주는 인이어를 양손으로 부여잡았다.

[사기라고 간주할 만한 부분은 없었습니다. 전략이라고 간주할 부분은 있었죠.]

"너 씨발, 나한테 이렇게 통수 치고도 무사할 거 같아?"

정적. 문주는 잠시 심호흡을 하는가 싶더니 조금 진정한 목소리로 사근사근 말을 이었다.

"저기, 운영자님. 그냥 잠깐 대화 좀 합시다. 내가 다 설명할 수 있으니까, 좀."

[처벌 대상은 문주파. 처벌 이유는 옐로카드 세 번, 그로 인해 부과된 레드카드. 이상입니다. 그동안 프레이어스를 위해 봉사해 주셔서 다시 한 번 감사드립니다.]

"뭐? 야, 야."

문주는 뒷걸음을 치다 발을 헛디뎌 꼴사납게 넘어지고 말았다. 그 틈을 타 자유의 몸이 된 새롬은 비틀거리며 일어섰다. 준환 쪽으로 힘껏 뛰었다. 준환은 새롬을, 다시 자유의 몸이 된 여동생을 꽉 끌어안았다. 한쪽에서는 가족 드라마가 펼쳐지는 동안 다른 한쪽에서는 공포 영화가 펼쳐졌다. 문주는 여전히 인이어에 대고 뭐라 구시렁댔다. 상대로부터 응답이 없자, 그는 욕을 씹어 뱉더니 두 손으로 목걸이를 움켜잡았다.

"안 돼. 이건 진짜 아니라고."

그가 아무리 잡아당겨도 목걸이는 꿈쩍도 하지 않았다. 문주는 헐떡였다. 목걸이는 그대로였다. 착착착 소리는 더욱 빨라졌다. 문주는 절박한 눈으로 준환을, 새롬을, 마지막으로 민혁을 보았다.

"와, 이거 개 같네."

문주가 중얼거렸다. 돌연, 그는 눈을 부릅떴다. 입이 고장 난 호두까기 인형의 턱처럼 아래로 축 늘어졌다. 이미 조여들 대로 조여든 목걸이는 목살 안쪽까지 파고든 상태였다. 피 분수가 솟구쳤다. 온몸에 힘이 빠졌는지 그는 무릎을 털썩 꿇었다. 두 손으로는 여전히 목걸이를 잡아당기려 바들거렸다. 정확히 10초 후, 문주의 목이 앞으로 휙 넘어갔다. 그의 목은 바닥을 데굴데굴 구르더니 민혁의 발치 앞에 도달했다. 일순간 모든 것이 잠잠해졌다. 거짓말처럼.

"저기."

새롬이 트럭 쪽을 가리켰다. 트레일러트럭의 열린 문에서 뭔가가 줄줄 흘렀다. 피였다. 붉은 액체에 절여진 머리들이 수풀 위로 하나둘 떨어졌다.

[에이펙스. 데스 매치의 승리를 진심으로 축하드립니다.]

포식자들

1

새롬은 X에게 연락해 생포한 유진의 위치를 알려 주었다.

연구소 4층 엘리베이터의 짐칸. 그 공간은 그녀가 게임이 시작하기 전 숨어 있던 곳이기도 했다. 작전상 그녀의 동선은 이랬다. 일단 그녀는 엘리베이터 벽면에 위치한 소형 짐칸에 몸을 숨겼다. 이윽고 엘리베이터에 유진과 경호원이 타자, 새롬은 그들을 차례차례 기절시켰다. 비상 정지 버튼을 눌러 시간을 번 동안, 그녀는 분주히 움직였다. 기절한 유진을 짐칸에 숨긴 다음, 그녀와 옷을 바꿔 입은 후, 엘리베이터를 작동시켰다. 이후 문제의 층에 도착한 새롬은, 기절한 경호원을 복도 구석에 눕혀 두었다. 마지막으로 그녀는 유진의 카드를 이용, 세이프 룸에 들어갔다. 그리고 머리를 헝클어트린 다음 몸 이곳저곳에 덕지덕지 가짜 피를 묻혔다.

새롬이 이 모든 일을 하기까지는 총 4분도 걸리지 않았다. 리허설을 하기도 했거니와, 애초에 행동이 잽싼 인간이기도 하니까. 그런 간단한 바꿔치기로 에이펙스는 승리를 쟁취했다.

하지만, 이건 승리한 팀의 분위기가 아니었다.

전주에서 아지트로 돌아오는 차 안. 2시간 30분의 긴 시간 동안 일행은 한마디도 꺼내지 않았다. 그저 손톱을 물어뜯거나 앞을 바라보며 혼자만의 생각에 빠져 있을 뿐이었다. 그 참극. 그 끔찍한 이미지. 길바닥에 나뒹구는 문주의 잘린목. 놈의 얼굴에 인장처럼 박혀 있던 공포. 트레일러트럭의 뒤편에서 쏟아지던 그 피의 강. 지옥도.

아지트에 도착한 뒤, 셋은 TV를 튼 다음 멍하니 그것을 보았다. 거의 모든 채널에서 연구소 사건을 다뤘다. 앵커들은 프로파일러나 전직 경찰을 불러 코멘트를 부탁했다. 그러자 온갖 설이 튀어나왔다. 마약 조직 간 분쟁설부터 외국 마피아 설까지. 그중엔 다크 웹의 '다'조차 언급되지 않았다. 여기에도 X의 입김이 들어간 걸까?

그때, 소파 앞에 올려 둔 새롬의 맥북에서 알림이 울렸다. 그녀는 지문 인식으로 노트북을 켰다. 화면을 본 새롬의 표정이 움찔 떨렸다.

"뭐야? 뭔데."

준환이 물었다.

"X."

새롬이 흘긋 이쪽을 보았다.

"지금, 우리더러 만나자는데."

다행히 VR 미팅을 한 지 얼마 되지 않은 터라 도구들은 소파 근처에 널브러져 있었다. 3분도 채 지나지 않아 일행은 저번의 공간으로 다시 들어갔다. 모든 것이 청록색 블록으로 도배된 가상의 공간으로.

"여러분, 다시 한번 축하드립니다."

도착하자마자, 사슴 인간이 환하게 웃으며 박수를 쳤다. 동시에 유치한 환호성 소리가 들렸다. 방송에서 흔히 쓰는 진부한 사운드 이펙트. 에이펙스 일행은 그저 서로를 쳐다만 볼 뿐 아무 반응도 하지 않았다. 사슴이 말을 이었다.

"문주파와의 대결에서 승리한 덕분에, 여러분은 자동으로 5위권에 도달하게 되었습니다. 한 번에 이렇게 자릿수가 바뀌는 사례는 없었어요. 역시 기대를 저버리지 않네요. 에이펙스. 최고입니다."

"그래서, 우릴 부른 이유는?"

새롬이 정색하며 말했다.

"단순히 축하만 하려고 우릴 여기 부른 건 아닐 거 아냐?"

X는 들켰다는 듯 짧게 웃었다.

"네, 네. 정확합니다. 여러분에게 축하 겸 한 가지 제안을 드리려 찾아왔습니다."

그는 목을 가다듬더니 셋을 훑어보며 입을 열었다.

"5위권 안에 들면, 저와 잠시 미팅을 가진다는 거, 혹시 들어 보셨습니까?"

"소문으로만."

준환이 말했다.

"그런데 우린 이렇게 지금 만나고 있잖아."

"아뇨. 그 미팅은요, 지금과는 많이 다릅니다. 현실에서 이루어지니까요. 간단히 말해 저는 여러분을, 여러분은 제 진짜 모습을 보는 거죠."

X와 만난다니. 민혁은 목적을 달성하고 이 지옥 같은 곳에서 빠져나갈 절호의 기회가 지금 눈앞에 왔다는 게 도저히 믿기지 않았다.

"물론 절대, 강요할 생각 없습니다. 만나기 싫으시면 만나지 않아도 됩니다. 느긋하게 고민하셔도 됩니다만, 딱 하나, 오늘 안으로만 답장 부탁드리겠습니다. 제가 요즘 바빠서요."

"바쁘긴 하겠네. 똥 치우느라."

준환이 말했다.

"연구소 총격전에, 목 잘린 시체에, 서유진 납치까지. 언론에서는 완전히 난리야. 멕시코 카르텔이 한국에 상륙했네, 마피아 간 전쟁이네, 말 많던데. 왜 이래? 잡히고 싶어서 안달이라도 났어?"

"걱정하지 마세요. 프레이어스 사이트는 제 목숨과도 같은 존재입니다. 이 사이트와 여러분을 지키는 데에 저는 제 모든 것을 바칠 겁니다."

"방금 그 '여러분'에 문주파는 없었고?"

"그들은, 규칙을 어겼기 때문에 처벌을 받은 겁니다. 저는 아무 이유 없이 누군가를 죽이라고 명령하지 않습니다. 모든 것은 공정하게, 규칙대로 적용한 겁니다. 문주파는 게임에 참가하기 전 게임의 대가를 알았습니다. 게임에서 진 직후, 그들은 정정당당히 대가를 치렀습니다. 프레이어스의 상위 랭커로서, 명예를 지키면서요. 단지 그뿐입니다. 이 과정에서 제 사적인 생각이나 의지는 단 하나도, 들어가지 않았습니다. 아시겠습니까?"

X는 차근차근 설명했다.

"아무쪼록, 답신 기다리겠습니다. 좋은 밤 보내십시오."

그는 다시 하얀 이빨을 드러내며 기괴한 미소를 흘렸다. 그 순간, 화면이 뚝 끊겼다.

고글을 벗자마자 새롬이 오빠의 팔을 주먹으로 픽 때렸다.

"뭔데. 왜 계획에도 없는 급발진인데."

쏟아지는 주먹세례를 팔로 막아 내며 준환이 거듭 미안, 미안을 반복했다.

"근데, 형, 내가 아까 물어본 것 중에 우리가 안 궁금한 거 있었어? 솔직히."

민혁이 어깨를 으쓱했다.

"거 봐, 형도 동감이지? 그 자식 행동 요즘 이상하다는 거. 왜 그러는지 누군가 총대 메고 물어는 봐야 할 거 아냐. 내가 멘 거야, 그거."

"그래, 오빠. 존나 멋있다."

새롬이 한숨을 쉬었다. 그녀는 품에서 말보로 레드를 꺼내더니 불을 붙였다. 연기를 힘껏 들이마시고는 천장을 향해 고개를 치켜들고 연기를 내뿜었다. 위로 올라가던 연기는 빙그르 돌며 점차 흐릿해졌다. 기묘했다. 영혼이 그녀의 육신에서 빠져나와 사라지기라도 하는 것 같았다.

"그래서, 다들 어떡할래. 저 인간 정말로 만날 거야?"

새롬이 물었다.

"역시 거절이지 다들?"

새롬이 툭 내뱉었다. 준환이 동의하듯 끄덕였다.

"응, 아무래도."

"아니, 왜?"

민혁이 눈을 크게 떴다. 새롬이 당연한 걸 묻는다는 듯 얼굴을 찡그렸다.

"왜긴 왜야. 수상하잖아. 문주파 놈들이 어떻게 됐는지 오빠도 눈으로 봤고."

새롬은 피고 있던 담배를 재떨이에 비벼 껐다.

"그리고 솔직히, 우리는 프레이어스랑 이렇게 깊이 엮일 생각 없었어. 물론 현상금 사냥이야 짭짤하지. 근데 그걸로 생계유지할 생각 1도 없거든. 애초에 이 짓거리 오래 못 할 거라곤 예상했어. 너무 오래 한 거지."

준환이 끄덕였다.

"맞아. 애초부터 단타로 치고 빠질 생각이었거든. 이 짓 거리. 목표 달성할 돈만 쌓이면."

민혁이 멍하니 입을 벌렸다.

"뭔 목표?"

"카페."

"카페?"

"처음에는 그냥 생활비 버는 용도로 시작했는데, 생활이 되니까. 다른 꿈이 생기더라고."

준환이 말했다.

"근데 왜 하필 카페인데? 한국에 카페 산더미잖아. 너네 까지 거기에 발을 깔아야겠어?"

"많은 거야 알지 나도. 그렇지만, 오빠랑 나랑 옛날부터 진짜 로망이었단 말이야."

"웅크린 치즈 고양이 옆에서 클래식 레코더가 촤르르륵

돌아가고, 나는 그 옆에서 다리 꼬고 느긋하게 바가지에 담긴 커피콩을 볶는 거지. 향긋하게 올라오는 고소한 냄새 맡으면서. 이렇게, 저렇게."

새롬이 크으, 하며 추임새를 넣었다. 내가 물었다.

"그래서 얼마나 모았는데?"

"그러고 보니, 앞으로 미션 두 개 정도 해치우면, 아마 끝일 걸?"

준환이 말하자 새롬이 끄덕였다.

"채우는 건 물론이고 훌쩍 넘지. 카페 두 개 정도는 차려도 돈이 남아."

"오우, 예. 나이스."

준환이 손바닥을 쑥 뻗어 새롬과 가볍게 하이 파이브를 했다. 민혁은 조용히 바닥을 노려보았다. 벌어지는 상황을 믿을 수 없었다. 더 이상 프레이어스와 엮일 생각이 없다고? 발을 빼려 한다고? 왜 하필 지금? 답답했다. 그렇다고 이들이 이대로 X의 면담 요청을 거절하게 놔둘 수도 없다. 이런 천재일우의 기회를 그냥 놓치면 평생 후회하리라.

"잠깐만. 표정 보니까, 울 민혁이는 만나고 싶나 봐?"

"어?"

"그 전설의 X 말이야. 뭔가 진짜 아쉽다는 표정인데."

민혁을 보며 새롬이 실실 웃었다.

"아니, 진짜 그냥, 궁금했거든. 대체 뭐 하는 놈인지."

준환이 트림을 하더니 털썩, 소파에 누우며 말했다.

"하긴, 나도 궁금하다. 왜, 만났는데 알고 보니 미소녀일 수도 있잖아."

"오빠가 내 오빠라는 사실이 진짜 부끄러워, 나는."

민혁이 침을 삼켰다. 그들을 설득할 대충의 시나리오를 방금 머릿속에 정리한 참이었다. 문제는 이것이 정말 먹힐까. 확신할 수 없었지만, 헛발질에 불과하더라도 최소한 시도는 해 보는 게 나으리라. 민혁이 입을 열었다.

"근데 솔직히. 아까 X가 말한 것 중에, 딱히 틀린 말 없지 않았어?"

"틀린 건 없었지. 엿 같긴 했지만."

준환이 말했다.

"게다가 X, 그 인간, 우리 괜찮게 본 거 같은데. 막 응원한다니 뭐니 그리고."

"근데 그 인간이 우릴 괜찮게 보든 좆같이 보든, 솔직히 '안물안궁' 아냐?"

새롬이 끼어들었다.

"오, 그것도 그러네."

"맞아. 근데 그냥, 나는 걱정돼서 그래."

"뭐가?"

"X가 누구냐. 쥐새끼 탭까지 만들어 가면서, 완전히 공포 정치를 하는 인간이잖아. 아무리 우리더러 마음에 드네,

응원하네 한들, 하루아침에 휙 사라지면 우릴 과연 가만히 둘까 싶어서."

잠시 정적이 흘렀다.

"잠깐. 그것도 그러네?"

준환이 말했다.

"우리가 이전처럼 하위권이면 또 몰라. 근데 이젠 5위잖아. 그런데 우리가 잠수 타면은, 존나 수상해 보일 거 같기도 하고."

"이유를 잘 말하면 되려나?"

새롬이 머뭇거렸다.

"내 말이 그거야. 그 이유를, 이번 기회에 만나서 잘 말하면 되는 거 아냐. 면대면으로."

새롬이 '빠른 시일 내에 만나자'라고 X에게 메시지를 보내자 1시간도 채 지나지 않아 답장이 왔다. 위도와 경도였다.

"뭔 보물 지도냐고. 그냥 카톡으로 링크 찍어 주면 좀 좋아?"

준환이 투덜거렸지만, 민혁은 멍하니 그 주소를 보았다. 내일, 이곳에, X가 온다. 그 사실을 감안하면 보물 지도라는 말이 그리 틀린 말도 아니었다. 이 좌표를 찾기 위해 인생의 몇 년을 희생한 인간도 있다. 누군가에게 이건 말 그대로 보물 지도다.

* * *

새벽의 막차 지하철 안. 오늘따라 사람이 의외로 적었다. 아무리 그래도 평소 좌석의 절반 정도는 찼던 것 같은데 오늘은 절반의 절반도 차지 않았다. 그렇다고 불만이냐 하면 아니다. 태영은 민혁이 녀석을 퇴근길 동무 삼아 한가롭게 대화를 나눌 수 있으니 좋았다.

"믿기지 않아요, 그 상황에서 목숨을 건진 사실 자체가."

민혁이 말했다.

"나도 믿기지가 않는다."

"근데, 남들은 몰라도 형사님만큼은 저 믿어야 되는 거 아닙니까."

"뭔 소리 하는지 알잖아, 인마."

민혁이 웃었다.

"그나저나 믿기지 않네요. 내일 전부 끝난다는 게."

태영은 침묵을 지켰다. 사실 자신 역시 실감이 안 나긴 마찬가지였다. 곧 X를 만나게 된다. 작전의 끝이 눈앞에 놓여 있다는 것이 믿기지 않았다. 체포까지 몇 년은 각오해야 한다고 마음 단련을 해 온 터라 그런지 갑작스러운 행운이 오히려 두려웠다. 베일에 싸인 X를, 그 공무원 사건의 배후를 마주할 수 있다니. 그놈의 손목에 쇠고랑을 채울 수 있다니.

"그동안 감사했어요, 형사님. 전부 다."

"김칫국 그만 마셔라, 짜식아. 배탈 난다."

같이 웃던 도중, 태영은 문득 질문 하나가 떠올랐다. 저번에 민혁의 고프로 캠을 보다가 떠오른 질문이었는데 여태껏 깜빡하고 있었다.

"그나저나, 액션 스쿨에서 총 쏘는 법도 가르쳐 주나?"

"네?"

"아니, 저번에 미션 때. 총 되게 잘 쏘길래."

"군대에서 저격수였거든요. 나름 저, 부대에서 탑이었어요. 휴가도 많이 갔었고, 그걸로."

"알아. 근데 네가 현장에서 쓴 건 저격 총이 아니었잖아. 권총도 있었고, 남의 거 뺏어다가 쏘기도 하고 그랬잖아. 뭔 액션 영화 주인공처럼."

"상황이 절박해서 그런가. 머리보다 몸이 먼저 움직이더라고요. 본능적으로."

"죽기 직전에, 아드레날린이 팍팍 나온다던데, 뭐 그런 건가?"

그때 지하철 안내 방송이 울렸다. 민혁이 내려야 할 역이다.

태영은, 잘 가라, 중얼거리며 민혁의 등짝을 손바닥으로 짝 때렸다.

"뭐, 하여간에. 그놈의 운, 꽉 틀어쥐고 있어 봐. 오늘까지만."

"그럴게요. 그럴 수만 있다면요."

열차 문이 열렸다.

내리기 직전, 민혁은 태영을 보았다. 망설이는 듯하더니 운을 뗐다.

"그런데, 어차피 끝나요. 형사님이 뭘 하든 간에."

"무슨 소리야?"

"만약 그 현장에서 형사님 팀이 X를 못 잡으면, 저는 죽으니까요. 그 소리예요. 결과가 어떻게 나오든, 끝나는 건 어차피 끝난다고요."

＊ ＊ ＊

저녁 7시 31분. 에이펙스가 탄 차는 비좁은 도로를 질주하고 있다. 조수석에 앉은 민혁은 시계를 보았다. 약속 시간까지는 30분 정도 남았다. 예상 도착 시간은 5분. 충분하다. 아니, 어쩌면 조금 빨리 온 걸지도.

조수석에 앉은 새롬이 고개를 내밀더니 얼굴을 찡그렸다.

"어? 저거 설마 짭새 아냐?"

민혁은 '짭새'라는 말에 가슴이 철렁했다. 설마 TF팀 차량을 발견하기라도 한 걸까 싶어서. 아니었다. 그냥 평범한 경찰차가 도로 한복판에 서 있었다. 그 사실을 깨닫고 뒤늦게 안도했지만, 곧 그것도 그것대로 이상하다는 사실을 깨달았다. 음주 운전 단속이라도 하나? 근데 하필 왜 이 주변에서? 일행이 탄 차가 다가가자 차 앞에 서 있던 경찰은 잠시 '멈추라'는 손짓을 했다. 준환이 침을 삼켰다. 그는 날카로운 눈빛을 한 채 차 앞으로 어슬렁어슬렁 다가왔다. 똑똑. 운전석 창을 두드리자 준환이 스위치를 눌러 차창을 내렸다. 경찰이 입을 열었다.

"에이펙스?"

"네? 아, 네."

"가시죠. X님이 기다리십니다."

내비게이션에서 도착 알림이 울렸다. 앞에서 에스코트해 주던 경찰차가 지나가자, 준환은 차를 멈추었다. 셋은 차에서 내렸다. 눈앞의 광경을 보았다. 공사 중인 건물이 있었다. 오늘따라 달빛이 흐릿해서 그런지 건물의 형태가 제대로 보이지 않았다. 실루엣만 어른거렸다. 거대하고 검은 네모들. 준환이 인상을 찌푸렸다.

"뭐야, 이건. 이건 그냥 폐허잖아. 여기서 미팅이라고?"

실망한 것은 민혁도 마찬가지였다. 조금 기대하긴 했다. 입구에 경찰까지 세워 놓을 정도면 뭔가 대단한 걸 숨겨 두고 있지 않을까 싶었는데. 역시 너무 기대한 걸까. 실은, 오기 전 미팅 장소에 대해 미리 사전 조사를 했다. 검색해 보니 이곳은 단순한 공사 현장이 아니었다. 정부 산하의 미래 핵융합 발전을 위한 연구소인지 뭔지를 짓는다고 했다. 단순히 말해 보안으로 따지면 지금 한국에 있는 장소 중에서 상위 1%에 해당한다는 의미다. 그런 장소를 대담하게도 미팅 장소로 잡다니 무슨 생각인 걸까. 능력의 과시? 약속 장소인 공사장 앞으로 걸어가는 동안 민혁은 점차 초조한 기분에 휩싸였다. 걸음을 옮길 때마다 주머니에 넣은 리모컨이 걸리적거렸다.

몇 시간 전, 태영은 민혁에게 이 물건을 건넸다. 작전에 가장 필수적인 것이니 목숨 다루듯 대하라며 몇 번을 강조한 이 물건의 정체는 신호기였다. 내부에 소형 도청기도 심어져 있어, 웬만큼 작은 소리도 감청할 수 있다고 한다. 물론 위치 송신기도 포함. 이 모든 것을 갖췄음에도 금속 탐지기에도 걸리지 않는다니, 대체 이런 물건은 어디서 구해 오는 걸까.

"X를 급습할 최적의 타이밍이 되면, 이 리모컨의 붉은 버튼을 눌러. 우리는 근처에서 잠복하고 있다가, 신호 받으면 곧장 출동할게."

민혁이 끄덕였다. 태영은 잠시 민혁의 얼굴을 바라보다 어깨에 턱, 손을 올렸다.

"명심해, 민혁아. 놈들에게 정 붙은 건 알지만, 범죄자는 범죄자야. 저 자식들, 사람 한두 명 죽인 정도가 아니라고. 제발 옳은 선택을 해라."

"에이펙스 맞죠? 따라오세요."

정신을 차리니 어느새 공사장 앞이었다. 입구 근처에 남자 두 명이 서 있었다. 둘 다 양복 차림이었고, 선글라스에 인이어를 끼고 있었다. 에이펙스는 그들의 뒤를 따라 걸었다. 공사장 한복판을 한 줄기 빛도 없이 가로질렀다.

얼마나 걸었을까. 건물 입구 앞에서 남자가 멈추었다. 건물 1층 앞에는 남자가 한 명 더 있었다. 검은 양복의 남자들은 서로 눈빛을 공유하더니 일행을 건물 안으로 통과시켰다. 건물 안에 들어가 통로를 지나자 복도 끝 쪽에 불 꺼진 엘리베이터가 모습을 드러냈다.

"타시죠."

불길했다. 함정이란 걸 알면서도 제 발로 들어가는 듯한. 그렇지만 애써 그 기분을 털어 내고는 엘리베이터에 올랐다. 남자 역시 일행을 따라 엘리베이터에 탄 다음 무전기에 대고 말했다.

"오셨습니다, 리프팅 해 주세요."

낮은 기계음과 함께 엘리베이터가 삐그덕삐그덕 소리를 내며 올라갔다. 주변을 둘러본 민혁은 묘한 기분에 사로잡혔다. 사방이 온통 어두워서 그런가, 우주 한복판에 홀로 떠돌고 있기라도 하는 듯했다. 얼마나 높이 올라온 걸까. 여긴 몇 층일까. 10층? 11층?

그때였다. 텅, 소리와 함께 공사장 일대에 불이 켜졌다. 공사장의 모든 라이트가 한 번에 켜지며 다량의 빛을 토해 냈다. 구글 지도로 좌표 속 장소를 대충 보았을 때는 '작지는 않네' 생각한 정도였다. 이 높이에서 – 빛의 파도에 휩싸인 채 – 직접 보는 건 차원이 달랐다. 거대한 쇠 파이프의 도시. 영화 세트장을 옮겨다 놓은 느낌이었다. 장르는 스팀펑크 디스토피아 정도 될까. 원통 모양의 거대 쇠 파이프들이 수직 또는 수평으로 자리 잡은 채 거대한 성곽을 형성하고 있었으며 그 사이사이 절묘하게 붙은 조명 기구들이 웅장한 빛을 쏘아댔다. 건물의 옆에는 원통 모양의 거대 시설이 있다. 저기일까? 핵을 연구하는 시설이.

엘리베이터는 쉬지 않고 계속 올라가며 삐그덕 소리를 냈다. 모두가 눈앞의 장관을 끝까지 음미하기 전에 남자의 목소리가 끼어들었다.

"도착했습니다."

엘리베이터 앞 바닥에 붉은 스프레이로 14라 쓰여 있었다.

"여기서부턴 저희끼리 가요?"

새롬이 되물었다. 남자가 크게 끄덕였다.

"그렇습니다. 불빛을 따라가시면 됩니다."

새롬은 엘리베이터 밖으로 발을 성큼 내디뎠다. 바닥에는 레드 카펫이 깔려 있었으며 복도의 양 벽에는 듬성듬성 붉은 양초가 걸려 있었다. 더 이상 그들은 공사 현장에 있지 않았다. 중세 시대 고성의 지하 복도로 순간 이동이라도 한 기분이었다.

불을 따라, 붉은 길을 따라, 걷고 또 걸었다. 복도 끝에 도달하자 문 하나가 드러났다. 커튼이 달려 있었다. 안으로 들어갔다. 양복을 입은 건장한 남자 둘이 서 있었고, 그들 앞에는 길쭉한 식탁이 놓여 있었다. 식탁은 앤티크 풍이었지만, 테이블 위에 올려진 만찬은 지극히 현대식이었다. 요리라고 불리는 걸 온몸으로 거부하는 듯한 요리들. 설명할 수 없는 기하학적인 형태를 하고 있거나 아슬아슬하게 허공에서 균형을 맞춘 요리들. 그 앞에 한 남자가 앉아 있다. 하얀 셔츠를 입은 채 멍하니 허공을 바라보던 남자는, 에이펙스가 들어가자 마침내 고개를 들었다. 광대뼈가 툭 불거진 초췌한 몰골의 남자. 나이는 20대 초반 정도 될까.

"오셨어요?"

그가 말했다.

"당신이,"

민혁이 중얼거렸다.

"맞습니다, 제가."

남자가 자리에서 일어났다.

"본명은 김원이고요. 여러분, 반갑습니다."

일행은 잠시 김원을 뚫어져라 쳐다보았다. 아마 다들 같은 생각을 하고 있으리라. '정말로 저 인간이 프레이어스의 운영자라고?'

앉으라는 듯 테이블을 향해 손짓하며 김원이 말했다.

"자, 불편하게 서 있지들 마시고, 앉아서 일단 요리부터 드시죠."

새롬과 준환은 앉아야 할지 말아야 할지 망설이는 눈치였지만, 민혁이 별말 없이 앉자 그들도 엉거주춤 따라 앉았다. 준환은 테이블에 놓인 그릇을 보았다. 곱게 빻은 가루가 위에 올려져 있었다. 밀가루를 연상케 하는 그것을 집게손가락에 침을 살짝 묻힌 다음 찍어 먹었다.

"이건 뭐야? 코카인?"

"아, 그건 분자 요리입니다. 뉴질랜드 제스프리 키위를 파우더화 한 것인데, 최신 기술을 이용해서 상당히 부드러운 느낌일 겁니다. 드셔 보세요."

민혁은 차분하게 주변을 살폈다. 테이블 옆으로는 우람한 덩치의 남자 셋이 어슬렁거리고 있다. 어깨에는 기관단총을 걸었다. 김원이 신호만 주면 당장이라도 총알을 갈길 준비가 되어 있으리라.

"진짜 키위 맛이 나, 대박. 형, 먹어 봐."

준환은 숟가락으로 정신없이 파우더를 퍼먹었다. 새롬은

한숨을 쉬며 준환의 옆구리를 팔꿈치로 찔렀다. 악, 하며 신음을 흘리는 준환을 무시하며 그녀가 입을 열었다.

"그래서, X 씨, 아니 김원 씨. 진짜 당신이라고? 프레이어스 굴리는 게?"

"맞습니다."

"혹시 나이가?"

"노코멘트 하겠습니다."

"뭐, 됐고. 우린 왜 불렀어?"

"그 대화는 혹시 식후에, 가능할까요?"

새롬이 고개를 저었다.

"미안. 나는 대화만 하자고 들어서. 식사는 우리끼리 먹고 왔어."

"바로 본론으로 들어가시는 스타일인가요. 좋습니다. 그럼 저도 그렇게 하죠."

정적. 김원은 시간을 끌듯 얼마간 망설이더니 입을 열었다.

"저는 곧 프레이어스에서 물러납니다."

그야말로 폭탄선언이었다. 사레가 걸렸는지 준환은 요란하게 기침을 해댔다. 파우더 가루가 사방에 흩날렸다. 김원은 말을 이었다.

"프레이어스는 제가 거의 7년 전부터 시작한 사이트입니다. 대구에서 벌어진 5세 여아 살인 사건이 트리거였죠. 당시

42세였던 범인 김두철은 심신미약을 이유로 고작 5년 형이라는 벌을 받았고, 출소한 뒤 또다시 같은 범행을 저질렀습니다. 그 애가 제 여동생이었습니다."

준환은 어느새 이야기에 몰입한 건지 숟가락도 내려놓은 상태였다.

"진짜 구제 불능 개새끼네. 난 그런 새끼들이 제일 싫어. 어린애 건드리는 새끼들."

"동의합니다."

"그래서? 어떻게, 죽였어?"

김원은 고개를 저었다.

"죽이진 않았습니다. 대신 그가 스스로 자신을 죽이도록 만들었죠. 사람이 죽기 전까지 자신의 몸에 얼마만큼의 자상을 낼 수 있는지 실험하면서요. 총 스물일곱 번이었습니다."

김원은 잠시 눈을 감고 있다가 차분하게 말을 이었다.

"김두철을 처리한 후에, 저는 깨달았습니다. 법의 사각지대를 이용해 그 안에서만 범죄를 저지르는 쓰레기들이 도처에 널려 있다는 사실을요. 더 이상 보고 있을 수만은 없었습니다. 결국 그 쓰레기들을 청소하자는 생각에서 저는 이 커뮤니티를 만들었습니다."

그런데 말입니다, 하며 김원은 민혁을 보았다.

"사이트를 운영하기 시작하니 점차 금전적인 부분이 문

제가 되기 시작했습니다. 원래 프레이어스를 이용해 돈을 벌 생각은 없었습니다. 설사 금전적으로 득을 본다고 해도, 최소한의 이익만 벌자는 생각이었죠. 딱 사이트를 운영할 정도만요. 순진한 꿈이었습니다. 사이트의 규모가 커지니 그게 어느 순간부터는 불가능해지더군요. 입막음용 돈, 신입 회원의 무기를 공수할 돈, 다른 사이트와의 충돌을 막기 위해 찔러 넣어야 할 돈까지, 돈, 돈, 돈이 더 필요했습니다. 그렇게 규모가 순식간에 커지다가 결국 이렇게 된 겁니다. 한국 다크 웹의 한가운데를 차지하는, 크고 어두운 그림자가 된 거죠."

한바탕 이야기를 마친 김원이 크게 한숨을 쉬었다.

"솔직히 말씀드리면, 요즘은 이런 상황이 제게 버겁습니다. 더 이상 제가 감당할 수 있을지도 잘 모르겠어요. 경찰에서도 저희 사이트만 따로 추적하는 TF를 만들었다지 않나, 저희가 개발한 조인트를 그대로 베껴 만드는 범죄 집단까지 생겨 버렸습니다. 이대로라면 사이트가 수면 위로 떠오르는 건 시간문제예요."

"잠깐만. 듣던 중 치명적인 허점 발견."

새롬이 번쩍 손을 들었다.

"엄밀히 따지자면 수면 위로 떠오를 짓은 그쪽이 먼저 했잖아. 데스 매치를 하더라도, 뭐 어디 야산에서 싸우도록 만들면 좀 좋아? 왜 하필 스타테크 여사장을 갖고 그랬어. 행동

만 따지면 수면 위로 떠오르고 싶어 작정한 것 같은 분위기
인데."

"정곡을 찌르시네요."

김원이 웃었다.

"그 이유를 지금 말씀드리려 했습니다. 저는 더 유능한
자들에게 사이트 조종권을 넘길 겁니다. 프레이어스를 대신
운영하도록 말이죠. 그들은, 저보다 더 다크 웹에 관한 지식
이 풍부하고, 정의감도 넘칩니다. 조종권을 쥔다면 그들이
딱이라고 생각했습니다."

다만, 하며 김원이 말을 이었다.

"그들은 사이트를 넘겨받기 전 한 가지를 유독 궁금해했
습니다. 저희 조인트 시스템이 과연 철저한 '입막음'을 보장
하는가. 설령 사냥꾼이 작전 도중 대형 사고를 일으킨다 한
들 프레이어스는 과연 공권력의 맹렬한 추격에서 벗어날 수
있는가."

새롬은 팔짱을 끼며 김원을 비꼬았다.

"간단히 말해, 우리를 일종의 마루타로 써먹었다?"

"마루타라니요. 그 워딩은 공격적인데요. 게다가 제가 데
스 매치를 여러분에게 제시한 원인, 그리고 의도는 여전히
같습니다. 두 팀에게 공정한 기사회생의 기회를 주기 위해서
였죠. 다만 저는 거기에 약간의 양념을 첨가한다 한들 문제
가 없다고 판단한 것뿐입니다."

맙소사, 새롬이 중얼거렸다.

"어쨌건, 여러분도 보시다시피 프레이어스는 여전히 건재합니다. 접속자 수의 큰 변화 폭도 없고, 트래픽도 안정적입니다. 저희가 아는 정보 유출 건도 없었고요. 그들은 만족스러워했고, 협상에 동의했습니다."

그 말은, 하며 새롬이 고개를 내밀었다.

"협상은 이미 성립이 됐고, 운영자는 조만간 바뀐다?"

"맞습니다."

민혁은 문득 궁금했다. 이 대화를 듣고 있는 TF팀은 과연 어떤 반응을 보이고 있을까. 속으로 피식 웃었다. 아마 그들 입장에선 폭탄이 떨어진 느낌이리라. 제대로 된 똥 폭탄이.

새롬이 입을 열었다.

"뭐, 정보야 공유해 줘서 고맙긴 한데, 왜 그걸 우리한테 알려 주는 거야?"

"네?"

"그게 우리랑 뭔 상관이냐고. 우리는 그냥 사냥꾼이잖아. 운 좀 좋아서 상위 랭커가 된."

"아, 오늘, 제가 여러분에게 드릴 제안이 그것과 상관이 있거든요. 그래서,"

"뭔데. 뜸 들이지 말고 그냥 말해."

김원이 무표정하게 말했다.

"저희와 파트너로 활동해 주실 수 있으시겠습니까?"

김원은 눈앞에 놓인 분자 요리를 보다가, 말을 이었다.

"에이펙스의 활약, 흥미롭게 봤습니다. 유능한 그룹이라고 생각해요. 아니, 유능한 정도가 아니라 천재적이라고나 할까. 그래서 말인데, 가능하면 곁에 두고 같이 일하고 싶어요. 괜찮은 사람은 무조건 곁에 두자는 주의라. 어떠십니까? 보수는 섭섭지 않게 드리겠습니다."

새롬이 말하려던 그때 이번에는 준환이 선수를 쳤다.

"섭섭지 않게 얼마?"

"30억. 각각."

* * *

트럭 안에서 TF팀은 민혁의 주머니에 있는 수신기를 통해 X와의 대화를 실시간으로 감청했다. '김원'이라는 이름을 가진 인간을 분석해 달라고 지영에게 부탁하자, 약 3분 정도 후 답장이 왔다. 메일의 첫 문장은 이랬다. '삘이 딱 이 인간. 레알. 아니면 장을 지짐'. 이렇게나 확신할 정도라고? 첨부 파일로 3KB 크기의 TXT 문서가 첨부된 상태였다. 태영은 마우스를 쥐고 더블클릭했다. 이 작은 메모장 문서 안에, 김원의 모든 것이 담겨 있다. 그의 출생일부터 주민등록번호. 정부가 감시하고 기록할 수 있는 그의 모든 일생이. 스크롤을 내리며 읽은 끝에 태영은 몇 가지 중요한 사실을 발견했다.

하나. 김원의 본명은 김원이 맞았다. 자신의 본명을 순순히 밝힌 셈이다. 그 정도로 에이펙스를 믿는다는 얘기다.

둘, 김원은 놀라울 정도로 비범한 인간이었다. 국제해킹대회에서 최연소로 대상을 받은 전적이 있다. 이른바 '젊은 천재'. 여동생 동생 사건 이후 급속도로 어두침침해짐. 말수도 없어지고 타인과의 교류도 거의 없다시피 해짐. 그런 성격은 대학 3년간 지속. 결국 캠퍼스 동기들로부터 왕따. 잠수.

이후 소식이 없다가 저기 떡 하니 나타났다. 폐건물 한가운데에.

이런 인간이 운영자라니. 그야말로 의외였다. 프레이어스를 수사하는 동안 레이더망에 한 번도 잡히지 않은, 완전히 뜬금없는 인간이다. 어째선지, 그렇기에, 더욱 범인처럼 느껴졌다. 태영은 마른침을 삼키며 TXT 문서를 노려보았다. 이제 남은 일은 체포뿐이다. 정확히는 민혁이 '타이밍'을 알려주기만 하면 된다. 상황의 흐름을 비롯해 계획의 진척까지 모든 것이 긍정적이었다. X가 '운영자가 바뀐다'라는 사실을 내뱉기 전까지는.

폭탄 같은 발표가 난 뒤 TF팀원들은 여전히 침묵을 지킬 뿐이었다. 다들 지시를 기다리고 있었지만, 태영은 무슨 말을 해야 할지 혼란스러웠다. 충격에 여전히 멍했다. 판이 완전히 뒤집혀 버렸다. 대체 누구한테 사이트 주도권을 넘긴다는 소리인가. 은퇴는 또 뭐고? 혼란스러운 와중 가장 먼저 입을 뗀 것은 제박이었다.

"이건 뭐 좆된 걸 떠나서 일단 튀어야 할 거 같은데."

"잠깐만. 생각 좀 하고."

태영은 한숨을 쉬며 흐르는 땀을 소매로 닦았다. 솔직히 말하면 그 역시 제박과 생각이 그리 크게 다르지 않았다. 물론 X의 말을 곧이곧대로 믿어서는 안 된다는 것쯤은 안다. 그렇지만 사실이라면?

일단 작전을 행했을 때의 리스크가 너무 크다. 당장 김원을 체포한다 한들 프레이어스는 사라지지 않는다. 작전을 감행하면 그들은 이 TF의 존재를 확실하게 인지하게 되리라. 그러면 잡기는 더더욱 힘들어진다. 역시 철수하는 것이 답이라는 생각이 들던 그때였다.

"아니, 우린 계획대로 한다."

어느새 운전석에서 몸을 돌린 형배가 말했다. 제박이 헛웃음을 흘렸다.

"팀장님. 아무리 그래도, 상황이 지금,"

"잘 들어. 현장에서 내빼려고 5년 동안 이 짓거리 한 거 아니야. 오늘은 어떻게든 성과를 내야 해, 어떻게든. 나는 오늘 절대 빈손으로 들어갈 생각 없어."

"성과. 그놈의 성과가 대체 뭐라고요, 팀장님."

남희가 소리쳤다. 정적. 형배는 잠시 모두를 훑어보았다.

"지금 난 내 욕심 때문에 이러는 거 아냐. 지금 너희랑 태영 씨가 당장 저 빌딩 안에 들어가서 X를 습격해야 할 이유는 한두 개가 아냐. 일단, 저 인간이 지금까지 수면 위로 올라온 적이 있었어? 없잖아. 아마 앞으로도 없을 거야. 그런데 지금, 놈이 우리 앞에 떡 하니 있다고. 코앞에. 그런데 저걸 놓쳐? 놓치면, 과연 다음 기회가 올 것 같아?"

"기회야 올 수 있습니다. 민혁이가 프레이어스에 더 깊숙이 잠입하면,"

형배가 태영의 말을 끊었다.

"방금 못 들었어? 30억씩 준다고 했잖아. 30억이라고. 우리 말이 과연 귓구멍에 들어올까? 지금 저 새끼, 프레이어스에 넘어갈 거야. 확실해. 그럼 어떻게 되는지 알아? 우리 개인 정보부터 TF의 존재는 물론 모든 것이 위험에 처하는 거야. 지금 프레이어스가 중요한 게 아냐. 살아남아야 한다고."

"배신을 안 할 가능성은,"

태영은 웅얼거리다 입을 다물었다. 몇백만 원에 사람도 죽이는 세상이다. 30억. 아무리 자신이 민혁과 라포르를 형성했다 한들 그 돈이라면 많은 것이 달라지리라.

태영은 문득 등골이 오싹해졌다. 목 밑에 칼끝이 겨누어져 있다는 사실을 뒤늦게 알아차린 기분이었다. 그 많은 돈의 유혹에도 민혁이가 과연 계속 협조할까? 물론 녀석을 민고는 싶다. 진심이다. 그렇다고 그 믿음에 자신의 목숨까지 걸 수 있느냐 묻는다면, 부끄럽지만 그럴 수는 없었다.

"김원을 잡으면, 그다음에는 어떻게 하실지 계획이라도 있습니까?"

태영이 물었다.

"뻔하지. 일단 잡고, 그다음에 취조실서 조지는 거야. 아무리 센 척해 봤자 결국 이십 대 중반이잖아. 몸은 성숙했어도 대가리는 덜 여물었다고. 태영 씨가 몇 번 찌르면 술술 불 걸."

마지막으로, 하며 형배가 한마디 덧붙였다.

"우리 팀의 목표는 애초부터 프레이어스의 일망타진이었어. 프레이어스의 다음 사이트를 무너뜨리는 게 아니라. 그건 다른 팀이 해도 될 일이야. 알았어? 우린 살아야지. 내가 원하는 건 단지 그뿐이라고."

태영은 기가 막혔다. 5분 전까지만 해도 형배가 성과만 중시하는 무지막지한 괴물처럼 느껴졌는데, 지금은 아니었다. 오히려 그의 결정이 더 논리적이라고 느껴졌다. 저런 언변은 타고나는 걸까.

그때 지영이 끼어들었다.

"저기, 토론 중에 죄송한데, 지금 분위기가 약간 심상치 않거든요."

* * *

30억. 그것도 각각. 그야말로 억 소리가 튀어나올 제안. 그럼에도 새롬은 어째선지 못마땅하다는 표정이었다.

"왜, 그러십니까?"

김원이 조심스럽게 물었다.

"아니, 뭔가 대단하게 수상해서. 단순히 파트너를 하는데 그렇게 많은 돈을 준다고? 뭐 평생 노예 계약 그런 건가?"

새롬의 말에 김원이 짧게 웃었다.

"평생이라니요. 당치도 않아요. 길어 봐야 몇 년일 겁니다."

"대체 무슨 일을 하면 되는데?"

김원은 손에 깍지를 끼며 부드럽게 고개를 숙였다.

"다른 사업을 좀 해 볼 생각입니다. 무대는 다크 웹이지만, 분야는 좀 다른. 프레이어스보다 안전하고, 지속적인 수익 구조를 가진 사업이죠."

"깨끗한 일은 당연히 아니고?"

"더럽죠. 아주 많이. 그래서 대신해 줄 사람이 필요해요."

긴 침묵. 새롬이 입을 열었다.

"싫어."

"네?"

"싫다고. 네 제안을 거절할게."

한숨을 내쉬더니, 새롬이 말했다.

"김원 씨. 지금까지 고마웠어. 나쁜 놈들 죽이는 일도, 짭 짤한 보상도. 그런데 말이야, 우리는 이 짓거리 계속할 생각 진짜 눈곱만큼도 없어. 이제 그만하고 싶어."

김원이 표정 없이 말했다.

"사람을 죽이라는 게 아닙니다. 그냥 파트너 관계만 계속 유지하면서,"

"싫다고. 손에 총도 쥐기 싫고, 그냥 평화롭게 살고 싶다 고."

"야, 새롬아. 근데 30억이라잖아. 딱 한 번만 다시 생각,"

준환은 새롬의 날카로운 눈빛을 보고는 움찔 몸을 떨 었다.

"아니다. 그래, 나도 애 의견 찬성."

잠시 정적이 흐른 끝에 김원이 고개를 들었다.

"아쉽네요. 정말로요."

그가 말했다. 아무 감정도 담기지 않은, 무뚝뚝한 목소 리로.

새롬은 벌떡 일어나 출구를 향해 걸었다. 준환이 뒤따라 가며 중얼거렸다. 야, 근데 솔직히 괜찮은 조건 아니었냐, 하 고. 솔직히 말하면 괜찮은 걸 넘어서 거절하면 미친 수준이 긴 했다. 마음이 흔들리지 않았다고 한다면 새빨간 거짓말이리라. 그럼에도 새롬이 간신히 이성을 붙들 수 있던 것은 뒤늦게 떠오른 한 가지 생각 덕분이었다. 지금 여기서 거절하지 않으면, 평범한 삶으로 빠져나올 기회는 영영 없다, 그런 싸늘한 직감이 뇌리를 스쳤다.

새롬은 한숨을 쉬었다. 물론 이 결정을 나중에 두고두고 후회할 수도 있겠지만, 당장은 그것에 대해 생각하지 않으려 했다. 일단 나가자. 나간 다음 생각하는 거다. 엘리베이터 앞에 도착한 새롬은, 문득 한 가지 사실을 깨달았다.

"민혁이 어디 갔어?"

"어? 뭐야, 뒤에 없어?"

준환이 뒤를 돌아보았다. 그의 뒤에 민혁은 없었다. 설마, 아직 거기 있는 걸까. 어째서. 이제 와서 단독으로 김원과 딜이라도 할 생각일까, 불안했다. 물론 그럴 리는 없겠지만, 그래도 확인해야 했다.

"진짜, 잘 좀 따라오지."

구시렁거리며 방으로 다시 돌아갔다. 도착하자 민혁이 보였다. 그는 여전히 테이블에 앉아 있는 모습이었다. 김원을 마주 본 채, 석상처럼 미동도 하지 않고.

"쟤 지금 뭐 하는 거야?"

새롬이 중얼거렸다.

"그리고요, 제 생각은요."

"네?"

김원이 무슨 소리냐는 듯 고개를 갸우뚱 기울였다. 뭔가 대화라도 하고 있나? 지금 뭐 하는 거냐고 묻기 위해 새롬이 입을 벌린 그때였다. 민혁이 의자에서 벌떡 일어섰다. 그는 새롬 쪽을 돌아보더니 싱긋 미소 지었다. 그의 오른손은, 허리춤에서 뭔가를 막 뽑고 있었다. 글록 17 권총. 곧 벌어질 일을 깨달은 새롬이 입을 벌렸다. 그만둬, 하고 소리치려 했지만, 숨을 들이켤 새도 없었다. 민혁은 방아쇠를 당겼다.

2

총탄은 김원의 턱 부분에 정확히 명중했다. 회색 콘크리트 벽에 피가 끼얹어졌다. 촛불이 내뿜는 오렌지빛 조명이 피를 갈색으로 물들였다. 거의 동시에 김원 근처에 서 있던 남자들이 일제히 총을 빼 들었다. 새롬은 곧장 움직였다. 반사적으로. 근처의 기둥을 엄폐물 삼아 몸을 숨겼다. 순간 새롬의 다리 옆으로 뭔가가 데구르르 굴러갔다. 연막탄이다. 저번에 문주파와 데스 매치를 벌였을 때 여분으로 남겨 둔 물건. 하얀 연무가 순식간에 좁은 공간을 가득 채웠다. 눈앞에 순백의 도화지가 펼쳐졌다.

"어딨어, 이 새끼."

남자들은 고함을 지르고 욕설을 내뱉으며 사방으로 총을 갈겨댔다. 그중 몇 발은 새롬이 서 있던 기둥 바로 앞에 명중했다. 돌조각과 가루들이 허공에 흩날렸다. 새롬은 숨을 삼켰다. 이 말도 안 되는 상황이 그저 꿈이길 바랐다. 컨디션 나쁜 날, 술 먹고 꾼 한 낮의 개꿈.

새롬에게 용암 같은 분노가 끓었다. 그렇지만 그것을 또 다른 하나의 감정이 압도했다. 공포였다. 당장 여기서 모든 것을 잃을 수도 있다는 공포. 당장 오빠가 어디 있는지 모르지 않는가. 그 사실을 뒤늦게 떠올린 새롬이 소리쳤다.

"오빠!"

지금 당장 중요한 것은 딱 하나였다. 오빠와 함께, 이 빌어먹을 난장판에서 살아 나가는 것. 진실과 복수는 그다음에 찾아도 늦지 않다.

* * *

"총소리, 총소리 들렸어요, 방금."

남희가 기겁해서 입을 틀어막았다.

"알아, 방금 우리도 다 들었어."

제박이 무릎 아래로 총을 철컥 장전했다. TF팀이 탄 밴은 지금 전속력으로 도로를 질주하고 있다. 새롬이 김원의 제안을 거절하고 자리를 뜨기로 결심했을 때, 형배는 결정했다. 바로 지금 출발해야 한다고. 태영은 생각이 달랐다. 민혁의 '타이밍'을 기다리자고 제안했지만, 이젠 그럴 수 없었다. 상황이 급박해진 만큼 움직여야 했다. 민혁이를 구하자. 그리고 X를 잡아넣자.

"다들 무기 준비해. 도착 2분 전이다."

태영이 소리쳤다. 총을 쥔 손이 땀에 미끈거렸다. 프레이어스 자식들. 아무리 무모하다고 해도 그렇지, 자신들의 제안을 거절했다고 그 자리에서 곧장 방아쇠를 당겨댈 줄은 몰랐다. 물론 오디오 정보만 듣고 내린 추론이다. 정확한 사정은 민혁에게 직접 듣기 전까지 모르지만, 아무리 생각해 봐도 이렇게 상황이 치달은 이유는 단 하나였다. '우리 제안을

거절했으니, 죽어라.'

공사 중인 빌딩에 도착하기까지 남은 시간은 고작 1분. 이제 목적지는 코앞이었다. 그나저나 왜 민혁은 아직도 버튼을 누르지 않는 걸까. 습격할 절호의 타이밍에 누르기로 한 그 버튼을. 상황이 급박해서 깜빡하기라도 한 걸까. 역시 지금이라도 차를 돌려야 할까? 과연 옳은 선택일까? 옳은 선택? 그 오랜 세월을 형사로 일했음에도, 태영은 옳고 그른 게 뭔지 지금도 확신이 서지 않았다. 결국 결과론이었다. 법을 어겨 가면서도 악명 높은 연쇄 살인마를 잡는다면 그것은 기지가 된다. 실패한다면 그 기지는 '삽질' 혹은 권력 남용으로 바뀐다. 그래, 서둘러 끝내자. 게다가 적은 겨우 다섯 명이 아닌가. 총성이 울리기 전, 민혁은 분명하게 암호를 말했다.

"그리고요."

몇 시간 전. TF팀과 만났을 때, 태영은 민혁과 함께 미리 암호를 공유해 두었다. 그 암호란 다음과 같다. 에이펙스와 X를 제외한 적이 5명일 경우 '그리고요'라는 단어 뒤에 적의 숫자에 맞는 단어를 슬쩍 흘리기로 했다. '제 생각은요'는 다섯 글자. 즉 5명이 있다는 소리다. 예전부터 사기꾼이나 점쟁이들이 즐겨 쓰는 수법인데, 이렇게 서로 암호를 주고받아야 할 때도 유용하게 쓰인다.

태영은 생각했다. 5명 정도면 충분히 감당할 수 있다고. 특히 이 팀에는 제박과 남희가 있다. 아무리 어깨를 부딪치고 사느라 그들의 허당기에 익숙해졌다지만, 그래도 엄정한 심사를 거쳐서 뽑힌 정예 요원이다. 신체 능력 하나만큼은 다른 경찰들보다 월등히 뛰어나다.

잠시 후, 차가 현장에 도착했다. 급브레이크를 밟자 타이어가 흙바닥을 긁어댔다. 태영은 곧장 차 바깥으로 뛰어내린 뒤 빌딩을 향해 움직였다. 형배는 차 안에 머무르고, 지영은 드론을 이용해 전체적인 상황을 파악하기로 했다.

"자, 가자."

빌딩 앞에 부하는 서 있지 않았지만, 태영은 긴장을 놓지 않았다. 숨을 죽이고 발걸음을 최대한 죽이며 조용히 어둠을 헤쳤다. 코너를 돌자 엘리베이터가 있었다. 문 근처에 남자 한 명이 핸드폰으로 어딘가에 다급히 전화를 해댔다. 큰일이 났다느니 총소리가 났다느니 하며 상황 중계를 해댔다. 엘리베이터 안에도 한 명 있었는데 역시 긴장한 모습이었지만, 그나마 성실하게 주변을 감시 중이었다. 엘리베이터 안의 남자와 태영의 눈이 마주쳤다. 태영이 몸을 움직였지만, 남자가 더 빨랐다. 놈이 총을 치켜든 바로 그때, 두 차례의 짧은 총성이 들렸다. 남자 둘이 풀썩풀썩 쓰러졌다.

"지금부터는 정당방위, 맞죠?"

제박이었다.

"어, 어."

태영은 끄덕였다. 평소 껄렁껄렁한 모습이 아닌 전문가다운 모습을 본 것은 방금이 처음이었다. 태영을 필두로 일행은 엘리베이터에 올랐다. 남희가 바닥에 쓰러진 남자의 주머니를 뒤지더니 뭔가를 꺼냈다. 구형 리모트 스위치였다.

버튼을 누르자 돌연 덜커덩 소리가 나더니 엘리베이터가 올라갔다. 턱턱턱, 턱턱턱. 불길한 소리를 내며 엘리베이터는 올라갔다. 흐릿한 총성이 점점 또렷해졌다.

"괜찮을 거야. 작전대로만 하자."

태영은 심호흡했다. 30초 후, 엘리베이터는 14층에 도착했다.

"경찰이다, 다들 동작 그만,"

말을 중간에 끊을 수밖에 없었다. 문이 열리자마자 총알비가 한바탕 쏟아진 탓이다. 일행은 각자 엘리베이터 구석에 바싹 붙었다. 제박은 눈을 감고 심호흡을 했다. 이윽고 번쩍 눈을 뜨더니 제박이 다짜고짜 바깥으로 튀어 나갔다. 순식간이라 말릴 틈도 없었다. 3발의 총성이 들렸다. 태영은 눈을 질끈 감았다. 제박의 비명이 들려오지 않을까 싶어 긴장했지만, 기우였다.

"클리어입니다. 나오세요."

제박의 목소리였다.

태영과 남희는 주춤거리며 엘리베이터 밖으로 나갔다. 남자 셋이 쓰러져 있었다. 둘은 이미 숨이 끊어진 상태였다. 하나는 가슴팍을 부여잡고 있었는데, 손가락 사이로 피가 질질 새어 나왔다.

"이제 몇 명 남았죠? 다섯?"

"계산 좀 해 보자."

태영은 눈을 감았다. 민혁은 에이펙스와 X를 제외하고 다섯 명이 14층에 있다고 했다. 지금까지 처치한 건 모두 5명? 그렇다면 남은 인원은 에이펙스 3명 그리고 김원 정도가 전부라는 뜻이다. 민혁을 빼면 셋. 그래, 셋이다.

"셋이야. 가능하면 셋 다 생포하는데, 상황이 여의찮으면 에이펙스 둘은 사살해도 된다."

태영이 말하자 제박이 끄덕였다.

"오케이."

잠시 후. 태영 일행은 복도를 가로질렀다. 엄폐물 뒤로 몸을 숨겼다가, 확인하고 이동하길 반복했다. 그때 우르르 소리가 바닥을 울렸다.

처음에는 뭔가 무거운 것을 끄는 소리인가 싶었지만, 자세히 들으니 아니었다. 발소리였다. 그것은 코 앞의 복도에서 들려왔다. 가슴이 철렁 내려앉았다. 경고해야 한다. 태영이 입을 벌리려던 그때 눈앞의 복도에서 누군가 불쑥 모습을 드러냈다. 용병이었다. 온몸을 각종 무기로 도배한 놈들이 우르르 쏟아졌다. 맙소사. 대충 어림잡아도 다섯은커녕 10명이 넘었다. 태영은 순간 제박 쪽을 보았다. 위험하다. 그는 복도 정중앙에 무방비로 서 있다. 그대로 있다간,

"엄폐!"

온 힘을 다해 소리쳤다. 태영은 곧장 복도 모서리에 몸을 바싹 기댔다. 뒤따라오던 남희도 비명을 지르며 몸을 웅크렸다. 또다시 총알 세례가 시작되었다. 한 발 한 발이 이전보다 거칠었다. 총성과 함께 튀긴 돌조각 하나가 뺨을 긁었다. 뜨끈한 핏줄기가 턱을 타고 흘렀다. 태영은 멍하니 입을 벌렸다. 이게 어떻게 된 일이지. 민혁이는 분명 5명 정도라고 했는데. 물론, 잘못 안 걸 수도 있다. 저 용병 놈들이 꼭꼭 숨어 있어 존재 자체를 알아채지 못한 걸 수도. 그렇지만 분명 경고했다. '몇 명인지 확실하지 않을 경우 아예 메시지를 보내지 않아도 된다'라고. 그럼에도, 민혁은 기어코 메시지를 보냈다. '그리고'란 단어를 굳이 써 가며 5명이 있다고 '확실히' 알렸다. 이 사실을 통해 태영은 그동안 속으로 은밀하게 부정했던, 한 가지 가능성을 더 떠올렸다.

만약 의도적으로 거짓 정보를 흘린 거라면?

"제박, 괜찮아?"

태영은 제박을 보았다. 그는 욕을 반복해서 씹어 뱉었다. 하긴, 욕이 나와도 이상하지 않은 상황이었다. 태영과 남희가 안전하게 복도 모서리에 붙어 있는 지금, 제박은 복도 정가운데에 박힌 원통형 기둥에 붙어 있었으니까. 그 기둥마저 지금 용병들이 토해 내고 있는 총탄으로 거의 너덜너덜해졌다.

"야, 못 있겠다. 여기 있다간 그냥 뒤져."

제박이 떨리는 목소리로 말했다.

"나대지 말고 거기 가만히 있어, 병신아!"

"그럼 총알 좀 줘. 다 떨어졌다고."

태영은 가지고 온 탄창 중 하나를 허겁지겁 주머니에서 꺼냈다. 제박의 앞에 던져 줄 생각이었다. 그때, 제박이 탄창을 쥔 태영을 손가락으로 가리켰다. 문득 녀석이 뭘 하려는 건지 이해하지 못해 태영은 멍하니 있었지만, 뒤늦게 알아차렸다. 잠깐만, 하고 외치기도 전에 제박은 이미 움직였다. 기둥에서 태영 쪽으로, 있는 힘껏 몸을 날렸다. 그야말로 찰나의 순간이었다. 고기 뭉치를 주먹으로 힘껏 내리치는 듯한 소리와 함께 제박의 머리가 터져 나갔다.

태영은 어, 하고 중얼거렸다. 제박의 몸은, 허공에 잠시 머물러 있다, 바닥에 쓰러졌다. 그의 시체 위로 총알이 퍼부어졌다. 짓뭉개진 그의 머리는 이제 형체를 알아볼 수 없을 정도로 너덜너덜했다. 5살짜리 아기가 마구잡이로 쥐어뜯은 귤 조각처럼. 총알은 계속 쏟아졌다.

"제박!"

제박에게 달려가려는 남희의 옷깃을 태영이 간신히 붙잡았다. 패닉에 빠진 남희의 어깨를 두 손으로 꽉 붙잡았다.

"정신 차려, 정신 바짝 차리고, 내 말대로 해. 할 수 있어?"

"네? 어, 네. 네."

눈물범벅이 된 남희가 간신히 중얼거렸다. 태영이 끄덕였다.

"좋아. 난 여기서, 저 자식들이 이리 못 오게 계속 총알을 갈겨댈 거야. 넌 그 사이 엘리베이터로 뛰어 들어가. 타고 내려간 다음, 도망쳐. 알아들었어?"

그때였다. 귓가에 치지직 소리가 들린 것은. 태영은 혀를 찼다. 맞다. 지금까지 줄곧 인이어를 끼고 있다는 사실을 깜빡했다. 하루 종일 착용하고 있느라 그동안 의식 자체를 못했다. 남희를 자기 몸 옆에 바싹 기대도록 한 다음, 인이어에 대고 말했다.

"팀장님, 지원 요청합니다. 당장이요."

또다시 치직, 소리가 들렸다. 설마 고장난 걸까.

"제박이 당했습니다. 저와 남희는 엘리베이터 앞이고요. 놈들은 5명이 아니라 50명은 됩니다. 지원 요청합니다. 어서 지원을,"

"그럼 그냥 죽지 그래?"

* * *

쏟아지는 총성은 도무지 멈출 기미가 보이지 않았다. 새롬은 절망적이었지만 내색하지 않았다. 그저 꿋꿋이 하던 행동을 반복하고 또 반복했다. 총을 쏘고, 바닥나면 장전하고, 다시 쐈다. 프레이어스에서 활동을 시작하기 전, 오빠가 사격장에서 손수 가르쳐 준 대로. 얼마나 지났을까. 저쪽도 슬슬 총알이 떨어지기 시작한 건지 조금씩 총성이 잦아들었다. 지금이다. 새롬은 기둥에서 뛰쳐나갔다. 연기가 걷히자 웅크린 자세를 한 검은 그림자가 보였다. 준환이었다. 새롬은 허겁지겁 그쪽으로 달려갔다. 처참한 광경에 입에서 절로 비명이 터져 나왔다. 준환은 가슴 쪽 상처를 손으로 틀어쥔 채 신음을 흘렸다. 새롬은 덜덜 떨리는 손으로 준환의 손을 붙잡은 뒤 옆으로 살짝 치웠다. 상처는 움푹 패 있었다.

"으, 졸라 따가워⋯."

"왜 맞았다고 말을 안 했어, 멍청아!"

새롬이 울부짖었다. 준환이 하얗게 질린 얼굴로 간신히 웃었다.

"방금 맞은 거야, 병신아."

"안 웃겨, 안 웃기니까, 그냥 좀 닥쳐."

새롬은 준환의 어깨를 부여잡고 주변을 둘러보았다. 적은 없었다. 적어도 당장은. 고민 끝에 준환을 억지로 등에 업었다.

"뭐 하는 거야."

"꽉 잡아."

이를 악물고 비틀비틀 달렸다. 죽을 맛이었다. 제 한 몸

가누기도 힘든데 한 놈을 또 짊어져야 하는 신세라니. 당장이라도 엎어져 쉬고 싶었다. 다리가 후들거렸지만, 멈출 수 없었다. 이 지옥에서 벗어나야 했다. 절뚝거리며 코너를 돈 새롬은 눈앞의 광경에 움찔했다. 남자 10명 정도가 모여 어딘가를 향해 총을 갈겨댔다. 일단 저 10명을 지나가야 엘리베이터에 타든지 말든지 할 수 있을 텐데. 어쩌지. 새롬은 잠시 준환을 내려놓고 주변을 둘러보았다. 바닥에 널브러진 남자의 시체들. 그중 한 남자의 주머니가 불룩한 걸 보았다. 손을 넣어 꺼내 보니 역시나 수류탄이었다. 새롬은 망설였다. 이걸 까서 던지면 건물 전체가 무너지지 않을까 싶었다. 아니다. 문제는 건물 따위가 아니다. 살아 나가는 거지. 그녀는 결심했다. 핀을 뽑은 뒤 남자들을 향해 던진 다음 몸을 웅크렸다. 잠시 후, 엄청난 굉음과 동시에 가루가 미친 듯이 흩날렸다.

30초 정도 지나자 간신히 앞을 볼 수 있었다. 지금이다. 새롬은 다시 준환을 등에 업고 달렸다. 달리던 도중 들고 있던 총을 떨어트렸다. 다시 집어 들고 싶었지만, 그럴 시간이 없었다. 움직여야 했다. 지금 당장. 잘린 팔과 다리가 굴러다니는 복도를 지나며 새롬은 엘리베이터 쪽으로 향했다. 정신없이 달리며 코너를 돌았다. 마침내 도착이다.

안도의 한숨을 내쉬며 새롬은 고개를 들었다. 연무가 걷히며 그림자가 모습을 드러냈다. 남자였다. 처음 보는 남자.

그는 이쪽을 향해 총을 겨눈 채 꼼짝도 하지 않았다. 정적이 흘렀다. 완벽한 침묵. 피와 연기 그리고 총탄으로 얼룩진 이런 공간과는 전혀 어울리지 않는, 정적. 남자가 조심스레 입을 열었다.

"뭐해, 총 주워. 주변에 널렸으니까."

잠시 망설였다. 이 미친놈은 뭐지 싶었지만, 운이 따라주는데 굳이 그것을 걷어찰 생각은 없었다. 새롬은 준환을 옆에 내려놓은 다음 몸을 숙였다. 바닥에 굴러다니던 총 중 그나마 가장 멀쩡해 보이는 것을 주웠다. 죽을 맛이었다. 몸을 조금이라도 움직일 때마다 간담이 서늘해졌다. 당장이라도 총소리가 들려도 이상하지 않으니까. 기우였다. 총소리는 끝까지 나지 않았다. 새롬이 총을 쥐고 남자를 향해 겨누어도 마찬가지였다. 남자가 중얼거렸다.

"뭐해? 어서 쏴."

새롬은 방아쇠를 당겼다.

총알은 남자의 이마에 그대로 명중했다. 바닥에 힘없이 쓰러지는 남자를 새롬은 멍하니 보았다. 대체 이 인간은 뭘까. 자살이라도 하러 온 걸까. 마지막 순간까지 이 남자에겐 삶에 대한 의지라는 것이 보이지 않았다. 마치 모든 것을 놓아 버린 사람처럼.

멍한 그녀를 다시 현실로 데리고 온 것은, 몇 발의 총성이었다. 맞다. 서둘러야지. 남자가 죽은 걸 확인한 다음, 새롬은 다시 준환을 업었다. 허겁지겁 엘리베이터 앞으로 향했다.

"아,"

엘리베이터는 이미 내려간 뒤였다. 대체 누가 타고 내려간 걸까. 뻔하다. 민혁이지. 그놈밖에 없다. 김원을 죽이자마자 연막탄을 터뜨리고 도망쳤으니, 남아도는 게 시간이었겠지. 욕을 연신 씹어 뱉었다. 미칠 것 같았다. 얼굴이 헤어드라이어를 갖다 댄 듯 뜨겁게 달궈졌다. 모든 것이 지옥으로 곤두박질쳤다.

"민혁이는? 민혁이는 괜찮대?"

준환이 중얼거렸다. 지금 그 따위 소리를 할 때냐고 윽박지르고 싶었으나 이젠 그럴 기력조차 없었다. 내려간 엘리베이터를 본 순간 모든 힘이 쭉 빠져 버렸다. 그래. 여기까지다. 여기까지가 할 수 있는 최선이다. 이제 포기해도 괜찮지 않나.

아니. 아직 포기할 수 없어. 박새롬. 네 유일한 재능이 바로 그거잖아. 포기하지 않는 거. 다른 생각하지 마. 하나에만 집중해. 다리가 부러지면 무릎으로라도 기어. 무릎이 박살나면 손을 짚어서라도 움직여. 살아남는 거야. 어떻게든.

미친 듯이 자기 최면을 걸자 거짓말처럼 방법 하나가 머릿속에 떠올랐다. 무시무시할 정도로 무모하고 멍청한 짓이었지만, 동시에 유일한 방법이기도 했다. 엘리베이터는 지금,

11층에서 10층으로 내려가고 있다. 이 정도 높이라면… 새롬은 다시 일어섰다. 준환을 등에 업은 다음 그녀는 엘리베이터 문 쪽으로 다가갔다. 아래를 보았다. 깊은 어둠이 밑도 끝도 없이 뻗어 있었다. 새롬은 눈을 질끈 감았다. 그러고는 공중으로 몸을 던졌다. 허공에서 몸이 부유했다. 찰나의 평화도 잠시, 중력은 새롬을 움켜잡더니 바닥으로 잡아끌었다. 머리카락이 바람에 휘날렸다. 시야가 고장 난 가로등처럼 깜빡거렸다. 제발, 제발. 기절만 하지 말자. 기절만 하지 말자. 쾅 소리가 귓가를 울렸고, 얼얼하다는 감각을 미처 느끼기도 전에 새롬의 의식은 툭 꺼져 버렸다.

3

"그럼 그냥 죽지 그래?"

형배는 그러더니 껄껄 웃었다. 태영은 충격에 굳어 버렸다. 그제야 모든 퍼즐이 완벽하게 맞춰졌다. 왜 형배가 프레이어스 추적에 몇 년을 쏟았는데도 범인을 못 잡은 건지. 왜 굳이 오늘 이 건물을 습격하도록 강요한 건지. 태영은 인이어를 부서질 듯 움켜잡았다. 그러다 문득 정신을 차렸다. 아니다. 이 통신은 끊어야 했다. 지금 놈과 얘기하는 것은 하나도 도움이 되지 않는다. 툭 끊은 뒤 태영은 남희를 흔들었다.

"남희야, 정신 바짝 차려. 아까 그 엘리베이터, 작동 리모컨 가지고 있지?"

"예? 예."

"타고 1층으로 내려가. 무조건 달려. 형배 그 자식은 배신자니까 믿지 마."

"그럼, 선배는요."

"알아서 내려갈 테니까, 너 먼저 내려가 있으라고. 어? 부탁이니까."

남희는 벌벌 떨면서도 간신히 고개를 끄덕였다. 태영 역시 끄덕였다.

"셋 세면 엘리베이터 안으로 뛰어. 알았어?"

태영은 심호흡을 했다. 하나, 하고 소리치던 그때였다. 퍽 소리와 함께 눈앞이 하얗게 변했다.

섬광탄이다.

"남희야!"

조심해, 라고 말을 잇기 직전 몸 앞으로 뭔가가 빠르게 지나쳤다. 누군가 달리는 듯한 소리. 이어 두 발의 총성. 머리 위쪽이 순간 불이라도 붙은 듯 화끈거렸다. 찌릿한 고통. 태영이 머리를 더듬었다. 총알이 정말 간발의 차로 스쳤다. 머리카락이 피에 젖어 온통 질척거렸지만, 목숨은 건졌다.

신음을 흘리며 연신 눈을 깜빡이던 그때 엘리베이터 작동음이 들렸다. 태영은 안도했다. 남희가 뒤늦게라도 이렇게 벗어날 수 있어 다행이다. 그녀만큼은 이 지옥에서 벗어나야 한다. 그때였다. 한 가지 의문점이 머릿속에 떠올랐다. 대체 방금 그 섬광탄은 누가 터뜨린 걸까. 설마. 중얼거리며 태영은 뒤를 보았다. 시야가 돌아오자 엘리베이터 바로 옆에 형체 하나가 누워 있는 것이 보였다. 다가가서 보았다. 남희였다.

엘리베이터를 타고 내려간 것은 남희가 아니다.

태영은 그녀를 부축해 들어 올린 다음 근처 기둥으로 이동했다. 가슴이 오르락내리락하는 걸 보니 살아는 있다. 하지만 이 상태가 얼마나 갈까. 태영은 바닥에 그녀를 내려놓고 상태를 확인했다. 배꼽 정확히 아래에 붉은 원이 생겼다. 소장이 위치한 부분. 치명상이 분명했다. 남희는 힘 빠진 인형처럼 축 늘어진 상태였다. 그녀가 희미하게 중얼거렸다.

"나, 죽어 가는 거 맞죠, 지금?"

태영은 머뭇거렸다. 질문에 대한 답은 사실 정해져 있다. 설사 지금 기적적으로, 빛의 속도로 구급차가 도착한다 하더라도, 남희는 병원에 도착하기까지 생존하기 어려웠다. 그리고 지금, 이 지옥 같은 곳에 기적이 일어날 확률 따위 없었다. 거짓 희망에 사로잡힌 채 죽도록 하고 싶진 않았다. 태영은 고민 끝에 말했다.

"아무래도 그런 거 같다."

남희는 잠시 태영을 멍하니 노려보았다.

"아저씨도, 진짜. 센스 없다."

"어?"

"보통 이럴 땐, 거짓말해 주잖아."

남희가 실없이 웃었다. 태영도 어이가 없는 나머지 풋 웃었다. 남희는 고통이 몰려온 건지 얼굴을 찡그렸다. 잠시 앓는 소리를 내던 그녀가 중얼거렸다.

"담배 없어요?"

"왜?"

"죽기 전에 펴 보게."

태영은 재빨리 품을 뒤적거렸다. 주머니는 비어 있었다.

"차에, 차에 두고 왔어."

남희가 또다시 웃음을 터뜨렸다. 태영은 웃을 수 없었다.

"미안하다."

"됐네요. 이건 그냥,"

말이 더 이어지길 바랐으나 그게 끝이었다. 남희는 미동도 하지 않았다. 더 이상 움직이지도 움직일 일도 없었다. 태영은 잠시 가만히 있다가, 남희를 내려놓았다. 그때 폭발음이 들렸다. 무너지는 잔해에 깔리는 게 아닐까 싶을 정도의 굉음. 건물은 무너지지 않았다. 대신 아까 전부터 쉬지 않고 쏟아지던 총탄이 뚝 멈추었다. 이어 복도 저편에서 또 다른 발소리가 들려왔다. 태영은 속으로 웃었다. 10명은 개뿔. 지금 보니 한 소대는 데려온 모양이다. 마지막까지 발악을 해 볼까 싶었지만 곧 포기했다. 이제 지금, 자신이 바라는 것은 딱 하나였다. 이 생지옥이 끝나는 것. 태영은 일어섰다. 피투성이로 한가운데 나와 당당히 섰다. 총을 장전한 다음 정면을 향해 겨누었다. 복도 끝에서 마침내 발소리의 주인이 튀어나왔다. 태영은 기함했다. 익숙한 얼굴. 새롬이었다. 그동안 화면 너머로 몇 날 며칠을 봐 왔지만, 이렇게 실제로 보는 것은 처음이었다.

새롬은 태영을 보더니 하얗게 질렸다. 꼼짝도 하지 않았다. 태영이 먼저 운을 뗐다.

"뭐해, 총 주워. 주변에 널렸으니까."

새롬은 당황한 눈치였다. 이게 함정인지 아닌지 고민하는 모습이었다. 그녀는 근처에 준환을 내려놓은 다음, 굴러다니는 총 중 아무거나 집어 들었다. 그런 다음 겨누었다.

태영은 눈을 감았다.

한 발의 총성이 울렸다.

4

건설 현장 인근. 나는 이를 갈며 빠른 속도로 걸었다. 빌어먹을 형배 자식. 아무리 CCTV에 찍히는 게 무섭다 해도 그렇지, 공사장을 빠져나가자마자 날 거리에 던져 두고 갈 줄은 꿈에도 몰랐다. 대체 자신이 살아 있는 게 누구 덕인 줄 아는 걸까. 됐다. 그냥 걷자. 한숨을 쉬며 발걸음을 옮겼다. 한 걸음씩 내디딜 때마다 옷 위에 묻은 하얀 가루들이 툭툭 떨어졌다. 누가 봐도 수상한 차림이었다. 목격자가 생기기라도 할까 약간 긴장했지만, 곧 쓸데없는 걱정임을 되새겼다. 이 주변은 죄다 공사 중이거나 개발 중이다. 공사 관계자들을 제외하면 인적은 없다.

얼마나 걸었을까. 목적지가 눈앞에 드러났다. 수풀 깊은 곳의 구덩이. 며칠 전에 미리 파 두었다. 다가간 다음 그 안에 미리 넣어 둔 진공 압축팩을 꺼냈다. 거기에 가지고 있던 무기들과 입고 있던 옷을 전부 넣었다. 알몸으로 있으니 잠깐 동안 기분이 시원했다. 마치 한 마리 동물이 된 듯한 은밀한 해방감. 느긋하게 한숨을 돌린 다음 이빨로 팩의 구석을 찢어 열었다. 웃옷부터 양말까지 한 세트가 후두둑 땅 위로 떨어졌다. 옷을 갈아입고 나서 근처의 흙으로 구덩이를 메웠다.

계속 도로를 걸은 지 5분 정도 지났을 때였다. 저쪽에서 초록빛이 눈에 들어왔다. 편의점이었다. 안으로 들어가자 초록색 유니폼을 입은 아르바이트생이 어서 오세요, 하며 인사했다.

"말보로 레드 주세요. 라이터도."

내가 말했다. 주머니에 혹시 몰라 오천 원권을 꽂아 둔 것은 정말이지 신의 한 수였다. 아르바이트생은 끄덕이며 진열대에서 담배를 찾고는 나를 흘끔 보았다.

"근데요, 혹시 저쪽에 뭔 일 있어요?"

"예?"

"아니, 아까 보니까 불 난 것 같더라고요. 저쪽 공사장에. 근데 그쪽에서 오시길래."

나는 잠시 숨을 멈췄다.

"불이 났다고요?"

"예, 막 사이렌도 울리고 난리도 아니었잖아요."

아르바이트생은 말보로를 꺼낸 뒤 바코드를 찍었다.

"사천오백 원입니다."

나는 주머니에서 구깃구깃해진 지폐를 꺼냈다. 그러면서 아르바이트생의 눈을 유심히 보았다. 그래, 목격자는 최대한 남겨 두지 않는 게 좋다. 그렇지만, 귀찮았다. 지금은 계획의 막바지 아닌가. 막판에 짐 하나를 더 떠안는 것도 개인적으로는 별로였다. 이 녀석을 대체 어떡하면 좋을까?

"근데요."

담뱃갑을 집어 들며 내가 물었다.

"여기가 무슨 점이죠?"

"점?"

"위치요. 이따가 친구가 여기서 택배 좀 부치겠다던데, 무슨 무슨 점인지 그거를 제가 몰라서."

아르바이트생은 잠시 멍한 표정을 지었다. 몇 번 목덜미를 긁적이더니 중얼거렸다.

"아, 그게… 저도 여기 근무한 지 얼마 안 됐거든요."

"그래서, 몰라요?"

"잠시만요. 보고 올게요."

아르바이트생은 고개를 숙인 뒤 허겁지겁 밖으로 나갔다. 고개를 들어 간판을 확인한 그가 말했다.

"아, 문영공업단지점이네요."

"오케이. 고마워요."

"네, 그럼. 또 필요하신 거 있으시면 말씀하세요."

아르바이트생은 미소 짓더니 편의점 안으로 들어갔다. 잠시 침묵을 지키던 나는, 결국 참지 못하고 웃음을 터뜨렸다. 자신이 어느 편의점에 근무하는지도 모른다니. 저 정도의 돌대가리라면 일단 걱정하지 않아도 되리라. 나는 담배를 꺼내 물고 불을 붙였다. 푸, 하고 길쭉한 연기를 내뿜었다.

저 인간은 아마 알까? 방금 자신이 죽음의 고비를 몇 번이고 넘나들었다는 사실을?

담배는 TF팀에 들어가며 끊었다. 이왕 연기를 하는 거 마음을 단단히 먹자는 각오에서였다. 관중이 없어진 지금 더 이상 연기는 필요 없었다. 니코틴이 돌자 혈류를 타고 흐르던 아드레날린이 가라앉았다. 눈을 감고 코로 힘껏 숨을 들이쉬었다. 나는 일이 끝날 때마다 자문했다. 이 일을 깔끔하게 끝낸 건지. 모두 처리한 게 맞을지. 아무리 생각해도 그 현장에서 살아남은 이가 있을 리 없었다. 태영 일행은 분명 전부 죽었으리라. 그 층에는 X의 인간들이 최소 5명 정도 깔려 있다. 모든 방마다 각각. 그 난장판을 세 명이서 감당하기란 불가능에 가깝다. 설사 그 남자들로부터 무사히 살아남았다 하더라도, 몇 분 후에 터진 폭탄이 그들을 가루로 만들었으리라.

태영 일행이 체포를 위해 빌딩 안으로 들어간 사이, 형배는 미리 짜 놓은 계획대로 움직였다. 차량에 싣고 온 사제 폭탄을 꺼내 건물 밑의 기둥에 던졌다. 그는 도합 네 개의 폭탄을 떨어트려 놓은 다음 잽싸게 밴으로 돌아왔다.

그 사이, 나는 나대로 계획한 행동을 했다. 김원을 쏘고 곧장 연막탄을 터뜨렸다.

사실, 계획대로라면 여기서 새롬과 준환을 쏴 죽이는 게 맞았다. 그러지 않은 것은 용병 때문이었다. 계획을 짤 당시, 빌딩에 몇 명 깔려 있을 거라고 예상은 했다. 막상 현장에 도착한 직후 나는 당황했다. 이렇게 많을 줄은 몰랐다. 잠시 고민한 끝에 계획을 수정했다. 미끼를 놓자. 내가 무사히 엘리베이터에 탈 동안, 움직이는 미끼가 되어 줄 놈들을. 새롬과 준환은 바로 그 역에 제격이었다.

연막탄을 깐 뒤, 엘리베이터 부근까지 한달음에 이동했다. 거기서 한 번 더 연막을 깐 뒤 엘리베이터를 타려던 때였다. 하필이면 팀원 중 하나를 만났다. 남희. 녀석이 엘리베이터에 막 오르려는 것을 나는 간신히 막았다. 그런 다음 엘리베이터를 타고 내려갔다. 젠장할 엘리베이터. 엘리베이터는 더럽게 느린 데다 무서울 정도로 부실했다. 11층 부근에서 쾅, 하고 엘리베이터가 흔들렸을 때는 솔직히 떨어져 죽는 줄 알았다. 멀쩡하게 다시 내려가는 것을 보고 얼마나 안도했는지 모른다.

엘리베이터가 3층 정도에 도달하자, 1층에 미리 대기하고 있던 TF 밴의 지붕을 향해 뛰었다. 비틀거리며 차 안으로 들어갔다. 형배에게 스위치를 건네받았다. 모든 것을 끝낼 스위치. 계획상으로는 이것을 곧장 눌러도 상관없지만, 일부러 기다렸다. 차가 공사장에서 빠져나가는 순간을 기다리며. 왠지 몰라도 그편이 더 깔끔한 기분이었다.

마침내 그 순간이 되자 스위치를 눌렀다. 정적. 잠시 세상이 멈춘 건가 싶은 그때 요란하게 폭발이 일어났다. 빌딩 아래쪽에서부터 화염이 거칠게 치솟았다. 화마는 층과 층을 집어삼켰지만, 화력이 시원치 않았다. 불길은 순식간에 잦아들었다. 나는 혀를 찼다. 이게 다인가. 실망하며 고개를 돌리려는데 기반을 무너뜨린 것이 효과를 발휘했다. 우지끈 무너지는 소리가 두세 번 울리더니 빌딩이 흔들흔들 휘청이다가 결국 쓰러졌다. 철골이 휘는 소리와 함께 하늘이 분노라도 한 듯 우르르 쾅쾅 하는 소음이 사방에 진동했다. 시간이 흐르고 연무가 걷혔다. 큼직큼직한 콘크리트 덩어리들이 사방에 나뒹굴었다. 그 광경을 보며 나는 생각했다. 저 난리에서 살아남을 수 있는 인간은 아마 없을 거라고.

더 이상의 목격자를 만들면 곤란하다. 편의점을 나선 뒤부터는 조금 더 용의주도하게 움직이자고 나는 결심했다. 형배에게 받은 대포폰을 켠 다음 현재 위치를 확인했다. 가장 가까운 휴게소까지는 대략 2km. 중간에 몇 개의 언덕을 지나야 했다. 또 걸어야 한다니. 귀찮음에 한숨이 절로 나왔지만 어쩔 수 없었다. CCTV에 얼굴이 찍히느니 나뭇가지에 몸을 몇 번 더 긁히는 편이 낫다.

20분 후. 덤불을 밟고 펜스를 넘어 간신히 휴게소에 도착했다. 심야의 휴게소는 예상외로 북적였다. 퀴퀴한 오징어 냄새와 뽕짝 트로트 음악 소리. 간간이 섞인 아이들의 밝은 웃음. 나는 있는 대로 고개를 숙인 채 차들을 하나둘 지나쳤다. 곁눈질을 하며 차를 물색한 지 5분, 적당한 타깃이 눈에 들어왔다. 낡디낡은 파란색 용달 트럭이었다. 짐칸 쪽을 둘러

보자 푸른색 방수포가 체크무늬 밧줄과 함께 구석에 뒤엉켜 있었다. 주변을 둘러보았다. 아무도 없음을 확인하자마자 훌쩍 짐칸에 올라탄 뒤 방수포 속으로 몸을 밀어 넣었다. 20분 뒤, 시동이 걸리고 차가 출발했다. 덜커덩, 덜커덩. 운전 내내 트럭은 시종일관 들썩였다. 방수포 속의 푸른 어둠을 노려보며 나는 생각했다. 이 '목적'을 이루기 위해 그동안 얼마만큼의 개고생을 했는지.

글로벌 군사 기업 블랙 클로버에서 쫓겨난 이유는 스너프 필름을 다크 웹에 팔았기 때문이다. 솔직히 말하면 지금도 억울하다. 스너프 필름이라니. 워딩도 참 악랄하지. 나는 그저 임무 수행 도중 영상 몇 개 찍은 것뿐인데. 그것을 '생생한 영상'에 흥분하는 변태 바이어들에게 팔았을 뿐인데. 스너프라는 무시무시한 낙인이 붙어 매도당하는 건 아무리 생각해도 과하다고 생각한다.

그런데 왜 팔았냐고 묻는다면, 아까웠다. 임무를 수행할 때마다, 총에 맞아 쓰러진 시신을 볼 때마다, 정말이지 진심으로 아까웠다. 사람이 죽었는데, 한 인간이 다른 인간의 숨통을 끊는 드라마틱한 장면인데, 그 광경을 아무에게도 보여주지 않는다니. 이런 낭비가 어디 있단 말인가. 마치 영화를 촬영한 뒤 감독 혼자만 보고 파일을 삭제하는 것과 다를 바가 없지 않은가.

새로 나온 초소형 고프로 캠을 헬멧에 박은 것은 그래서였다. 임무를 수행하며, 원하는 장면들을 은밀하게 녹화했다. 팀원들은 몇 개월 동안 작전이 녹화되고 있다는 사실을 눈치채지 못했다. 완벽했다. 그런데도 들킨 이유는 딱 하나였다. 동영상을 구매한 머저리 중 하나가 다크 웹에 영상을 게재했기 때문이다. 쫓겨나기 직전까지 별의별 고문을 당했다. 구타, 잠 못 자게 하기는 기본이었다. 그 외에도 지지고, 찢고, 자르는 등 온갖 짓거리들을 해댔다. 간신히 살아나온 뒤, 결심했다. 이제부터는 정말 정신 차리고, 손 깨끗이 닦고 살자.

그렇지만 불가능했다. 총질 잘하는 거, 그거 하나로 먹고 살았는데 그걸 하루아침에 포기하기란 끔찍이도 어려웠다. 앞으로 뭘 하고 살아야 하지. 눈앞이 막막하던 그때 프레이어스를 발견했다. 현실판 현상금 사냥이 벌어지는 비밀 사이트. 그야말로 노다지였다. 정의 구현도 하고 돈도 벌고. 블랙클로버에서 일했을 때보다 짭짤했다. 돈이 생기니 점차 욕심이 생겼다. 더 많은 돈을 벌고 싶어졌다. 그래서 더더욱 많은 '임무'를 맡았다. 더 많은 사람을 죽였다. 그리고 어느 날, X로부터 연락이 왔다.

만약 X가 내 실력에 눈독을 들이는 줄 미리 알았더라면, 그리고 내가 프레이어스에서 저지른 살인들을 약점 삼아 협박해 일종의 사냥개처럼 부릴 것을 알았더라면, 난 아마 프레이어스에 손도 대지 않았으리라. 벗어날 수 없다는 것을 알아차렸을 때는 이미 한참 늦은 후였다.

　X의 충실한 개로, 무려 2년을 살았다. 그가 명령을 내리면, 나는 아무 대꾸 없이 따라야 했다. 놈은 내 모든 약점을 쥐고 있었으니까. 블랙 클로버 시절 벌인 일부터, 어디서 얻었는지 모를 익명의 CCTV 영상들까지. 놈이 원하기만 한다면, 나는 다음 날 아침 어딘가에서 시신으로 발견될 터였다. 아니, 생각해 보니 발견될 리도 없으리라.
　처음에 그가 '처리'를 지시한 타깃들은 사이트의 '악성 유저'들 정도였다. 조잡한 합성으로 현상금을 공짜로 타 가려는 사기꾼이 몇 있었는데, 그 녀석들에게 본보기를 보여 달라고 했다. 그래, 그래도 거기까진 버틸 만했다. 할 만도 했고.
　문제는 끝나지가 않았다. X는 타깃을 부탁할 때마다 같은 말을 했다. 이번이 정말 마지막이라고. 웃기는 소리. 마지막은 없었다. 시간이 지날수록 놈의 연락은 잦아졌고, 위험도도 점점 높아져 갔다. 평범한 회사원, 범죄 조직 보스, 그리고 정체 모를 금발 머리 외국인.
　…그 빌어먹을 외국인.
　외국인을 처리한 후, 그의 피 묻은 옷을 소각로에서 태우던 때였다. 그의 바지 주머니에서 배지 하나가 툭 떨어져 나왔다. 은색으로 빛나는 무언가. 지갑인가 생각하며 그것을 주위 들었다.

'Department of the Interpol'

그 순간 깨달았다. 내가 방금 국제 인터폴 요원 하나를 시멘트 속에 수장시켰다는 사실을. 아무리 내가 멍청하더라도, 건드리면 안 될 선 정도는 알고 있다. 아이들, 임산부, 정부 요원. 블랙 클로버 시절에도 이 셋은 건드리지 않았다. 알기 때문이다. 불필요한 화를 부른다는 것 정도는. 그런데 놈은, 나에게 거짓말을 했다. 흔하디 흔한 산업 스파이를 처리한 것뿐이라며, 걱정할 것이 전혀 없다고 했다. 대체 왜 그랬을까. 답은 뻔했다. 놈에게 나는 소모품이니까. 여차하면 언제든지 버릴 수 있는, 일회성 소모품.

그날 밤, 결심했다. 무슨 수를 써서라도 X를 죽여 버리자고.

민혁이라는 이름은 사실 그냥 별생각 없이 정했다. 아무 의미도 뜻도 없다. 그냥 흔한 이름을 정하자고 생각했고, 곧장 떠오른 이름이었다. 민혁. 나중에 따로 검색해 봤는데, 2008년 이후 민혁이란 이름으로 출생 신고가 된 이들이 총 7,233명이라 한다. 그러니 그전에는 더 많았으리라. 사실 이름 따위 상관없다. 언제든지 바꿀 수 있었다. 중요한 건 이름이 아니다. 확률이다. '대역'을 찾을 확률.

페이스북을 좀 뒤져 보자 딱 맞는 대역을 찾을 수 있었다. 나와 나이가 비슷하며, 약간의 전과가 있고, 과거엔 좀 놀았던 놈. 세 가지 요건을 정확하게 충족했다. 딱 하나, 대역의 마지막 페이스북 게시글이 약간 걸렸다. '정신 차렸습니다, 앞으로 열심히 살아야지'. 받은 '좋아요'는 총 3개. 그마저 2개도 홍보성 계정이 눌러 줬다. 왜 이따위 게시글을 올린 걸까. 처음에는 의문스러웠지만, 약간의 조사를 하니 알 수 있었다. 알고 보니 이 인간, 어머니가 아픈 이후 스턴트 액션 스쿨 일은 그만두고 여기저기 돌아다니며 노가다를 뛰었다. 삶에 큰 고비가 생기면 정신을 차리는 일이 있긴 한가 보다.

이 인간을 대역으로 낙점한 뒤, 내가 가장 먼저 한 일이 있다. 바로 대역이 고등학교 시절 사귀었던 친구 중 하나의 계정을 해킹하는 것. 그런 다음, 대역에게 연락했다. 프레이어스라는 사이트가 있는데 좋은 돈벌이라더라, 그런 식으로 살살 꼬드겼다. 솔직히 의심이라도 할 줄 알았지만 놈은 생각보다 멍청했다. 바로 링크를 눌러 접속까지 해 줬다. 덕분에 그날, 놈의 컴퓨터를 해킹했다. 순식간에 프레이어스 가입도 끝냈다. 단 하루 만에.

이제 남은 것은 딱 하나였다. 며칠 후, 대역에게 다시 연락했다. 이번에는 협박을 했다. 그가 현재 아르바이트하는 가게 점주에게 그가 과거 페이스북에 올렸던 사진들을 보여 주겠다고 했다. 그는 '제발 그러지 말아 달라'며 사정했다. 나는 잠시 고민하는 척을 하다가, 만나자고 했다. 내가 듣고 싶은 건 그저 사과일 뿐이라고 덧붙이며. 그는 그러자고 했다. 흔쾌히.

대역을 처리한 뒤 나는 핸드폰 암호를 풀었다. 시체로 안면 인식을 해제한 다음 대역의 엄마와 친구들에게 미리 준비해 둔 메시지를 보냈다. 여행을 간다느니 돈을 빌려 달라느니 자아를 찾아 떠날 테니 다시는 연락하지 말라는 등의 메시지를 보내며 사회적 연결 고리를 차근차근 끊었다. 물론 임시방편에 불과하다. 대역을 아는 누군가는 정말로 이상함을 느끼고 그를 찾아 나설 수도 있지만, 그때쯤이면 난 이미 일을 마치고 한국에 없을 터였다.

이제 슬슬 마지막 단계였다. 바로 이 부분이 가장 간단하면서 까다롭다. 공문서 바꿔치기. 대역이 주민센터에 등록한 지문이나 사진들을 모조리 내 것으로 바꾸어야 한다. 이 부분은 안타깝게도 혼자 해결할 수 없다. 몇 개의 커넥션 그리고 많은 돈이 필요하다. 아주 많이.

현재 다크 웹 기준 새 신분의 시가는 3억 2천만 원이다. 물론 사회적 지위가 높은 신분일수록 수수료가 더 추가된다. 여기서 팁. 사전 작업(내가 한 것들)을 해 두면 할인을 받을 수 있다. 1억 2천이라는, 나름 저렴한 가격으로 해당 기록을 교체할 수 있다.

그렇게 나는 그의 대역이, '민혁'이 되었다. 완벽하게.

이후로는 차근차근 계획대로 움직였다. 부실하게 범죄를

저질렀고, 반항 없이 감옥에 갔혔다. 구치소에 들어가기 전 지문을 찍을 때 약간 긴장했다. 천만분의 일 확률로 진짜 신분이 들킬까 봐.

내 얼굴이 뜨며 '인증' 표시가 뜨는 순간, 짜릿했다. 첫 살인을 사고사로 완벽하게 위장했을 때보다 더.

형배가 프레이어스 측 인물의 뒤를 봐주며 돈을 먹는다는 사실은 이미 예전부터 들었다. 사실 그 인간의 평판은 전체적으로 안 좋았다. 전에도 승진의 기회가 여러 번 있었지만, 문턱에서 걸렸다. 각종 부패나 비리에 대한 소문이 끊이질 않은 탓이다. 그래도 저런 놈이 높은 직위에 앉아 있지 않으니 우리나라 사법 시스템이 작동은 하는가 보다.

조사를 해 보니 소문의 대부분은 사실이었다. 형배는 다양한 거래소에 계좌를 여러 개 소유 중이었다. 비트코인은 양날의 검이다. 깔끔하게 돈세탁을 할 수도 있으니 각종 불법 거래를 해도 뒤탈이 없을 거라고 흔히들 착각한다. 그런데 뻔한 사실 하나. 디지털 기록은 영원히 남는다. 지워지지 않는다. 절대. 혹시라도 호랑이 코털을 건드리는 바람에 공권력이 작정하고 덤벼들기 시작하면, 언제든지 역추적을 당할 각오를 해야 한다. 형배 이 인간은 겁대가리도 없었다. 역추적을 피하려는 노력조차 하지 않았다. '홍길동'이라는 이름으로 계좌를 개설한 것부터 참. 장난하는 것도 아니고.

얼마 후, 나는 형배를 면대면으로 만났다. 일단 차분하게 협박했다. 처음에는 다섯 살짜리 딸을 입에 올렸는데, 생각보다 녀석은 세게 나왔다. 신고할 테면 해 보라며 핏대를 세우길래 나는 한숨을 쉬며 두 번째 카드를 꺼냈다. 비트코인. 형배는 잠시 생각하는 듯하더니 중얼거렸다. 알았다고. 뭘 하면 되냐고. 나는 말했다. 배우. 지금부터, 당신은 일생일대의 연기를 하는 거라고. 그런 다음 그에게 두툼한 서류 뭉치를 건넸다. 철저하게 짜인 시나리오. 몇 년 전부터 준비한 완벽한 복수 계획.

TF에서 처음 만날 때부터 공사 현장 빌딩이 폭발하기 직전까지, 형배는 완벽하게 '짜증 나는 상사' 연기를 해 주었다. 범죄자는 인간으로 생각 안 하고, 얼마든지 도구로 쓰고 버릴 수 있는 인간. 태영이 형배를 어떤 인간이라고 생각했든, 형배는 그의 상상을 거뜬히 능가하는 쓰레기였다. 사실 형배는 태영 역시 죽이려 했었다. TF팀에 잠입 요원으로 고용되기 한 달 전의 일이었다. 형배가 나에게 연락했다. 처리해야 할 인간이 있다고. 최태영이라는 형사가 있는데, 놈이 공무원 사건에 자꾸만 관심을 가진다고 했다. 나는 이해가 가지 않았다. 왜 그게 큰일이냐고 묻자 형배가 답했다. 이 사건은 프레이어스의 역린이나 마찬가지다, 게다가 공무원 현장에서 발견된 조인트를 녀석이 갖고 있는데, 그것이 수면에 드러나기라도 한다면 상황이 복잡해진다, 대충 그런 이야기였다.

그제야 태영이라는 인간에게 궁금증이 생긴 나는 개인적으로 조사해 봤다. 결과는 예상한 대로였다. 성실 근면하고, 부하도 잘 챙기고, 그야말로 모범적인 형사의 표상. 나는 고민했다. 솔직히 사람 하나 죽이는 거야 쉽다. 문제는 뒤탈이 있느냐, 없느냐지. 이런 흠결 없는 캐릭터를 죽이면 어딘가 뒤탈이 있을 것 같았다. 누군가 한 명쯤은 진상을 밝히려고 맹렬하게 추적해 올 것 같았다.

잠시 고민한 끝에 말했다. 그만두라고. 지금 형사를 죽이는 건 괜한 관심을 불러일으킬지 모른다고. 그렇다면 어떡하냐며 형배가 칭얼거리자 나는 말했다. 상부 지시인 척 태영을 네 팀에 포섭하라고. 그러면 한 번에 처리하기도 쉬워지니까.

감옥 안에 갇혀 태영을 기다리는 동안, 철저하게 죄수를 연기했다. 간간이 연기 연습도 했다. 죽어 가는 엄마와의 마지막 통화를 하는 척, 이미 한참 전 끊어진 전화기를 들고 눈물을 줄줄 짜냈다. 옆에서 날 지켜보던 간수가 같이 눈물을 흘리기 시작했을 때 속으로 얼마나 웃었는지 모른다.

계획한 3일보다 약간 시간이 지났지만, 어쨌든 태영은 찾아왔다. 그는 형배가 시킨 대로 날 찾아와 팀에 들어와 달라고 설득했다. 처음에는 거절하고 그다음에는 설득당하는 척,

마지막에는 동의했다. 이 모든 시나리오는, 전부, 딱 하나의 목표를 바탕으로 설계했다. X를 만나는 것. 더 정확히는, 직접 만나 놈의 얼굴에 대고 방아쇠를 당기는 것.

택시를 타고 폐건물에 돌아왔다. 4층의 공인중개사 사무소. 진짜 민혁을 해체하고 처리했던 그곳엔 이제 간이침대가 놓여 있다. 잠이 오지 않을 때는 가끔 저기 누워 조용히 명상한다. 나는 가볍게 스트레칭을 한 다음 그 위에 조용히 누웠다. 천장을 보며 몸을 뒤로 눕혔다. 문득 한 가지 기억이 떠올랐다. 에이펙스와 같이 신나게 웃고 떠들었던 기억이.

물론 연기가 완벽하진 않았다. 아니, 실은 시작부터 삐그덕거렸다.

태영과 만나기 직전의 일이다. '민혁'의 신상을 낚아챈 다음, 나는 범죄를 저질러 수감되었다. 여기까지는 계획대로였다. '진짜' 민혁의 엄마가 전화를 걸어오기 전까지는 말이다.

낭패였다. 워낙 아파서 전화를 계속 할 기력이 없을 줄 알았는데, 아들이 감옥에 갔다니 없던 힘이라도 솟아난 걸까. 그야말로 쉴 새 없이 전화를 걸어 왔다. 면회 요청까지 해댔다. 나는 곤란했다. 목소리를 들으면 곧장 아들이 아닌 줄 알 테니까. 그래서 족족 전부 거절했다. 나중에 태영이 취조실에서 그것에 대해 묻자, 나는 어색하게 변명했다. '죄책감 때문'이라고.

실수는 여기서 그치지 않는다. 에이펙스에게 잡혀 정체를 추궁당할 때, 태블릿 화면 위의 이름 '고스트'를 터치해 버린 것은 정말이지 멍청이 같은 실수였다. 그래도 변명하자면, 습관 때문이었다. 프레이어스 초창기 시절, 사이트를 자주 들락거리며 매일이고 순위표를 체크한 적이 있는데, 그 버릇이 몸에 익어 버린 탓이다. 명백한 실수였다. 그래서 다 끝났다고 생각했는데, 또 운이 통했다. 실수한 것처럼 둘러대니 다들 적당히 넘어가 주었다. 다행히도.

그 후로도 몇 번의 실수가 있었지만, 대부분 그냥 넘어가거나 말실수인 척 때웠다. 형배의 도움이 컸다. 그가 워낙에 악역 역할을 잘해 주었기 때문에 난 어디까지나 '피해자'의 가면을 쓰고 숨을 수 있었다. 팀원들을 비롯해 태영까지, 나를 그저 피해자로만 봤다. 인간을 도구처럼 쓰는 악덕 경찰에게 조종당하는 누명 쓴 죄수. 동정심에 시야가 막힌 나머지 이성적인 판단을 멈춰 버렸다. 우습기 짝이 없었다.

그렇지만, 어젯밤만큼은 정말 간담이 서늘했다. 정확히는, 열차 안에서 그 질문을 받았을 때.

"액션 스쿨에서는 총 쏘는 법도 가르쳐 주나?"

모른다. 며칠 더 있었더라면 태영이 내 정체를 알아챘을지도. 그러나 안타깝지만 그에게 이제 내일이 올 일은 없다. 내가 처리했으니까.

그런데 왜 이리도 기분이 찝찝할까.

244

염산 호수에 빠진 쇳조각처럼, 온갖 질문이 머릿속에 부글부글 들끓었다. 왜 난 총을 쏘기 전까지 5분씩이나, 그것도 운영자를 눈앞에 두고 망설인 걸까. 왜 스위치를 제때 누르지 않은 걸까. 김원, 허공에서 튀어나온 듯한 그 캐릭터는 정말 운영자가 맞았을까. 간이침대에 몸을 파묻은 채, 멍하니 천장을 보았다. 나는 같은 자세로 날이 밝을 때까지 가만히 있었다. 소방차가 공사장의 불을 끄고 그 속의 잿더미가 된 시신들을 하나둘 건져 내기 전까지. 형배에게 연락이 와서 '문제가 생겼다'라는 소식을 듣기 전까지.

쥐들의 반란

1

2달 전, 손가락 재활 치료를 끝내기로 의사가 결정 내린 그날, 선배는 죽었다.

진료를 받고 난 직후, 동식은 태영 선배에게 바로 전화했다. 내일 퇴원할 때 같이 만나서 같이 축하 겸 술이나 한잔하자고 할 생각이었다. 선배의 전화기는 꺼져 있었다. 평소 '무슨 일이 있을지 모른다'라며 폰을 죽어도 안 끄는 인간인데. 동식은 불안해졌다. 뭔 일이라도 있나.

동식이 전화를 걸었을 때, 태영은 이미 이 세상 사람이 아니었다. 사인은 폭사. 빌딩의 기반 부분에 플라스틱 폭약, 일명 C4의 껍데기가 발견되었다. 명백한 계획범죄라는 의미다.

게다가 동식이 조사해 보니, 피해자는 선배뿐만이 아니었다. 다른 경찰도 몇몇 폭발에 휘말려 순직했다고 한다. 더 캐내고 싶었지만, 경찰 내부에서 알아낼 수 있는 건 거기까지였다. 새로운 정보를 얻기란 불가능했다. 적어도 합법적인 방법으로는.

선배는 대체 왜 죽었나. 그 이유만이라도 동식은 알고 싶었다. 한데 도저히 알 수가 없었다. 기껏 알아낸 것이라곤 핵융합 발전 연구소 부지에서 작전 수행 중이었다, 정도가 전부였다. 그 이상은 모두가 모른다며 고개를 젓거나 '보안상의 이유'라며 어깨를 으쓱일 뿐이었다. 그나마 수소문해서 들은 이야기가 하나 있긴 했지만, 허무맹랑하기 짝이 없었다. 태영이 어디 비밀 임무에 참가하게 되었는데, 일이 꼬였다나. 말도 안 되는 소리였다. 태영 선배는 죽기 직전까지 병문안을 꾸준히 왔다. 무슨 일 있냐고 물을 때마다, 선배는 아무런 일도 없다며 미소 지었다. 그 미소가 연기였다고? 태영 선배는 애초에 연기에는 젬병이다. 그런데 비밀 임무라니.

"좀 더 쉬지 그러냐."

태영이 죽은 다음 날, 출근한 동식에게 서장이 말했다. 동식은 거절했다. 물론 정말 일을 하고 싶은 건 아니었다. 다만 선배가 한 말이 있기 때문이었다. 뭔가 답답하거나 골치

아픈 상황이면 일단 아무 생각 없이 일이나 해. 그게 직방이야. 입버릇처럼 선배는 그랬다. 그게 자신에게도 통하지 않을까 싶어 억지로라도 출근해 봤다. 역효과였다. 일을 하면 할수록 계속 태영 선배의 빈자리만 느껴졌다. 결국 점심이 되고 먹은 것을 토하고 나서야 깨달았다. 이건 그냥 선배가 특이한 거였구나. 그냥 서장님 권유대로 더 쉴걸.

* * *

다음 날, 오전. 2시간 연속으로 타자를 마친 다음 동식은 한숨을 쉬었다. 손목을 이리저리 구부리며 느긋하게 하품을 했다. 이렇게 오전 일은 끝이었다. 이제 몇 가지 업무만 보면 오후 업무도 끝이다. 여러모로 자질구레한 일의 연속이었다. 동남건설 기물 파손 현장 수사 보고서를 다듬고, 경위서 두 장을 오후 5시까지 제출해야 했다. 초안이야 어제 퇴근하기 전 대충 써 놨으니, 한두 번 정도 다듬으면 충분히 모양이 나오리라.

"아으, 머리야."

동식은 한숨을 쉬며 이마를 문질렀다. 머리가 욱신거렸지만, 그래도 아침에 비하면 훨씬 나아진 거다. 오전에는 그야말로 머리가 깨지는 줄 알았다. 그러고 보니 타이레놀이 남았던가. 동식은 통을 집어 들어 흔들었다. 아무 소리도 들리지 않았다. 한숨을 쉬었다. 이럴 줄 알았으면 미리 사둘 걸.

전화가 울렸다. 누구지? 불빛이 깜빡이는 것을 보니 외부 전화였다. 누군가 서 내부의 이 번호로 전화했다. 굳이 직접 대화하고 싶어서. 뭘까. 제발 거지 같은 기자 놈만 아니길 바라며 동식은 수화기를 집었다.

"도움이 필요해요."

젊은 여자 목소리였다. 동식은 어이가 없어 헛웃음을 흘렸다. 스팸이다. 그나저나, 이젠 하다 하다 서에까지 스팸을 거냐. 간땡이가 부어도 한참 부었지.

"저, 태영 아저씨가 왜 죽었는지 알아요."

차가운 손에 목덜미를 덥석 움켜잡힌 기분이었다. 뭐라고요, 동식은 중얼거렸다. 전화가 뚝 끊겼졌다. 뭐지. 걸려 온 번호로 전화를 걸려는데 이번에는 핸드폰이 울렸다. 발신 번호 표시 제한. 설마. 떨리는 손으로 통화 버튼을 눌렀다. 핸드폰을 귀에 갖다 대자, 스피커 너머로 목소리가 흘러나왔다. 방금 전 목소리다.

"대체 뭘 알고 있어요?"

"정말로, 알고 싶어요?"

여자가 속삭였다.

"태영 형사님이 왜 죽었는지요."

동식은 침을 삼켰다. 잠시 고민한 끝에 그는 끄덕이며 한

마디 내뱉었다.

"예."

그것은 진심이었다. 다른 건 몰라도 그것만큼은 무조건 알고 싶었다. 이 인간이 누구든, 정체가 뭐든.

"그럼 밖으로 나가서 전화 받아요, 그 인간이 들을 수도 있으니까."

"그 인간?"

"형배요. 설마 거기 있진 않죠?"

동식의 간담이 서늘해졌다.

그도 그럴 게, 그랬기 때문이다.

형배는 지금 이 건물에 있다.

며칠 전부터 박형배 과장이라는, 살면서 처음 보는 인물이 동식의 서에 들락거렸다. 그 인간의 정체가 서경 사이버 수사대 소속이라는 것이 밝혀진 순간 동료들은 의아해했다. 왜 온 걸까. 태영 선배의 죽음 때문에? 내부 감사하러? 혹시 시찰이라도 하는 건가? 아니 근데 그걸 왜 저 인간이 해?

며칠도 되지 않아 서장이 진짜 이유를 밝혔다. 김빠질 정도로 단순한 내용이었다. 강의 때문이었다. 이번에 새로 개편될 PDS(Police Data System) 프로그램의 간단한 사용법을 서 직원들에게 가르쳐 주기 위해서였다. 겉으로는 그럴듯해 보이지만, 까 보면 허울만 좋은 이벤트에 불과하다. 원본인 '코리아 폴리스 데이터베이스'에서 PDS로 이름을 바꾼 것만 제외하면 기존의 버전과 기능이 크게 다르지 않다. 아니, 인터페이스만 빼면 그냥 같은 프로그램이라 봐도 무방하다. 새로 가르칠 것도 없다. 실제로 강연 2시간 동안 형배는 잡담만 늘어놓았다. 결국 저 새끼 시간이나 때우러 온 거네. 서장이랑 인맥질 하고. 그게 동료들끼리 내린 결론이었다. 그렇다고 다들 적극적으로 싫은 티를 냈냐, 하면 그건 아니었다. 직위도 직위거니와 밉보인다고 좋을 거 하나도 없기 때문이다. 형배가 치안감 라인인 만큼 더더욱.

결국 좋든 싫든 형배의 등장은 태영의 죽음과 함께 서에서 두 번째로 핫한 이슈였다. 그런데 그 인간의 이름이 이 여자의 입에서 튀어나왔다. 게다가 그 인간이 뭐? 이 전화를 들을 수 있다고?

"경찰서 앞에 공중전화 있죠. 그 앞으로 가세요."

여자가 말했다.

요즘 공중전화는 거의 멸종 상태다. 애초에 남의 시큼한 침 냄새를 맡으며 전염병 위험마저 감수하고 동전을 넣어 가며 전화를 해야 하는 상황이 21세기를 살아가는 현대인에게는 거의 없는 탓이다. 저 공중전화가 맞나. 동식이 주춤거리던 그때, 전화벨 소리가 울렸다. 동식은 멈칫거리며 수화기 앞으로 다가갔다. 전화를 받았다.

"준비됐어요?"

동식은 망설인 끝에 "네" 하고 중얼거렸다.

정보의 폭탄이 쏟아졌다. 정말이지 상상도 못 할 이야기
들이었다. 다크 웹, 킬러, 인간 사냥, 살인 게임, 그런 것들이
수화기 스피커를 타고 동식의 귓속에 파고들었다. 에이펙스.
프레이어스. 단어들이 쉴 새 없이 지나갔다. 인간 현상금 사
냥, 그리고 그에 복잡하게 얽힌 킬러들의 음모. 거기까지 듣
고 나자 동식은 잠깐만요, 하고 외쳤다.

"그 두 인간이 태영 선배를 죽였다, 그 말이잖아요. 맞아
요?"

"네. 맞아요. 물론 직접 죽이는 걸 본 건 아니지만, 정황
상 너무 확실해요. 팀이 건물에 급습하러 들어가고 몇 분도
안 돼서 무전이 끊겼고… 그런 일이 벌어졌으니까."

한 가지 의문이 동식의 머리를 스쳤다.

"그렇다면 당신은요?"

"네?"

"지금 당신이 한 말이 전부 사실이라면, 당신은, 어떻게
살아있는 거냐고요."

"개인적인 사정 때문에 현장 출동은 안 하거든요. 그래
서 겨우 변을 피했고요."

여자가 한숨을 쉬었다.

"그런데 사건이 벌어진 후, 며칠 정도 후였나, 연락이 왔어요. 형배 그 인간한테서요. TF가 실패한 건 안타까운 일이며, 앞으로 팀을 계속하긴 어려울 거 같다고요. 저야 당연히 눈치챘죠. 형배, 이 인간 짓이라는 걸. 그렇지만 그 자식, 끝까지 시치미를 떼더라고요."

동식은 잠시 머뭇거렸다.

"그래서, 왜 저한테 이 모든 걸, 알려 주는 거죠?"

"당신이라면 절 도와줄 거라 생각해서요. 이번 일의 진실을 캐는 일을."

"네? 제, 제가요?"

땡, 하는 소리가 들렸다. 핸드폰 알림 소리였다. 화면을 보자 동료에게 메시지가 한 통 와 있었다. [대체 어디로 튀었누.] 동식은 아, 하고 탄식을 흘렸다. 부스 안에서 벌써 1시간 23분이라는 시간이 흘러 버렸다. 메시지가 하나 더 도착했다.

[서경이 너 부르는디? 이 새끼 쪼기 전에 빨랑 쳐온나 ㅋㅋ]

심장이 철렁 내려앉았다. 서경. 서울 경찰청. 형배를 얘기하는 것이리라.

"저, 들어가 봐야 될 거 같아요. 급한 일이 생겨서. 다시 연락할게요."

"알았어요."

전화를 끊었다. 장시간 동안 전화에만 집중하고 있어서

인지 눈앞이 김이 낀 듯 뿌옜다. 연신 눈을 비벼대며 한 걸음 한 걸음 서로 향했다.

* * *

"뭐 하다 왔어. 동식 후배."

형배가 물었다. 두 시간의 부재 후 돌아온 동식의 모습은 이전보다 더 창백해진 모습이었다. 대체 뭘 들었길래 저럴까. 당장이라도 뺨을 갈기며 추궁하고 싶었지만, 그랬다가는 요즘 같아선 '직장 내 괴롭힘'이라며 곧장 고발당한다.

"아, 죄송합니다. 제가 가족이랑 잠시 전화 좀 하느라."

"가족, 가족 좋지. 근데 솔직히 말해. 영화 때리고 왔잖아. 한 시간 반 전화가 말이 돼?"

반쯤은 농담조였지만, 동식은 받아 주지 않았다. 여전히 하얗게 질린 채 바닥을 노려보고 있었다. 형배는 문득 궁금해졌다. 저 뇌 속에 지금 어떤 생각이 오가고 있을까. 망치로 깨서 뇌를 끄집어내 볼 수 있다면 얼마나 좋을까.

"다시 물어볼게. 뭐 하다 왔냐고."

"정말 가족이랑 대화한 겁니다. 진짜예요."

형배는 혀를 찼다. 하다못해 연기라도 좀 해 주면 안 되나. 추궁하는 이쪽이 부끄럽다, 이쪽이. 형배는 동식에게서 눈을 뗐다. 그런 다음 몸을 빙그르르 돌려 컴퓨터를 두드렸다. 잠시간의 침묵이 흐른 후, 동식이 중얼거렸다.

"저기, 선배님. 혹시 일 없으시면, 저 가 봐도 됩니까?"

동식을 흘겨본 다음 형배는 일어났다.

"동식 씨. 우리 동식 씨."

그는 손을 뻗어 동식의 어깨를 단단히 잡았다. 동식의 몸이 빳빳해졌다. 형배는 잠시 동식의 눈동자를 지긋이 응시한 다음, 이를 드러내며 활짝 웃었다.

"그래, 가 봐."

"가, 감사합니다."

뒤돌아 걷기 시작하는 동식의 뒤에 대고 형배가 말했다.

"아, 태영 선배 일은 유감이다. 나도 그 인간이랑 보통 친했던 게 아니야."

동식은 끄덕이는가 싶더니 계속 멀어져 갔다. 형배는 동식의 뒷모습을 잠시 보다가, 노트북 쪽으로 몸을 돌렸다. 그는 알트와 탭 키를 눌러 실행 중이던 프로그램을 열었다. 화면에 지도가 떴다. 지도 위에서 점 하나가 움직였다. 동식이다.

30초 전, 그는 동식의 어깨 위 가방끈에 소형 GPS를 박았다. 최근 새로 나온 아이디어 상품이다. 겉으로 보기에는 딱 압정 핀 같이 생겼는데, 위의 동그란 부분에 핀이 아니라 GPS가 달려 있다. 목표 대상에 찔러 넣기만 하면 된다. 접착력도 좋다. 아무리 뛰어도 흔들어도 떨어지지 않는다고 한다. 형배는 GPS 프로그램의 링크를 복사한 다음 텔레그램을 켰다. X의 채널 중 그가 현 시간대에 쓰는 채널을 골라 들어간 후 문자를 전송했다.

[처리할 인간이 하나 생겼습니다. 링크 보내드릴게요.]

10초도 되지 않아 곧장 읽음 표시가 떴다. 곧 문자가 떠올랐다.

[영덕주차장. 오후 9시 23분.]

2

동식은 몸이 안 좋아져 결국 오후 반차를 냈다. 서장에게 보고한 다음 집으로 가는 버스에 올랐다. 덜렁거리는 버스 손잡이를 만지작거리며 동식은 침을 삼켰다. 아까 전 들었던 여자의 목소리가 지금도 귓가에 어른거렸다.

이해가 안 됐다. 자신은 제이슨 본도, 제임스 본드도 아니다. 그냥 12만 명의 경찰 공무원 중 한 명일 뿐이다. 그런데 뜬금없이 사건의 숨겨진 배후를 잡도록 도와 달라니. 말도 안 되는 소리다. 만약 태영 선배가 이런 제안을 들었다면, 아마 묻지도 따지지도 않고 동의했으리라. 그는 뼛속까지 히어로 같은 사람이니까. 정의의 화신. 그에 비하면 자신은, 아무것도 아니었다. 하루하루를 살아남으려 고군분투하는 한 명의 소시민에 불과하지. 슈퍼맨이 도심을 박살 내며 빌런과 싸우는 동안, 꽁지 빠지게 도망치는 엑스트라 1. 그래, 역시 이런 황당한 제안은 못 하겠다고 하자. 깔끔하게 포기하는 거다. 마음을 굳히자 뒤늦게 안도가 찾아왔다. 그래, 진작 이럴걸.

동식은 버스 구석 천장에 붙은 거울에 문득 눈이 닿았다. 누군가와 눈이 마주쳤다. 버스 뒤편에 누군가가 서 있었다. 수상했다. 마스크뿐만 아니라 모자, 선글라스까지 착용한 차림새가 마치 CCTV에 찍히고 싶지 않아 작정한 모습 같았다. 경찰 포토 라인에 선 용의자 같은 느낌이랄까. 동식은 침을 삼켰다. 평소라면 이상한 복장이라고 생각하며 그냥 무시했을 테지만 지금은 상황이 달랐다. 무엇보다 그런 전화를 받은 이상. 잠시 딴청을 하다 다시 흘끔 거울을 보았다. 남자가 계속 자신을 주시하는 것 같았다. 아니, 확실했다. 자신을 보고 있다. 분명히.

불안함은 곧 공포로, 공포는 참을 수 없는 두려움으로 바뀌었다.

결국 손을 뻗어 버튼을 눌렀다. 벨 소리와 함께 하차 버튼에 불이 들어왔다. 버스가 멈추자마자 내려 빠르게 걸었다. 핸드폰 화면을 끈 다음 그것을 거울삼아 뒤를 살짝 비추었다. 남자는, 그의 뒤에 있었다. 동식의 보폭에 맞추어 차분하게 걸음을 옮겼다. 온몸에 소름이 돋았다. 젠장, 젠장, 젠장. 이제 어떡하지. 서에 신고라도 넣을까. 아니다. 그거야말로 진짜 멍청한 생각이다. 형배 같은 인간이 프레이어스에서 일하고 있다면 경찰 측 첩자도 한두 명이 아닐지도 모른다. 적진에 자신의 신상을 실시간으로 알려 주는 꼴이다. 쫓기듯 걷던 중 문득 억울해졌다. 집에 조용히 박혀 낮술이나 한잔 하려 했는데. 평범해야 할 하루가 왜 돌연 스릴러가 된 걸까. 다시 한번, 이를 악물고 뒤를 돌아보았다.

"어?"

아무도 없었다. 아무리 주변을 둘러봐도 아까의 남자는 없었다. 역시 착각이었던 걸까. 아마 그럴 수도 있으리라. 남자는 그저 지나가던 행인이었는데, 단지 동선이 '우연히' 겹친 것일 수도. 그렇다고 완벽하게 마음을 놓을 순 없었다. 어딘가에 숨어 방심하길 기다리고 있을지도 모르니까. 그래, 일단 기다리자. 동식은 근처의 건물 1층에 기대어 담배를 한 대 태웠다. 몇 분 정도를 기다렸다가 다시 건물을 나서 주변을 살폈다. 남자는 없었다.

역시 착각이었구나. 속으로 안도하며, 아까 내렸던 버스 정류장으로 다시 이동했다. 동식은 안내판을 보았다. 다음 버스가 올 때까지는 10분. 이제 기다리기만 하면 된다. 주위를 둘러보았다. 화려한 복장을 한 여성이 개와 함께 산책 중이었다. 그녀는 인근의 빌딩을 지나치던 중 문득 안쪽을 흘끔 쳐다봤다. 눈썹을 확 찌푸렸다. 마치 뭔가 이상한 것이라도 본 듯. 뭐지? 동식은 다시 불안해졌다. 분명 별일 아닐 터였지만, 그래도 궁금했다. 결국 그녀에게 다가갔다.

"저기요."

품에서 경찰 배지를 꺼내 여자에게만 슬쩍 보여 주었다.

"다른 거 아니고, 혹시 방금 빌딩 안쪽 보셨죠."

"아, 네. 봤는데."

순식간에 일상이 비일상으로 변한 것이 두근거린다는 듯, 여자는 눈을 반짝반짝 빛냈다.

"혹시 안에 수상한 사람 있었나요?"

동식은 속으로 외쳤다. 제발 네, 라고 하지 말아 줘.

"맞아요. 그 까만 마스크 끼고 문 쪽에 가만히 있었는데. 왜요? 설마 범죄자예요?"

"감사합니다."

동식은 뒤돌아 곧장 뛰었다. 남자의 뒤늦은 뜀박질 소리가 등 뒤로 들려오자 더욱더 속력을 높였다. 그다음부터는 기억이 단절적이었다. 골목. 길. 또 다른 골목. 큰길. 다시 골목. 빌딩 뒷문과 앞문. 더 이상 한계라는 생각이 들 때까지 계속 뛰었다. 얼마나 시간이 흘렀을까. 완전히 탈진한 나머지 근처의 벽에 찰싹 몸을 붙였다. 자신이 어디 있는지 짐작조차 가지 않았지만, 그래도 이제 한 가지는 장담할 수 있었다. 남자는 분명 따돌렸으리라. 딴 건 몰라도 폐활량과 달리기만큼은 자신 있다. 이렇게까지 뛰었는데 자신을 쫓아올 수 있을 리 없다.

동식은 핸드폰을 켰다. GPS를 켜 장소를 확인하자 서에서 무려 차량으로 1시간 이상 떨어진 거리였다. 진짜 정신없이 뛰었구나 싶어 스스로 감탄했다. 이제 어떡하지? 집으로 가야 하나? 잠시 고민하다 일단 근처의 역사 건물 안으로 들어가기로 했다. 일단 지금 당장은 휴식이 필요했다. 방금 전 달리기에 너무나 많은 에너지를 쏟은 탓이다.

"어, 동식아?"

익숙한 목소리였다. 동식이 앞을 본 순간 따다닥, 소리와 함께 눈앞이 번쩍였다. 몸 전체가 빳빳해지며 날카로운 고통이 전신을 쑤셨다.

"왜 달리고 그러냐. 여러 사람 힘들게."

바닥에 나동그라진 동식을 보며 형배는 혀를 찼다. 그는 손에 쥔 테이저 건을 주머니에 쑤셔 넣었다. GPS로 위치를 보며 그를 납치하려 했지만, 일이 꼬였다. 그래봤자 어차피 녀석은 독 안에 든 쥐 신세였다. GPS는 끝까지 동식의 옷에서 떨어지지 않았다. 그나저나 진짜 좋은 물건이네, 이거. 한 박스 더 주문해야겠다.

형배는 바닥에 축 늘어진 동식을 일으켜 세웠다. 잠시 후, 기다리던 밴이 도착했다. 어깨들의 도움을 받아 기절한 동식을 태운 다음 그의 팔에 마취제를 주입했다. 사실, 원래대로라면 지금 바로 죽이는 게 맞다. 그편이 후환도 뒤탈도 없으니까. 이번의 경우는 달랐다. 동식에게서 알아내야 할 정보가 있기 때문이다. 바로 지영과 새롬의 위치.

물론 지영이 첫 통화 만에, 동식에게 자신의 위치를 알려줬을 거라 기대하진 않는다. 그렇다 해도, 혹시 모르지 않는가. 작은 가능성이라도 엄연한 가능성이다. 놓치면 땅을 치고 후회하리라.

"자, 출발하자고."

형배가 차에 탄 남자들을 향해 소리쳤다.

좌석에 몸을 묻으며 형배는 자신의 양옆 그리고 앞에 앉은 어깨들을 보았다. 마른침을 삼켰다. 이 '어깨'들은 프레이어스 밑에서 일하는 부하들이다. 그들의 얼굴에는 피곤의 낌새가 짙게 묻어 있었다. 실질적인 운영자 'X'로 알려진 이가 죽었으므로 프레이어스는 휘청이지 않을까. 그런데 오산이었다. 놈들은 의외로 단단했다. 사이트는 아직 멀쩡하게 굴러가고 있었으니까.

지금, 누가 프레이어스를 조종하고 있는지 형배는 몰랐다. 그래도 한 명이 아닌 건 확실하다. 설마 김원에게 사이트를 넘겨받기로 한, '더 유능한 자들'이 움직이기 시작한 건 아닐까. 그런 생각이 들 정도로 놈들은 일사불란하게 움직였다.

프레이어스 측은 현재 에이펙스를, 김원을 죽인 유력 용의자로 보고 추적하고 있다. 준환은 현장에서 사망한 채 발견되었으니, 이제 남은 것은 고스트와 새롬 정도다. 특히 새롬의 목엔 가장 큰 현상금이 걸린 상태다. 한화 15억. 모든 것이 계획대로였다. 고스트는 뭐 고스트니 잡힐 리 없고, 동식은 이미 자신의 손에 있다. 더 이상 걱정할 일은 없었다. 하나도.

아니. 그렇다고 완전히 마음을 놓아선 안 된다. 프레이어스는 아직 에이펙스가 범인이라고 단정 짓지 않았으니까. 어디까지나 '용의자'라는 표현을 쓰고 있다. 다시 말해 다른 가능성 역시 배제하지 않고 있다는 의미다. 예를 들어, 또 다른 조력자라든지.

만약 자신이 민혁, 아니, 그 고스트를 도왔다는 것을 들키면 어떻게 될까. 생각만 해도 오금이 저려 형배는 눈을 감았다. 그 자식이 제 가족을 인질로 잡았습니다, 정말 어쩔 수 없었어요, 울먹인들 놈들은 들은 척도 하지 않으리라. 쥐새끼는 처형한다. 그것이 프레이어스의 규율이자 법칙. 게다가 죽는 건 자신뿐만이 아니다. 아내와 딸까지 휘말린다.

물론 그럴 여지를 아예 없애 버릴 수도 있다.

형배는 침을 삼키고 동식을 내려다보았다. 마취제에 절여 나서 그런지, 녀석은 팔자 좋게 잠들어 있었다. 오르락내리락하는 녀석의 목젖을 보며, 형배는 땀에 젖은 칼 손잡이를 문질렀다. 문제는, 가능성을 놓치게 될 수도 있다. 지영과 새롬을 잡을 가능성. 그 여자들을 살려 둔다면 자신은 평생 두려움에 떨며 살아야 한다. 치명적인 비밀이 언제든지 들통날 수 있다는 공포 아래에.

형배는 한숨을 쉬었다. 그러니까 동식을 고문하긴 하되, 최대한 어깨들에게 '필요 이상의 정보'를 흘리지는 않아야 한다. 뭐가 이렇게 복잡하단 말인가. 그나마 불행 중 다행인 건, 생각해 둔 방법이 하나 있었다. 동식이 녀석의 뇌를 휘저을 기가 막힌 시나리오가.

＊ ＊ ＊

오후 9시. 일행과 근처 기사 식당에서 밥을 먹는데 형배의 핸드폰이 울렸다. 문자였다. [홀 파둠.] 구멍을 파 두었으니 이제 와서 던지기만 하면 된다는 소리다. 형배는 어깨들에게 대충 둘러댄 다음 혼자 식당을 나섰다.

밴을 세워 둔 곳은 주변에 건물 하나 없는 황량한 공터였다. 형배는 주변을 살핀 뒤, 밴 위에 훌쩍 올라탔다. 천장의 플래시를 켜자 바닥에 웅크린 동식이 보였다. 그런 녀석을 보자 피식 웃음이 나왔다. 이 인간은 알까? 자기가 오늘 죽으리란 걸. 형배는 동식의 뺨을 철썩철썩 두드렸다. 잠시 후, 녀석이 웅얼거리며 눈을 끔뻑거렸다.

"동식아, 지영이 어디 있니, 응?"

형배가 동식의 멱살을 잡았다.

"시간 없으니까 빨리 말해. 제발."

"당신이,"

"뭐?"

"태영 선배 죽였죠?"

"뭔 소리야. 동식아, 말은 똑바로 하자. 어? 내가 걜 왜 죽여."

"지영이 말은 다르던데요, 선배님."

"그래, 지영이라고 하니까 말인데, 걔 어디 있어?"

형배는 고개를 젓고 주머니칼을 꺼냈다. 쭈그려 앉은 다음 동식의 손목에 묶인 밧줄을 끊었다.

"나 진짜 너 도와주려는 거야, 새끼야."

동식은 여전히 믿기지 않는다는 듯 멍한 표정이었다. 이윽고 밧줄이 끊어졌다.

형배는 차 문을 덜컥 열었다.

"뭔 생각인데요."

"뭐가?"

"태영 선배 죽인 것도 모자라, 이젠 날 잡았다 풀어 준다고요? 장난하는 것도 아니고."

"마음을 바꿨다."

"네?"

"시간이 없지만 그래, 설명해 줄게."

한숨을 쉰 다음 형배는 속사포로 말했다.

"시간 없으니 빠르게 설명할게. 태영이랑 나는 TF에서 같이 나쁜 놈들 쫓는 역할을 맡았어. 혹시 들었는지 모르겠는데 프레이어스라는 사이트가 있거든? 지영이한테 들었지? 여하튼, 당시 나는 돈이 모자랐고, 결국 나쁜 짓을 좀 했어. 그래. 놈들한테 뒷돈 받으며 수사 속도를 좀 늦춘 거야. 그런데, 그놈들이랑 나랑 적어도 한 가지는 꼭 지키기로 약속했거든. 일이 어떻게 틀어지든 간에 절대 우리 팀원은 안 건드리기로. 헌데 그 새끼들이, 씹새끼들이, 건드린 거야. 무슨 개

268

미 새끼처럼 펑 터뜨려 죽여 버렸어."

동식이 눈을 크게 떴다. 형배는 심호흡을 한 다음 말을 이었다.

"나는 항의했지. 당연히 같이 일 안 하겠다고 했어. 그런데 그 자식들이 돌변하더라. 날 어딘가로 끌고 가더니 미친 듯이 팼어. 게다가 가족을 볼모로 잡고 협박하더라고."

형배의 목소리가 떨렸다. 눈물이 볼을 타고 뚝뚝 흘러내렸다.

"돈 욕심 때문에 내가 잠깐 돌았나 봐. 아니, 다섯 살짜리 꼬맹이가 무슨 죄라고. 응? 네가 생각해도 이건 좀 아니잖아."

동식이 머뭇거렸다.

"그럼 민혁이란 인간은요?"

"그 자식? 프레이어스에서 고용한 청부업자야. 알겠어? 프레이어스는 TF를 진작부터 제거할 생각이었던 거야. 그 수단이 바로 민혁이었고. 이른바 폭탄을 심어 놓은 거지. 나는 진짜 아무것도 몰랐어. 진짜다, 동식아. 아들 목숨 걸고 이렇게 맹세해."

"그럼 지영 씨는 저한테 왜 거짓말을,"

"모르겠어? 민혁이랑 한패야, 그 여자. 난 상황 지휘 담당이라 그나마 밴에 타서 살아남을 수 있었지만, 그 여자는 태영이랑 동료들과 함께 밖에 나갔어. 그 자식들 진압하러. 결과는 어떻게 됐을까? 네가 생각한 대로야. 지영이만 살아 돌아왔다고. 자, 이게 과연 뭘 의미할까, 동식아. 어?"

동식은 머리를 벅벅 문질렀다. 형배는 후우, 숨을 들이쉬며 떨리는 목소리를 겨우 진정시켰다.

"그 여자가 너한테 무슨 말을 한 건지 나는 모른다. 그런데 이건 예상한다. 그 여자가 말한 건 반쪽짜리 진실이야. 그래, 따로따로 생각하면 전부 얼개도 맞고, 인과 관계도 있겠지. 그런데, 결국 반쪽짜리야. 예를 들어 보자. 빌딩 폭파 직전, 지영이는 자신이 어디 있었는지 얘기해 줬어? TF에서 어떤 역할이었는지는? 분명 자기 얘기는 자세히 안 했을 거다. 알겠어? 나 역시 마냥 나쁜 새끼도 아니고, 그 여자도 마냥 좋은 인간이 아니라고. 아니, 생각하면 최악의 인간이지, 그 여자는. 거의 사이코패스."

동식은 이제 거의 넘어온 표정이었다. 마지막 한 타만 날려 주면 끝이었다.

"안다. 네가 보기에 나 존나 나쁜 새긴 거. 그런데, 이제 다섯 살 아들 새끼 목숨줄이 걸리니까 더 이상 나쁜 짓은 못 하겠더라. 이제야 깨달았다, 동식아. 여기서 널 죽이면, 난 진짜 돌이킬 수 없게 돼. 그래서 지금 풀어 주려는 거야. 응? 제발 부탁이다. 같이 살아남자, 동식아."

잠시 침묵이 흘렀다. 동식은 멍한 표정으로 끄덕였다. 형배는 고맙다, 고맙다, 하고 눈물을 흘린 다음 문을 열기 위해 손을 갖다 댔다. 그러다 동작을 우뚝 멈췄다.

"근데 나가기 전에, 동식아, 그거 하나만 말해 줘. 지영이 어딨어. 걔 위치만 알면 민혁이 어딨는지도 알아낼 수 있어. 한 큐에 끝낼 수 있다니까."

"그거, 전화로 말은 안 했어요."

"그렇구나."

형배는 끄덕인 다음 차 문을 열었다. 동식은 주춤거리며 밖으로 나왔다. 밖은 어두컴컴했다. 녀석이 비틀거리며 바깥으로 걸어 나오는 사이 형배는 주머니에 넣어 둔 테이저건을 꺼냈다. 녀석의 등에 대고 방아쇠를 당겼다. 타다닥. 갓 잡힌 생선처럼 펄떡거리는 동식을 보며, 형배는 한숨을 쉬었다.

"또 속냐, 동식아."

부웅 소리가 들렸다. 형배가 앞을 보자 하얀 불빛 한두 개가 바닥을 훑으며 이쪽으로 다가왔다. 어깨들이다. 밥을 다 먹고 작업을 마치러 온 모양이다. 형배는 준비해 둔 청 테이프를 살짝 찢어 동식의 입에 붙였다. 이제 이 입에서 더 이상 쓸데 없는 말이 나와선 안 된다. 형배가 짝짝 박수를 쳤다.

"자, 작업 시작하자."

어깨 중 하나가 핸드폰을 들었다. 동식의 죽음은 녀석이 녹화하기로 했다. 단 하나의 죽음도 프레이어스에서는 허투루 쓰이지 않는다. 특히 이번 '생매장' 퍼포먼스는 RATS 탭에 올라가기에 적절한 영상이리라. 어깨들이 동식을 번쩍 들고 이동했다.

잠시 후, 어깨들이 구덩이 안에 동식을 던져 넣었다. 이어 흙을 잔뜩 실은 크레인이 다가왔다. 정신을 차린 동식이 욱욱거리며 꿈틀거렸다. 크레인이 육중한 기계음을 내며 기울어졌다. 흙이 동식의 위로 쏟아지기 직전이었다.

그때, 형배의 몸 위로 빛이 쏟아졌다. 어깨 중 한 명이 작업용 라이트를 켠 걸까 싶었지만, 불빛이 너무 작았다. 빛을 향해 돌아보았다. 어깨들과 타고 온 자동차의 전조등이 켜져 있었다. 형배는 어깨 중 하나에게 물었다.

"저기에 누구 있었냐?"

"아뇨, 있는 인원은 여기 있는 게 전부인데."

형배는 잠시 멍하니 밴을 보다가, 상황이 어떻게 돌아가는 건지 뒤늦게 깨달았다. 허리춤의 총을 꺼내기 위해 손을 뻗었지만, 곧장 자동차 시동 소리가 들렸다. 밴은 곧장 돌진했다. 생각할 틈조차 없었다. 본능적으로, 근처의 구덩이로 몸을 던졌다. 어깨들은 형배만큼 잽싸지 못했다. 질주하는 거대 쇳덩이는 당황하는 남자 셋을 그대로 들이받았다. 형배는 구덩이의 경사로를 데굴데굴 구르다 간신히 멈췄다. 흙에 머리를 정면으로 처박은 탓에 입에 쓴맛이 가득 퍼졌다. 대체 이번엔 또 어떤 새끼가 훼방을 놓는 걸까.

심호흡 끝에 구덩이 밖으로 고개를 빼꼼 내밀었다. 어깨들은 각자 사방에 처참한 모습이 되어 널브러져 있었다.

문제의 밴은 뒤로 후진했다. 형배는 거친 숨을 몰아쉬며 눈을 찡그렸다. 하얀 달빛이 환하게 내리쬔 덕에 차 안에 누가 있는지 흐릿하게나마 보였다. 그는 검은 마스크를 끼고 있었다. 남자인가? 여자? 대체 뭘 원하는 거지? 날 죽이러 온 건가? 아니면 설마, 동식이 때문에 왔나?

그때, 차 문이 열리는 소리가 들렸다. 혹시라도 총을 쏠까 싶어 형배는 구덩이에 있는 대로 몸을 웅크렸다. 총은 이미 수중에 없었다. 아까 구덩이에 뛰어들며 어딘가에 떨어트렸다.

"너 누구야, 대체 원하는 게 뭐야?"

형배가 소리쳤다. 정적. 응답은커녕 발소리조차 들리지 않았다. 뭔가 벌어지길 기다리는 일. 차라리 상대편이 총이라도 쏴대길 바랐다.

"설마 너, 동식이 때문에 이러는 거야?"

침묵이 이어졌다. 형배는 답답한 나머지 미쳐 버릴 것 같았다. 굉음이 들렸다. 화들짝 놀라 앞을 보았다. 밴은 화염에 휩싸인 채 바닥을 뒹굴었다. 형배는 멍하니 입을 벌린 채 눈앞의 광경을 보았다. 미친놈인가. 왜 멀쩡한 차에 불을 붙인다는 말인가. 폭발음 속에 묻힌 흐릿한 발소리를 알아차린 것은 그 직후였다. 형배는 몸을 돌렸지만, 이미 늦었다는 사실을 머리로는 예상했다. 정답이었다. 퓩, 하는 소리가 연달아 들렸다. 오금을 후벼 파는 고통에 형배는 곧장 굴복해 버렸다. 바닥을 구르며 쥐어짜듯 비명을 질렀다. 견딜 수 없는 고통에 눈물이 쉴 새 없이 터졌다. 고개를 들었다. 눈앞에 검은 실루엣 하나가 흔들거리며 다가왔다. 놈이다. 방금 전까지 밴에 타고 있던 그 빌어먹을 마스크. 놈은 형배를 내려다보더니 쓰고 있던 마스크와 모자를 벗었다. 긴 머리가 허공에 찰랑거렸다.

"뭐야."

형배가 얼이 빠져 중얼거렸다. '놈'이 아니었다. 여자였다. 그것도, 이미 불타 죽었어야 할 여자.

새롬이 형배를 내려다보며 싱긋 웃었다.

* * *

형배가 입을 열기도 전에 새롬은 곧장 그의 다리를 짓밟았다. 뚝. 나뭇가지가 부러지는 듯한 경쾌한 소리와 함께 다리가 휘어졌다. 쩌렁쩌렁한 비명이 밤하늘에 울려 퍼졌다. 형배가 고통에 몸부림치는 사이, 새롬은 동식의 손에 묶인 테이프를 풀었다. 그런 다음 그의 손에 나이프를 쥐어 주었다.

"스스로 푸는 것 정도는 할 수 있지? 동식 씨."

동식의 커진 눈은 '대체 내 이름은 어떻게 안 거냐'라고 묻고 있었지만, 새롬은 다시 뒤돌아 형배를 보았다. 맙소사, 그녀는 중얼거렸다. 대단한 끈기였다. 동식과 대화하던 그 짧은 순간조차 그는 허투루 쓰지 않았다. 어느새 등을 돌리고 구덩이를 빠져나가기 위해 엉금엉금 전진했다.

"정말 살고 싶구나, 그렇게?"

새롬은 형배의 앞으로 저벅저벅 걸어간 다음 부러진 부위를 다시 한번 지그시 눌렀다. 이제 그는 숨이 당장이라도 넘어갈 듯 헐떡거렸다.

"두 가지만 묻겠어. 민혁이 배신한 이유, 그리고 민혁이 위치. 불어."

"다리, 다리가 감각이 없어."

"당장 말 안 하면, 전신에 감각이 없어져. 그래도 좋아?"

형배의 얼굴이 창백해졌다. 그의 눈동자가 잠시 허공을 방황했다.

"배신? 그 자식의 목표는 변한 적이 단 한 번도 없어. X를 죽이는 거."

"대체 왜 죽이려는 거야?"

"씨발, 그걸 내가 어떻게 알아?"

그러자 새롬은 부러진 부위를 걷어찼다. 형배는 고통 때문에 3초 정도 길게 울부짖더니 "알았어, 알았다고" 하며 울먹였다.

"약점을 잡혔다, 나도 그것만 들었어. 그걸로 X 그 자식이 아주 미친 듯이 부려 먹었대. 죽이고 싶은 놈들은 쥐도 새도 모르게 죽이라고 하고, 뒤처리시키고… 고스트 그 자식은 결국 참다못해 폭발한 거지."

"그동안 쩔쩔매던 모습도, 실수하던 모습도 죄다 연기였다…,"

두통이 오기라도 한 건지, 새롬은 미간 부분을 지긋이 눌렀다.

"그래, 그래서. 그 자식 위치는?"

"그거, 난 진짜 몰라. 그 사건 이후로 한 번도 연락한 적 없었어."

새롬은 주머니를 뒤져 호신용 너클을 손에 끼었다. 그런 다음 곧장 형배의 얼굴을 향해 휘둘렀다. 한 번. 두 번. 주먹을 휘두를 때마다 새롬은 10초씩 뜸을 들였다. 적어도 생각할 시간 정도는 주기 위해서였다. 주먹질이 계속될수록 형배의 얼굴은 엉망이 되어 갔다. 하지만, 입을 열 기미가 없었다. 새롬은 계속 휘두르고 싶었지만, 슬슬 한계였다. 자신의 오른손도 군데군데 찢겨 있었다. 손을 털었다. 손등에 박혀 있던 형배의 치아 조각이 바닥에 떨어졌다. 이제 정말 끝내자. 죽든 말든 이젠 상관없다. 끝장을 보자. 새롬은 형배의 머리채를 쥐었다. 산삼이라도 캐내듯 쑥 들어 올렸다.

"고스트 어딨어. 이거 진짜 마지막으로 묻는 거야."

그때였다.

"불빛."

동식이었다. 어느새 자유의 몸이 된 그는 구덩이 옆에 무릎을 웅크린 채로 있었다.

"그 인간 바지춤에, 뭔가 깜빡거리고 있어요."

새롬은 욕을 씹어 뱉으며 형배의 주머니에 손을 쑤셔 넣었다. 둥그런 물체가 손에 잡혔다. 그것을 꺼냈다. 작고 동그란, 카페에서 쓰는 주문용 진동벨처럼 생긴 것이었다. 정중앙의 램프에서 LED 빛이 깜박거렸다.

"이건 뭐야?"

새롬은 형배의 코 앞에 그 물건을 들이댔다. 그는 기괴한 웃음을 흘렸다. 요란하고 징그러운 웃음. 거의 동시에 사이렌 소리가 들렸다. 저 멀리 어둠 너머로 붉은빛과 파란빛이 넘실거렸다. 경찰차였다.

"조심해요!"

순간 동식이 소리쳤다. 새롬은 앞을 보았다. 형배가 자신을 향해 덤벼들었다. 형배는 신음을 내지르며 몸을 던졌다. 원래라면 쉽게 피하고도 남을 공격이었지만, 그러지 못했다. 제대로 방심한 탓이다. 새롬은 형배와 뒤엉킨 채 흙바닥 위로 꼴사납게 나동그라졌다.

"뒈져. 뒈져 버려."

형배가 쉰 목소리로 고래고래 소리쳤다. 새롬이 몸을 일으킬 새도 없이 형배의 갈색 손톱이 새롬의 목으로 사정없이 파고들었다. 살갗을 찢는 고통에 비명이 절로 터져 나왔다. 괴물 같은 힘. 죽음을 코앞에 둔 짐승의 마지막 발악. 입에서 꺽꺽 소리를 흘려대며 새롬은 생각했다. 정말 끝이라고? 이렇게? 그때였다. 형배의 손에서 턱하고 힘이 풀린 것은.

새롬은 거칠게 숨을 몰아쉬었다. 쪼그라든 폐에 산소를 가득 채웠다. 비틀거리며 몸을 일으켰다. 앞에 형배가 서 있었다. 또 덤벼드는 게 아닌가 싶어 움찔했지만, 그의 상태가 어딘가 이상했다. 멍한 표정으로 눈을 몇 번 끔뻑이던 형배는 곧 앞으로 힘없이 쓰러졌다. 그의 등에 뭔가가 불쑥 솟아 있었다. 나이프였다. 아까 자신이 동식에게 건넸던 그 나이프. 동식이 서 있었다. 그는 벌벌 떨며 형배가 쓰러진 곳을, 그리고 자신의 손을 번갈아 쳐다보았다. 잠시 머뭇거린 끝에 그가 입을 열었다.

"죽은 거죠? 저 사람."

새롬은 답하지도, 끄덕이지도 않았다.

3

엘리베이터 위로 몸을 던진 후의 일이었다. 얼마인지 모르를 시간이 흐른 후, 끙, 새롬은 정신을 차렸다. 신음을 흘리며 몸을 일으켰다. 옆에는 오빠가 있었다. 눈을 감은 채 미동도 하지 않는 오빠. 설마. 손을 내밀어 준환의 등을 흔들었다. 반응이 없었다. 새롬의 눈에 눈물이 차올랐다. 손에 힘을 주어 더 세게 흔들었다.

"제발 좀 일어나, 일어나라고."

그때였다. 오빠가 거짓말처럼 번쩍 눈을 떴다. 맙소사. 새롬은 헛웃음을 터뜨렸다.

"저 봐. 위에. 불난다."

준환은 위를 보며 중얼거렸다. 불? 새롬은 준환이 보는 방향을 보았다. 건물 위쪽에서 불길이 활활 타올랐다. 그러고 보니 우린 지금 어디에 있지? 주변을 둘러보았다. 14층의 불길이 번지며 주변을 환하게 밝혔고, 그제야 새롬은 자신들이 어디 있는지 대충 감이 잡혔다. 여긴 1층이었다. 정확히는 멈춰 있는 엘리베이터의 지붕 위.

움직이자. 새롬은 먼저 엘리베이터 밖으로 내려왔다. 그런 다음 준환을 천장에서 끌어 내려 등에 업었다. 건물의 반대편으로 걸음을 옮겼다. 온몸이 욱신거리고 뼈가 덜그럭거렸지만 이를 악물며 버티고 또 버텼다. 그렇게 빌딩에서 어느 정도 떨어졌다고 생각한 때, 폭발음이 들렸다. 새롬은 비틀거리며 돌아보았다. 화염이 빌딩의 1층에서 솟아오르더니 빌딩 아래를 집어삼켰다. 몇 차례 더 폭발음이 들렸다. 끼기기, 요란한 소리가 들렸다. 빌딩이 위로 자라나고 있었다. 아니, 잠깐. 그건 말이 안 되잖아. 새롬은 생각했고, 곧 합리적인 추론에 도달했다. 빌딩이 기울어지고 있었다. 새롬이 있는 쪽 위로. 입에서 헛웃음이 흘러나왔다. 기울어지고 있는 빌딩을 보면서도 도저히 피해야 한다는 생각이 들지 않았다. 체념했다. 저기 깔리면 한 번에 끝나겠지. 사실, 아무리 생각해 봐도 희망은 없었다. 여기서 살아 나간다 한들 다음 날까지 목숨을 부지할 거라 확신할 수 없었다. 그 따위로 사느니, 차라리 그냥 지금, 그때, 어깨에 난데없는 통증이 꽂혔다. 새롬은 고통에 비명을 질렀다. 손으로 어깨를 감싸며 본능적으로 몸을 떨쳤다. 업혀 있던 준환은 균형을 잃고 바닥에 내동댕이쳐졌다. 새롬은 눈을 크게 뜨고 준환을 보았다. 이해할 수 없었다. 대체 방금 왜 그런 거야? 준환은 입을 벌렸다. 그러더니 온 힘을 다해 소리쳤다.

"달려!"

머리 위로 뜨거운 열기가 달려드는 것이 뒤늦게 느껴졌다. 이제 빌딩 위쪽은 거의 자신을 깔아뭉개기 직전이었다. 머릿속에서 경보음이 웡웡거렸다. 죽는다. 죽는다. 이대로라면 깔려 죽는다. 그런 생각이 들자 순간 머리가 하얗게 변했다. 몸을 돌린 다음 전속력으로 달렸다. 곧 폭발음이 천지를 흔들었다. 뭐 하는 거야. 미친년아. 당장 돌아가서 오빠를 구해. 머리는 외치고 있었지만, 몸은 반대로 행동했다. 혼자 살기 위해 달리고 또 달릴 뿐이었다.

새롬은 뒤늦게 정신을 차렸다. 돌아보았다. 방금 전까지 오빠가 있던 자리에는 건물의 부서진 잔해가 뒹굴었다. 저 아래에 오빠가 있나? 지금? 몇 초 전까지 살아 있던 오빠가? 믿기지가 않았다. 믿을 수도 없었다. 정신이 나간 채 그냥 서 있는데 소방차 사이렌 소리가 흐릿하게 들려왔다.

새롬은, 뛰었다. 뛰고 또 뛰었다. 펜스를 넘고 수풀을 헤쳤다. 근처의 어둠 속으로 뛰어 들어갔다. 자신이 어디를 뛰고 있는지 감도 잡히지 않았지만, 계속 뛰었다. 나뭇가지들을 헤치고 흙을 차며 어둠 속으로 파고들었다. 찌르레기 소리. 거미줄. 완전한 암흑. 고요. 주변에 인적이 완전히 없다는 것을 확신하고 나서야 새롬은 참았던 감정을 폭발시켰다. 온 힘을 다해.

아지트에 도착하고 난 뒤의 기억은 완전히 희미했다. 소파에 쓰러져 자다 깨다 반복했기 때문이다. TV의 전원은 계속 켜져 있었다. 저걸 언제 켠 걸까? 아마 넘어지면서 실수로 리모컨을 건드린 모양이었다. 시끄러웠다. 눌러서 끄고 싶었지만, 그럴 힘조차 없었다. 다시 눈을 감았다. 눈을 뜰 때마다 TV 화면 속 프로그램이 달라졌다. 토론회, 동물 농장, 뉴스. 자신의 세계와는 전혀 상관이 없는 것들.

　일어나요. 문득 흐릿하게 목소리가 들렸다.

　일어나요, 언니.

　새롬은 눈을 떴다. 눈앞에 뭔가가 있었다. 카메라였다. 그 앞에 놓인 마이크에서 다시 한번 목소리가 흘러나왔다.

　"일어나요."

　난데없는 여자 목소리. 새롬은 흠칫 놀라며 몸을 일으켰다.

　"누, 누구야, 너."

　"정신이 들어요, 언니?"

　"여긴 어떻게 들어왔어?"

　점차 정신이 들었다. 없던 카메라가 생겨날 리 없으니, 누군가 안에 들어와 두고 나갔다고 보는 것이 그나마 가장 논리적이다. 대체 누가, 왜, 그런 짓거리를 한단 말인가?

　"문이 열려 있길래요. 그리고, 애초에 아지트 위치를 알고 있기도 했고."

　목소리가 말했다. 아지트 위치를 알고 있다고? 새롬은 머리가 핑핑 도는 기분이었다.

　"너 뭐야. 설마 프레이어스 쪽 사람이야?"

　"경찰이요. 아니, 였죠. 정확히는."

　뭐, 경찰?

새롬은 잠시 카메라를 노려보았다.

확실히, 이 녀석이 프레이어스 관계자일 확률은 낮다. 만약 그랬다면 자신은 이미 머리에 총알구멍이 난 채 어딘가에서 조각이 나고 있을 테니.

"경찰이면, 왜 가만히 있는 건데."

"네?"

"나 체포 안 하고 뭐 하고 있는 거냐고."

"언니 도움이 필요해서요."

"도움?"

"혼자는 해결 못 하는 일이 있어서."

카메라 너머 목소리는 후, 한숨을 쉬었다.

"지금, 이 상황에 대해 말씀드릴 게 있어요. 저랑 언니는 민혁 씨한테 당한 게 아니에요. 민혁 씨인 척하는 누군가에게 당한 거죠."

새롬은 멍해졌다. 민혁이 배신을 했다는 사실까지는 어느 정도 받아들였다. 그런데 뭐라고?

"그게 대체 무슨 뜻이야?"

"애초에 민혁이라는 인간은 존재하지 않았어요. 언니가 기절한 며칠 동안 조사한 끝에 깨달았어요. 혹시 노트북 좀 봐 주시겠어요? 카메라 옆에 놔뒀는데."

새롬은 노트북을 열었다. 화면에 사진이 두 장 떠올랐다. 왼쪽은 처음 보는 남자, 오른쪽이 민혁의 사진. 둘의 모습은 비슷했다. 똑같은 정도는 아니더라도 묘하게 닮았다. 맷 데이먼과 제시 플레먼스의 차이 정도라고 할까.

"왼쪽이 원본이고, 오른쪽은 모방범이에요. 새롬 씨에겐 오른쪽이 더 익숙하겠죠?"

지영이 목소리를 가다듬고 말을 이었다.

"언니가 기절한 동안, 민혁이란 인물을 조사해 봤어요. 대체 이 인간이 누구인가 궁금해졌거든요. 솔직히, 이 짓을 하려면 TF팀 합류 전에 해야 했는데, 문서상으로는 문제가 하나도 없어서. 설마 위조했을 거라곤 생각조차 못 했죠."

"위조?"

"네. '민혁' 씨가 빵에 가기 며칠 전, 주민등록증부터 시작해 모든 공적 문서에 손 닿은 흔적이 있더라고요. 뭐지 싶어 조금 더 파봤어요. 샅샅이 뒤지니까, 과거 페이스북 계정이 아카이빙된 사이트를 찾았어요. 지금은 삭제됐지만, 디지털 세계에서 과거를 감출 순 없죠. 절대로."

화면 위로 여러 사진이 떠올랐다. '오민혁'이라는 이름의 페이스북 계정. 염색한 머리에, 웃고 있는 30대 초반의 껄렁한 남자. 오토바이 뒤에 패딩 입은 여자를 태우고 손가락으로 브이를 하고 있다. 이어지는 몇 장의 사진도 오글거리기 짝이 없다. 거울로 자신의 벗은 상반신을 찍으며 자랑하는 사진, 코로 담배 연기를 뿜으며 폼 잡는 사진. 한 장 한 장이 자기 과시용이다. 이 '민혁'은 자신이 만난 '민혁'과 나이대도

비슷하고 키도 비슷하지만, 달랐다. 닮긴 닮았어도 명확하게
다르다.

"이 인간이 진짜 오민혁이에요. 우리가 알던 민혁은 애초
에 진짜가 아니었어요. 당신들이 알던 민혁 씨도 마찬가지고
요. 그 인간은 진짜 민혁의 신분을 바꿔치기 한 누군가예요."

새롬은 뒤통수를 세게 맞은 느낌에 입이 저절로 벌어
졌다.

"저도 모르겠어요."

지영이 한숨을 쉬었다. 잠시 마이크 너머에서 타다닥 하
는 키보드 타자 치는 소리가 들렸다.

"그렇지만 단서가 몇 개 있어요. 그 인간은 일단, 저희 팀
에서 언더커버로 활동했어요."

이어 노트북에 사진 몇 장이 떴다. 어딘가의 사무실에서
정체 모를 인간들이 대화를 나누고 있는 사진들. 얼굴이 다
들 낯설었지만, 한 명만큼은 익숙했다. 민혁이었다. 지영이 설
명했다. 민혁이 TF팀에서 어떤 일을 하고 있었는지. 그가 어
떻게 팀원들 그리고 에이펙스의 신뢰를 얻었는지. 그리고 어
떻게 그 공든 탑을 한 번에 무너뜨렸는지. 들으면 들을수록
새롬은 더더욱 자신이 바보 같기 짝이 없게 느껴졌다. 아무
것도 모르는 동안 두 조직에게 쪽쪽 빨아 먹히고 있었다니.
물론 그것도 그것대로 열받지만, 지금 가장 죽이고 싶은 상

대는 민혁이다. 새롬은 입술을 깨물었다.

"대체 이 자식이 왜 그랬는지, 너는 알아?"

지영은 잠시 머뭇거렸다.

"그날, '운영자'의 머리에 총알을 박는 거. 그게 목적 아니었을까요? 실제로 그 직후, 곧장 폭탄을 터뜨렸고요. 이용 가치가 없어지니 그 자리에서 전부 죽여 버릴 생각이었던 거죠."

"하지만 안 죽었잖아, 너는."

"운이 좋았던 거죠. 저는 심각한 대인기피증이거든요. 처음부터 끝까지 재택근무를 한다는 조건 하나를 걸고 TF에서 일하기 시작했어요. 주소 적는 란에 언제나 이전 집 주소를 써 놔서 다행이지, 진짜 지금 집 주소를 써 놨다면, 아마 지금쯤 저도 죽었을걸요."

정적이 흘렀다. 새롬은 근처의 페트병을 따 물을 한 모금 들이켰다.

"그래서, 너도 궁지에 몰린 거지? 나 같은 살인자한테 손 벌리고 도움 요청할 정도로."

"정확해요."

새롬은 웃었다. 이렇게 꼬박꼬박 솔직하게 대답하는 인간은 처음 만나 본다.

"미안한데, 도와줄 생각 없어."

"네?"

"어차피 좆 됐잖아. 우리."

새롬은 헝클어진 머리카락을 손가락으로 배배 꼬았다.

"소용없어. 어차피 가만있으면 프레이어스도 나를 찾기 시작하겠지. 경찰뿐만 아니라 민혁인가 뭔가 하는 배신자 놈도. 형배라는 부패 경찰도. 승산이 없다고. 날뛰어 봤자 독 안에 든 쥐새끼밖에 안 돼."

자포자기한 심정으로 벌컥벌컥 페트병을 비웠다. 잠시 정적이 흘렀다. 새롬은 흘긋 스피커를 보았다. 이제 아무런 소리도 들려오지 않았다. 떠난 건가, 싶던 그때였다.

"몇천만 명을 죽인 페스트도 시작은 쥐새끼들이었어요."

새롬은 멍하니 있다가, 웃음을 터뜨렸다. 페스트라니, 맙소사. 새롬은 배가 아플 정도로 웃었다. 웃고, 또 웃었다. 웃음은 곧 울음으로, 울음은 오열로 변했다. 믿기지 않았다. 자신이 이 바닥까지 떨어졌다는 사실이. 며칠 전까지만 해도 이 짓거리를 다 끝내고 카페나 열 생각에 부풀어 있던 자신이 멍청하고 한심했다. 이렇게 될 줄 진작 알았어야 했는데. 자신에게 해피 엔딩 따위 없다는 것을. 새롬은 조금씩 훌쩍임을 멈췄다. 슬픔이 가라앉자 붉은 감정이 고개를 들었다.

"언니, 괜찮아요?"

"뭘 부탁하려 한 거야?"

＊ ＊ ＊

"죄송해요. 이런 난장판에 끌어들일 계획은 절대 아니었
어요."

동식은 울컥했다. 남의 인생을 잘도 망쳐 놓고 죄송해요,
한마디로 대신할 생각이냐고 윽박지르고 싶었지만, 엄밀히
따지면 공중전화를 받은 것도, 그 전화를 받느라 2시간이나
시간을 쏟은 것도 다름 아닌 자신이라는 깨달음이 찾아왔기
에 그냥 입을 다물었다.

"상황에 대해 이해가 안 되거나 궁금한 거 있으면 아무거
나 물어봐도 돼."

새롬이 말했다.

그런데 뭘 물어봐야 할까. 사실 아지트로 가는 길에 새롬
이 약간 설명해 주기도 했거니와, 그동안 어떤 일이 생겼는지
지영에게 요약본도 들은 참이다. 딱히 크게 궁금한 건 없었다.

아니, 잠깐. 생각해 보니 딱 하나 있었다.

"근데, 왜 하필 저예요?"

"뭐?"

"왜 그 하고많은 경찰 중에 저를 택했냐고요."

잠깐의 정적이 흐른 후, 스피커에서 지영의 목소리가 흘
러나왔다.

"그게, 태영 씨가 틈만 나면 당신 얘기를 했거든요."

정말 아들 같은 녀석이 하나 있는데, 하면서 어찌나 얘기를 많이 하는지 TF팀은 한동안 동식이 진짜로 태영의 아들인 줄 알았다고.

궁지에 몰린 킬러와 히키코모리 해커, 그리고 무능한 경찰. 동식은 도저히 어울리지 않는 조합이라고 생각했다. 뭔가 재앙의 레시피 같다고 생각했지만, 상황이 상황인 만큼 어쩔 수 없었다. 살아남기 위해선 싫어도 힘을 합쳐야만 했다. 회의 끝에 두 가지 목표를 정했다. 첫째. 민혁, 일명 '고스트'를 찾아내 응당한 처벌을 가한다. 둘째. 프레이어스를 일망타진한다.

일단 첫 번째 목표부터 진행하려 했지만, 즉시 난관에 부딪혔다. 민혁을 어디서 찾을지부터 막막했다. 프레이어스 측도 눈에 불을 켜고 쫓고 있을 텐데, 그들도 못 찾는 고스트를 무슨 수로 찾을 수 있단 말인가. 애초에 본인도 작정하고 숨어 있을 것이 분명했다.

나름의 돌파구를 찾은 건 두 번째 목표였던 프레이어스 쪽이었다.

아지트에서 지내는 동안, 동식은 프레이어스에 관해 공부했다. 온갖 자료를 찾아보고 지영의 얘기를 들으며 놈들의 시스템을 차근차근 배워 나갔다.

* * *

동식과 새롬은 성미산 중턱에 도착했다. 그동안 프레이어스의 물류 트럭들을 추적한 결과, 이동 경로에 늘 이 산이 있었다. 트럭들은 이 산에 들어와서 어떤 장소에 일정 시간 머물다가 다시 나가고는 했다. 새롬은 근처 갓길에 차를 세웠다. 트렁크에서 드론을 꺼낸 다음 보닛 위에 올려 두었다. 잠시 후, 드론 프로펠러 옆 LED 등에 붉은빛이 깜빡거렸다. 곧 프로펠러가 회전하며 공중에 드론이 떠올랐다.

"지영아, 거기 뷰는 어때?"

붕붕거리는 드론을 향해 새롬이 외쳤다.

"시원해요, 언니. 이제부터 한 바퀴 쭉 돌게요."

"잠깐 기다려, 우리 세팅 좀 하고."

동식과 새롬은 차 안에서 각종 모니터와 노트북을 줄줄이 꺼냈다. 바닥에 간이 테이블을 설치한 다음 그 위에 제품을 늘어놓았다. 드론 카메라에 찍히는 여러 앵글의 장면이 각각의 화면에 나왔다.

"자, 이제 돌아."

드론이 전진했다. 동식은 눈 마사지를 한 다음 본격적으로 화면 속에 집중했다. 조금이라도 이상한 점을 찾아낸다 ‒ 그게 오늘 이곳에 온 목적이었다.

하지만, 생각보다 보통 일이 아니었다. 모니터를 뚫어져라 보며, 미세하게 덜덜 떨리는 조악한 드론 화면을 몇 시간이고 지켜보는 일은 그야말로 고역이었다. 치밀어 오르는 3D 멀미를 참느라 연신 침을 삼켰다. 그때였다.

"저기!"

동식이 모니터 중 하나를 가리키며 소리쳤다. 새롬이 고개를 들었다.

"저기 뭐?"

"봐봐, 3번 화면. 뭔가 있어."

지영이 줌으로 당겼다. 화면은 흙바닥 위를 비추었다. 이젠 확신할 수 있다. 바퀴 자국이었다.

"자국을, 계속 따라가 봐."

동식이 최면에라도 걸린 듯 속삭였다. 새롬도 어느새 동식의 곁에 바싹 붙어 숨을 죽이고 있다. 드론은 바퀴 자국을 따라 전진했다. 10분 정도 이동하자 카메라에 '그것'이 잡혔다. 싱그러운 초록에 둘러싸인 회색 흉물. 뾰족한 세모 모양 지붕의 그 건물은, 한눈에 봐도 '방치되어 있다'는 말이 어울렸다. 겉면은 해질 대로 해진 상태였고, 창문은 없다시피 했다. 2층 정도 높이의 벽 표면은 담쟁이덩굴이 이곳저곳을 휘감은 채 마구잡이로 뻗쳐 있었다.

건물의 입구에는 공포 영화 속 '으슥한 저택'에 흔히 등장할 법한 쇠창살 문이 달려 있었고, 그 양옆으로는 두 명의 남자가 서 있었다. 완전 무장 상태인 그들은 버킹엄궁 앞 보초

병처럼 꿈쩍도 하지 않고 앞만 주시했다. 정작 감시해야 할 대상은 위에 있다는 것을 꿈에도 모른 채.

"잭팟."

동식은 새롬과 가볍게 하이 파이브를 했다. 물론 아직 확신하기엔 이르다. 뭔가 명확한 단서를 발견한 것은 분명했지만, 저 시설의 정체가 뭔지는 지금부터 알아 가야 한다. 모든 것이 막연했지만, 그래도 한 가지는 분명했다. 우연히 이 시설을 '봐 버린' 평범한 민간인을 처참하게 살해해야 할 정도로 프레이어스는 이 건물의 존재 자체를 숨기고 싶어 했다. 저 건물은, 놈들의 약점이다.

이틀 동안, 동식은 일행과 함께 본격적으로 해당 폐공장을 감시했다. 전반적으로 많이 이용한 도구는 드론이었다. 눈에 띄지 않도록 특정한 시간을 정해 그 시간에만 드론을 띄웠다. 이전에 사용하던 드론이 워낙에 소음을 많이 낸 터라 무소음 기능을 장착한 드론으로 교체했다. 이후 드론의 방향을 조금씩 이동시키며 감시에 취약한 지역과 그렇지 않은 지역을 철저하게 분석해 나갔다. 조금씩 조금씩 '사령탑'의 숨통을 조였다.

사실 사령탑은 공식적인 이름이 아니다. '그곳' 혹은 '폐건물'이라고 계속 부르기도 뭣 하니 그냥 임시로 붙인 이름이다. 이 건물이 사령탑일지 아닐지는 아직 확신할 수 없다.

그렇지만, 동식은 은밀히 바랐다. 이 건물이 정말 사령탑이기를. 지금 조사하고 있는 이 건물이 프레이어스의 심장부이기를. 놈들을 단번에 물리칠, 숨겨진 역린이기를.

* * *

일주일 정도 지나자 어느 정도 건물의 정체에 대한 윤곽이 잡혔다. 사령탑에서는 기본적으로 하루에 4대가량의 트럭이 오고 갔다. 어떤 물건을 싣고 있는지는 알 수 없었지만, 양이 상당하다는 것은 짐작할 수 있었다. 며칠 전, 지영은 물류 센터 내부에 설치된 CCTV 하나를 해킹했다. 화면 속에는 결정적인 장면이 포착되었다. 영상 속에서 직원들은 60개가량의 박스를 낑낑대며 트럭 밖으로 옮기더니, 일을 끝내자마자 빈 박스들을 다시 건물 안에 들여놓았다.

"트럭이, 들어갈 때는 텅 비어서 들어가는데, 나갈 때는 빽빽이 차서 나가."

동식이 말했다.

"뭘까, 대체?"

새롬은 소파에 엎드린 채 태블릿으로 해당 영상을 보고 있다. 짜증 난다는 듯 한숨을 쉬었다.

"아이, 씨. 마음 같아선 저기 쳐들어가서 하나 가져오고 싶다."

"정문을 지나기도 전에 구멍 숭숭 뚫릴걸요, 언니."

지영이 말했다. 반쯤 농담조였지만, 틀린 말도 아니었다. 만약 저기 무대뽀로 쳐들어간다면, 죽음은 확정이다. 무장 경비가 곳곳을 지키고 있으니까. 동식은 이해가 가지 않았다. 왜 그렇게까지 하는 걸까. 뒷조사를 해 보니 아니나 다를까 놈들은 프레이어스 소속이었다. 이 건물 또한 X의 감시하에 있다는 의미였다. 폭발한 공사장 건물과 다를 게 없었다. 동식은 신음을 흘렸다. 대체 X의 마수가 뻗치지 않은 곳이 있기나 한가?

"방법이, 없나?"

새롬이 착잡하게 중얼거렸다.

"아니. 생각해 둔 방법이 있긴 한데."

동식이 말했다.

"뭔데?"

"근데 그게 좀…, 많이 위험해."

* * *

이틀 후, 터널. 벌써 48시간 연속 운전을 해서 그런지 눈앞이 자꾸만 뿌예졌다. 시야뿐 아니라 이젠 정신마저 흐리멍덩했다. 제발, 좀 자. 뇌가 비명을 질러댔지만, 정민은 달큼한 커피믹스를 억지로 넘겼다. 위장에 진한 액체가 침입하자 눈앞이 조금 또렷해졌다. 좋아. 5분은 더 버틸 수 있다.

[남은 목적지까지 50km 남았습니다]

트럭 내비게이션이 말했다. 정민은 한숨을 쉬었다. 그놈의 50km. 딱 그 거리만 달리고 일이 끝나면 얼마나 좋을까. 물론 꿈 같은 소리다. 박스들을 그곳에 배달하는 것은 시작에 불과하다. 트럭에 빈 박스를 채운 뒤, 다시 모든 일을 반복해야 한다. 왕복에 또 다른 왕복. 역시 이 일을 맡는 게 아니었는데.

처음 일을 맡게 된 이유는, 당연하게도, 돈 때문이었다. 조금만 일해도 짭짤하게 벌 수 있다는 말에 혹했다. 속는 셈치고 잠깐만 해 볼 생각이었지만, 수입이 워낙에 괜찮아 얼떨결에 계속했다. 그때까지만 해도 이 일의 '수상한' 낌새는 눈치채지 못했다. 아니, 수상한 것이라고 해 봤자 그들이 정해 놓은 규칙 정도가 다였다. 일이 시작되는 아침마다 그들은 기사들을 모아 놓고 경고했다. 세 가지 규칙을 지키라고. 하나, 택배 상자를 절대 뜯지 말 것. 둘, 정해진 시간 내에 무조건 물품을 옮길 것. 셋, 절대 공권력과 부딪히는 일 없을 것.

일을 한 지 3달쯤 되었을 때였다. 문제가 생겼다. 기사들 사이에서 소문이 돌았다. 우리가 운반하는 것이 단순한 물건이 아닌 뭔가 불법적인 것이라느니, 상자의 내용물이 뭔지 궁금해 열어 본 택배 기사가 시체로 발견됐다느니 하는 흉흉한 것이었다. 솔직히 말해, 상자 안에 뭐가 있건 정민은 아무래도 상관없었다. 그런 줄만 알았다. 그런데 하루고 이틀이고 같은 소문이 계속해서 들려오자 정민은 점차 불안해졌다. 호기심이 암세포처럼 퍼졌다. 자신이 대체 뭘 배달하고 있는 건지 궁금했다. 저 빌어먹을 박스 안에 뭐가 있는 걸까. 무기나 마약 혹은 핵탄두라도 있는 걸까.

열어 볼까.

간신히, 거의 간신히, 정민은 악마의 유혹을 뿌리쳤다. 됐다. 생각 자체를 하지 말자. 난 로봇이다. 그들이 돈을 주는 동안은 오로지 시키는 대로만 행동하는 거다. 그러면 아무 문제도 없다.

앞을 달리고 있던 쏘렌토가 속도를 늦췄다. 잠시 생각에 잠겨 있느라 정민은 한 타이밍 늦게 그 사실을 알아챘다. 재빨리 브레이크를 밟았지만, 트럭은 끼익, 소리를 내며 앞으로 밀려 나갔다. 눈을 질끈 감았다. 육중한 쿵, 소리와 함께 차체가 흔들렸다. 젠장. 욕을 뱉으며 차 밖으로 내렸다. 앞의 쏘렌토에서도 문이 열리더니 남자 하나가 내렸다. 30대 초반 정도로 보이는 새파란 놈이었다. 더욱 열불이 솟았다. 저런 놈 때문에, 내가 지금 발이 여기 묶였다니.

"당신 미쳤어? 아니, 운전 눈 감고 해?"

"아이고, 죄, 죄송합니다."

남자의 굽신거리는 모습을 보며 정민은 씩씩거렸지만, 속으로는 음흉하게 미소 지었다. 만만한 인간이다. 적당히 겁을 주면 합의금 좀 뜯고 조용히 끝낼 수 있으리라 확신했다. 녀석이 폰을 꺼내 버튼을 누르는 걸 보기 전까진.

"뭐 하는 거야, 당신?"

황급히 남자의 앞으로 다가갔다. 핸드폰을 빼앗으려 했지만, 남자가 재빨리 손을 뺐다.

"아니, 당연히 경찰 불러야죠, 사고 났으니까."

정민의 가슴이 쿵 내려앉았다. 이 일을 하면서 가장 자주 들었던 경고, 규칙 셋, 절대 공권력과 부딪히는 일 없을 것. 절대.

"뭐? 경찰을 왜 불러, 지금?"

실랑이를 벌이느라 정민은 조금도 알아차리지 못했다. 누군가 트럭 뒤편으로 다가가고 있다는 사실을 말이다.

새롬은 재빨리 트럭 잠금쇠를 풀고 뒷문을 열었다. 심호흡을 한 다음 트럭 안의 어둠 속으로 조용히 들어갔다. 마지막으로 가능한 한 조용히 문을 닫았다. 새롬은 바지춤에 단라이트를 켠 다음 안을 샅샅이 뒤졌다. 예상대로 트럭 짐칸에는 택배 상자가 가득했다. 벽을 따라 질서정연하게 쌓여 있는 수십, 수백 개의 상자. 새롬은 그중 하나를 집었다. 곧장 불길한 예감이 들었다. 가벼웠다. 너무 가벼웠다. 실수로 빈 상자를 들고 가는 것 아닌가 싶을 정도로. 상자를 흔들어 보았다. 안에서 덜그럭 소리가 들렸다. 소리가 들리는 것으로 보아 비어 있진 않은 것 같은데… 됐다. 일단 빨리 나가자. 목적은 달성하지 않았는가.

새롬은 상자를 품에 안았다. 그런 다음 등을 돌려 다시 문을 열려는데 바스락 소리와 함께 뭔가가 발에 밟혔다. 뭐지 싶어 내려다보았다. 쓰레기 조각이었다. 정확히는 삼각김밥 껍질. 대체 이게 왜 여기에 있는 걸까. 밥을 먹으려면 밖에서 먹지. 이 안에서 먹어야 할 이유라도 있던 걸까. 새롬은 피식 웃었다.

"아."

소름이 돋았다. 새롬이 재빨리 등을 돌리려 했지만, 상자 뒤편에 숨어 있던 그림자가 불쑥 튀어나왔다. 그것은 새롬의 입을 순식간에 틀어막았다.

* * *

"빠져나가."

"뭐?"

"빠져나가려 하지 말라고요."

"내가 언제 빠져나가려 그랬어, 자식아. 생사람을 잡네, 어?"

동식은 답답해 죽을 것 같았다. 상자를 낚아채는 데 성공하면 새롬은 신호를 주기로 했다. 벌써 5분이 지났지만, 신호는 없었다. 무슨 일이라도 생긴 걸까. 이 이상 시간을 끌면 위험한데.

"됐고, 넌 가. 내 차는 내가 알아서 처리할 테니, 가시라고."

기사는 트럭으로 향했다. 지금은 안 되는데. 안절부절못하던 그때 치직, 하고 잡음이 들렸다. 기사의 허리춤에 걸린 무전기에서 난 소리였다. 웬 남자의 목소리가 흘러나왔다.

[침입자 발생, 당장 터널 빠져나가. 당장.]

택배 기사가 눈을 크게 떴다. 눈이 마주쳤다. 잠시 정적이 흘렀다. 기사는 재빨리 등을 돌렸다. 허우적거리며 운전석에 타려 했지만, 동식이 달려들어 그의 팔을 잡은 다음 바닥에 밀쳤다. 몸싸움이 이어졌다. 싸움에는 거의 젬병인 남자 둘이 바닥에서 얽히고설킨 채 버둥거렸다. 동식은 재빨리 기사의 목을 팔로 휘감았다. 그리고 있는 대로 힘을 주었다. 기사는 화난 아기처럼 다리를 허공에 허우적거렸다. 몇 초가 지나자 그는 이내 축 늘어졌다. 설마 죽었나 싶어 동식은 새끼손가락을 코에 갖다 댔다. 다행히 숨은 쉬고 있었다.

[무슨 일인가. 대답해. 당장 차 출발시키라고. 당장.]

어쩌지. 뭐라도 해야 하는데. 동식은 두 손으로 머리를 싸맸다. 그야말로 난장판이었다. 기습을 준비하던 중 역으로 당한 듯한 느낌이다. 정신이 어질어질한 그때 설상가상으로 요란한 타이어 소리가 터널을 울렸다. 앞을 보았다. 터널 출구 부근에서 대형 트럭이 공회전을 했다. 입구를 막을 작정일까. 그때 트럭 안의 무전기에서 다시 한번 목소리가 흘러나왔다.

[침입자, 혹시 듣고 있다면 포기해라. 터널은 이미 막혔다.]

망했다. 진짜 망했다. 동식은 눈앞이 흐릿해지고 머리가 지끈거렸다. 절망적인 그때 문득 한 가지 생각이 떠올랐다. 무모하고 멍청한 짓이었지만, 상황을 고려한다면 해 볼 만도 했다. 안 하는 것보다야 낫지. 동식은 이를 악문 뒤 엉금엉금 트럭 위로 올라갔다. 좌석에서 잠시 숨을 골랐다.

"그래, 해 보자. 미친 짓."

동식은 레버를 당기고 액셀을 밟았다.

[투항해라. 침입자. 당장.]

"좆 까."

페달을 밟은 다리에 더 힘을 주었다. 터널의 끝이 점차 눈앞에 다가왔다. 비명을 지르며 눈을 질끈 감았다. 쾅음. 동식의 트럭은 터널을 막은 대형 트럭의 중앙을 정면으로 들이받았다. 볼링공에 빗맞은 볼링 핀처럼 트럭은 옆으로 획 기울어졌다. 동식은 황급히 브레이크를 밟았다. 트럭의 속력은 줄어들지 않았다. 왼쪽 차선의 가드레일을 들이받았다.

* * *

5시간 후. 아지트 안. 동식과 새롬은 각자 캔맥주를 기울였다.

"와, 진짜 깜짝 놀랐어. 설마 짐칸에까지 부하들을 배치해 놨을 줄은."

새롬이 맥주를 한 모금 마신 뒤 투덜거렸다.

궁지에 몰린 그녀를 살린 것은 다름 아닌 동식의 기지였다. 트럭을 뺏어 탄 다음 가드레일에 돌진한 것이 신의 한 수였다. 트럭이 가드레일과 충돌하며, 짐칸의 남자는 벽에 머리를 박아 기절했다. 그 사이 먼저 정신을 차린 건 새롬이었다

"용케도 그럴 생각을 했네. 트럭을 트럭으로 받아 버릴 생각을."

새롬이 실실 웃었다.

"단지 그때 떠오른 생각이 그거밖에 없었어. 당장 여기서 빠져나가야 한다, 그런데 방법이 그거 하나밖에 없잖아. 그럼 해야지."

엄지를 척 치켜들며 새롬이 웃었다.

"짭새, 좀 멋있다. 임기응변도 되고."

동식도 따라 웃었지만, 곧 있을 일을 생각하니 마냥 웃을 수만은 없었다. 맥주를 한 모금 마신 뒤 동식이 말했다.

"근데 서둘러야 돼."

"왜?"

"오늘 사건으로 놈들은 더 바짝 긴장할 테니까. 습격당했잖아."

그렇다. 놈들은 이제 전에 없는 태세로 보안을 강화하리라. 최악의 경우 시설 폐쇄까지 감행할지도 모른다. 새롬은 설마, 하고 중얼거렸지만, 그 '설마'는 곧 다음 날부터 현실이 되었다. 적하장 CCTV 화면 속에서, 평소보다 3배는 많은 트럭이 오갔다.

게다가 이번에는 더 이상 빈 상자를 트럭에 채우지 않았다. 빼내기만 했다. 그게 끝이 아니었다. 트럭에 잠복할 놈들에게 기관단총 비슷한 걸 주는 것까지 화면에 잡혔다. 또한 트럭 아래에 속도측정기를 달기까지 했다.

오후쯤, 시설의 책임자로 보이는 남자가 등장했다. 그는 트럭 기사들을 일렬로 도열해 놓은 다음 버럭버럭 소리를 질러댔다. 입을 쩍쩍 벌린 탓에, 입 모양으로 무슨 말을 하는지 대충 짐작이 갔다. "멈추면 죽어."

CCTV 영상을 보던 새롬이 이마를 슥슥 문질렀다.

"미치겠네."

"완전 경계하고 있어."

동식이 한숨을 쉬었다. 일이 꼬여 갔다. 트럭을 털기 직전 이 정도는 생각해 두었어야 했는데.

"언니, 근데 택배는 안 까 봐요?"

지영의 말에 새롬이 눈살을 찌푸렸다.

"택배?"

"네, 언니. 택배요. 직접 훔쳐 오기까지 했는데, 어제부터 그대로잖아요, 저거."

어제 그들이 손에 넣은 전리품. 새롬이 자신을 보자 동식은 끄덕였다. 새롬이 주머니에서 커터 나이프를 꺼냈다. 조심스레 택배의 테이프를 뜯고 상자를 열었다. 박스를 열자 안에는 스티로폼 조각이 잔뜩 들어 있었다. 새롬은 손을 집어넣었다. 잠시 스티로폼 뭉치를 휘적거리던 그녀는 곧 물건 하나를 들어 올렸다. 익숙한 물건이었다.

"조인트네."

새롬은 약간 실망한 눈치였다. 동식도 마찬가지였다. 어느 정도 예상은 했지만, 그래도 기왕이면 더 가치 있는 걸 기대하긴 했다. 기왕이면 프레이어스의 비밀이 전부 담긴 USB라든가. 그렇다고 실망만 할 순 없다. 일단 장치는 지영에게 분석을 맡겨 두기로 하고, 조인트를 컴퓨터와 연결했다. 그런 다음에는 계속 적하장 CCTV를 감시했다. 그런데 3시간 정도 지났을까. 지영이 소리쳤다.

"이거, 단순한 조인트가 아니에요."

멍하니 모니터 화면을 보고 있던 동식과 새롬은 소스라치게 놀랐다.

"그럼?"

동식이 물었다.

"모르겠어요? 공장 초기화 상태의 조인트라고요."

작동을 시키기 위해선 인터넷에 연결해야 하고, 기본적인 설정이 필요한 상태. 방금 갓 구매한 휴대전화 상태와 다를 게 없다는 뜻이다. 그렇다면 이것이 왜 지영을 흥분의 도가니로 몰아갔을까. 알고 보니, 그럴 만한 이유가 있었다. '조인트 관리 시스템'에 접속할 수 있게 된 것이다. 공장 초기화 폰이 새 버전으로 시스템 업데이트가 필요하듯, 조인트 역시 추가적인 업데이트를 다운 받아야 한다. 이 업데이트 파일을 저장하고 있는 서버를 리버스 엔지니어링 기술로 역추적한다. 그러면 조인트를 관리하는 곳이 어디인지 알아낼 수 있다.

안타깝게도, 철저한 보안을 자랑하는 조인트 관리 시스템을 해킹하는 것은 불가능했다. 당장 지영이 할 수 있는 건 기껏해야 사이트의 IP 주소를 바탕으로 대략의 위치 정도를 파악하는 정도였지만, 그것도 감지덕지였다. 당장은 정보 하나라도 귀중하니까. 게다가, 그 '대략의 주소'는, 동식에게 매우 익숙한 장소였다. 성미산.

사령탑은, 예상대로 사령탑이었다.

* * *

그날 저녁, 이제 모든 것이 준비된 상태였다.

동식은 컴퓨터 앞에 앉아 있었다. 화면 위의 마우스 커서는 [전송] 버튼 위에 멈추어져 있는 상태였다. 이 버튼을 누르는 순간을 기점으로 계획은 브레이크 없는 열차처럼 가속도만 붙는다. 결과가 나올 때까지.

"준비 됐어?"

새롬이 묻자 동식은 끄덕였다. 동식은 심호흡을 하고, 지영을 – 정확히는 카메라를 – 보았다.

"지영이는?"

"네. 저도요."

새롬이 버튼을 누름과 동시에, 지옥 혹은 끝으로 향하는 열차의 시동을 걸었다.

헤드헌터

1

항구에 위치한 야외 흡연실 안. 나는 담배를 피우며 손에 쥔 휴대전화를 엄지로 두드렸다. 개방된 공간에 있다는 사실이 조금 찝찝했지만, 근처 백화점에서 모자와 선글라스로 대충 얼굴을 감춘 터라 들킬 염려는 없었다. 안심해도 좋으리라. 모든 것이 깔끔했다. 기록도 흔적도 지웠다. 이제 계획대로 배를 타고 후쿠오카에 내리면 이 모든 사달은 끝난다. 일본에서는 대충 3년 정도 보낼 생각이다. 명목상으로는 몸을 숨기기 위해서지만, 실은 일종의 휴식 겸, 당분간은 좀 여유롭게 살아 볼 생각이다. 이왕 가는 김에 일본어도 좀 배워 보고, 친구도 좀 만들고. 완전히 새 인생을 살아 보는 것도 괜찮으리라. 시계를 다시 한번 확인했다. 배가 출발하기까지는 아직 30분이나 남았다. 나는 한숨을 쉬었다. 할 짓 없이 각종 뉴스를 뒤적거리다가, 엄지를 우뚝 멈췄다. 프레이어스 사이트를 확인해 볼까. 혹시 모르니.

잠시 갈등했다. 접속하면 접속할수록 예민해질 것이라고 생각해 지금까지 의도적으로 접속하지 않았다. 그래도 궁금하긴 했다. 운영자가 죽은 지금, 사이트는 제대로 운영되고 있을까. 나는 아니길 바랐다. '이제 운영을 중단합니다' 따위의 배너가 메인에 박혀 있는 모습을 보면 그보다 마음이 편안할 수 없으리라. 결국 잠깐만 확인하고 바로 나가자고 생각하며 프레이어스 아이콘을 눌렀다.

"아,"

실망감에 절로 탄식이 흘러나왔다. 사이트는 멀쩡하게 접속되었다. 운영 중단을 선언하는 배너는 없었다. 일주일 전과 다를 게 없다.

불안이 속을 휘저었다.

물론 알고 있다. 운영자를 죽인다고 사이트가 곧장 내려가진 않는다는 것 정도는. 그래도 그렇지, 일주일 전과 아무런 차이 없이 운영되고 있을 줄은 몰랐다. 문득 김원을 쏴 죽인 직후 느꼈던 불안한 느낌이 다시금 떠올랐다. 나는 정말 운영자를 죽인 게 맞을까. 이를 악물었다. 됐다, 더 이상 생각하지 말자. 뭐가 어떻게 됐건, 나는 오늘 한국을 뜬다. 운영자가 살아 있건 혹은 그보다 더한 일이 있건, 그건 일본에 가서 생각해도 된다. 진정하자. 전부 계획에 있던 것 아닌가.

휴대전화에서 띵, 소리가 난 것은 그때였다. 익숙한 소리였다. 프레이어스 웹사이트의 타깃 페이지가 갱신될 때마다 알림이 울리도록 설정해 놓았는데, 지금 그 알람이 울렸다. 집어넣으려던 휴대전화를 다시 꺼냈다. 화면 위에 알림창이 하나 떠 있었다.

[타깃 목록이 갱신되었습니다]

화면을 켰다. 홈페이지 정중앙에 걸린 게시글은 다음과 같았다.

'오민혁, 수배 금액 30억 / DEAD OR ALIVE'

그와 동시에 떠 있는 것은 익숙한 얼굴, 아니, 지긋지긋한 얼굴이었다.

내 얼굴.

휴대전화를 바라보고 있는 나의 진짜 얼굴. 웹사이트 한복판에, 그것이 대문짝만하게 걸려 있었다. 연막탄이라도 터진 듯 머릿속이 하얗게 변했다. 뭐가 어떻게 된 건지 알 수 없었다. 그렇지만 한 가지만큼은 확실했다. 누군가 날 엿먹이려 한다. 철저하게, 계획적으로. 대체 누굴까. X? X의 잔당? 아니면 에이펙스? 그동안 적을 너무 많이 만들었다. 그 중 하나라도 살아 있다면 날 타깃으로 잡는다 한들 이상하지 않다.

그때 또다시 알람이 울렸다. 이번에는 구글 키워드 알림이다. '프레이어스'라는 키워드가 섞인 뉴스나 게시글이 올라온다면 자동으로 알림이 오게 해 뒀다. 떨리는 손으로 알림을 클릭하자, 조금 전과는 비교도 안 되는 충격이 머리를 때렸다.

'프레이어스, 충격적인 인간 사냥 사이트의 실체가 드러나다'

프레이어스가, 수면 위로 떠올랐다. '21세기판 현상금 사냥 사이트'라는 키워드는 자극적이었다. 그 자체로 기사 제목이자 훌륭한 클릭 베이트였다. 문제의 제목을 건 기사들은 순식간에 조회수를 몇천, 몇만씩 찍어댔다. 곧 포털 사이트들의 메인 화면에서 프레이어스라는 단어를 보지 못하면 그것이 이상하게 느껴질 지경까지 이르렀다. 이 모든 것이 우연일 수 없었다.

순간 인기척이 느껴졌다. 껄렁하게 생긴 남자 두 명이 이쪽을 흘끔거렸다. 설마 저 녀석들도? 온몸에서 식은땀이 흘렀다. 공고가 난 지 얼마 안 된 것 같은데, 벌써 사냥꾼들이 따라붙은 걸까. 아니다. 아직 착각일 수 있다. 나는 등을 돌린 다음, 최대한 자연스러운 걸음걸이로 멀어졌다. 남자들은 슬금슬금 쫓아왔다. 거리가 줄어들긴커녕 더더욱 가까워졌다. 착각이 아니었다.

나는 전속력으로 달렸다.

"잡아!"

간신히 골목을 빠져나온 그때였다. 묵직한 충격이 몸 전체를 들이받았다. 공중에 떠오르며 세상이 한 바퀴 빙글빙글 돌았다. 그 직후, 아스팔트가 온몸을 긁었다. 나는 길바닥 위에 웅그린 채 신음을 흘렸다. 사람들의 비명이 들려왔다. 나는 비틀거리며 겨우 일어섰다. 아까 날 쳐다보고 있던 남자 두 명이 이제는 바로 앞에 얼쩡거렸다. 그들을 노려보며 소매로 입을 훔쳤다. 검붉고 찐득찐득한 피가 묻어 나왔다. 나는 일어난 다음 계속 달렸다. 가슴이 욱신거렸다. 뛰는 것 자체가 그야말로 고통이었다. 한 발, 한 발 움직일 때마다 심장을 주먹으로 얻어맞는 느낌이었다. 나는 결국 한계에 다다랐다. 전신주 옆에 바싹 붙은 채 숨을 삼켰다. 시큼한 오줌 냄새가 확 끼쳤다. 고약한 악취에 얼굴을 찡그리는데 저벅저벅 발걸음 소리가 다가왔다.

"아니, 그 새끼 뭐야? 차에 치인 거 너도 봤잖아."

"닥치고 찾아봐, 병신아. 이 주변에 있어, 분명."

나는 작게 한숨을 쉰 다음, 품에서 칼을 꺼냈다. 남자 둘이 전신주 앞을 지나치던 그때를 노려 튀어 나갔다. 그런 다음 두 남자의 배에 곧장 칼을 쑤셔 박았다. 왼쪽의 한 놈은 곧장 주저앉았지만, 다른 하나는 휘청거리며 간신히 버텼다. 이걸 버텨? 나는 녀석의 팔을 옆으로 치운 다음 벌어진 붉은 구멍에 다시 한번 칼을 박아 넣었다. 놈은 그제야 바닥에 쓰러졌다. 바닥에 쓰러져 애벌레처럼 꿈틀거리는 두 남자를 나는 조용히 내려다보았다. 사실 매뉴얼대로라면 즉시 자리를 뜨는 게 상책이지만, 그럴 수 없었다. 화가 났다. 주먹을 너무 세게 쥔 나머지 손톱이 살갗을 파고들었다. 이 썹새끼들, 내가 우습지. 아주 우스워, 안 그래? 무릎을 꿇은 다음 본격적으로 칼질을 했다. 오른쪽 남자, 왼쪽 남자 번갈아 가며 쑤셔 박았다. 긋고, 찌르고, 후벼 파고. 긋고, 찌르고, 후벼 파고. 그야말로 소리를 치며, 욕을 내지르며, 미친 듯이.

5분 후. 나는 간신히 진정했다. 주변을 보니 사방이 피범벅이었다. 떨리는 숨을 내쉬며 앞을 보았다. 남자들은, 더 이상 인간의 형상을 하고 있지 않았다. 찢어진 만두피에 가까웠다. 나는 심호흡을 한 다음 코를 문질렀다. 그래. 이 정도까지만 하자. 일단은 이 정도까지만.

나는 인근의 시야를 최대한 피해 근처 상가 안으로 들어갔다. 화장실 문을 잠근 다음 옷을 전부 벗고 세면대에서 씻었다. 아마 예약해 둔 배는 지금쯤 떠났으리라. 제시간에 한국을 뜬다는 계획은 이미 수포가 되었다. 상관없다. 이제부터는 전혀 다른 종류의 계획이 필요했다. 새 옷. 새 신분. 새 계획. 그때 전화가 울렸다. 발신자 표시 제한이었다. 그것을 보는 즉시 직감했다. 동일 인물. 날 함정에 빠트린 놈은 이 자식이다. 나는 곧장 전화를 받았다.

"누구야?"

정적이 흘렀다.

"대체 왜 나한테 이러는데. 당신 누구야?"

"민혁아, 잘 지냈냐."

말도 안 돼, 나는 중얼거렸다. 주위의 온도가 순식간에 10도는 뚝, 내려갔다. 죽은 자가, 전화를 걸었다.

* * *

에이펙스 아지트. 동식, 새롬은 숨을 죽이고 모니터를 보았다. 지금 컴퓨터 화면 위에는 프로그램 하나가 돌아가고 있다. 유명 AI사에서 개발한 신제품이다. 'OV'라는 약자로 불리는 이 프로그램의 이름은 오리지널 보이스. 상대방의 목소리를 단 1분만 들려주면 모든 음성, 박자부터 어조까지 비슷하게 따라 할 수 있는 필터를 만든다. 이 필터를 끼면 타인의 목소리로 통화하는 것까지 가능하다. 바로 지금, 동식과 민혁의 대화처럼.

"당신, 당신 안 죽었어?"

민혁은 얼빠진 목소리였다. 그도 적잖이 놀란 모양이다.

"그래서 지금 내 목소리 듣고 있는 거 아니냐, 민혁아."

"이 번호는 어떻게 안 거야?"

잠시 정적이 흘렀다. 수화기 저편에서 풋, 하는 소리가 들렸다.

"아니, 넌 태영일 리 없어. 절대로."

"어째서지?"

"걘 백 프로 죽었거든. 너 이거 지금 딥페이크 쓰는 거지? 뻔해. 그리고 전화번호는 형배 그 자식이 알려 준 거고. 맞잖아. 내 번호 아는 놈은 그 자식밖에 없어."

새롬이 긴장한 표정을 지었다. 동식은 마른침을 삼켰다. 은근히 눈치가 빠르구나. 100점짜리는 아니지만, 90점짜리 정답이었다. 전화번호는 형배가 아닌, 그의 핸드폰이 알려 준 것이었으니까. 형배는 죽었다. 그 사실을 아직 이 녀석은 모른다.

"맞잖아. 솔직히 말해, 새끼야."

민혁이 추궁했다. 잠시 고민한 다음 동식은 허, 하고 웃었다.

"예상보다 깨닫는 시간이 오래 걸리네."

"뭐?"

"명색이 고스트인데 감 많이 떨어졌나 봐. 그나저나 내 선물은 확인했어? 포스터 선물."

"그것도 네가 그런 거냐, 그럼?"

놈은 기가 막힌다는 듯 중얼거렸다.

"응, 내가 그랬어. 왜, 면상 까니 막상 쪽팔리고 그래? 내려 줄까?"

동식이 말했다. 그는 화면 위에 뜬 프레이어스 사이트 속

포스터를 노려보았다. 누군가는 민혁이라고 알고 누군가는 고스트라고 알고 있는 저 빌어먹을 남자의 얼굴을.

이 사이트는 오로지 고스트를 낚기 위해 지영이 만든 가짜 사이트다. 도메인 주소는 프레이어스가 과거에 썼던 주소를 이용했다. 놈들은 보안에 강박적으로 집착했기 때문에, 같은 도메인 주소로 사이트를 한 달 이상 굴린 적이 거의 없었다. 툭하면 사이트 주소를 바꿨고, 그 주소는 소수의 회원에게만 알려 주었다. 그 '소수의 회원' 중 이제 고스트는 없다.

그럼에도, 고스트는 포기하지 않고 프레이어스에 접속해 볼 것이리라. 이 모든 것은 운영자에게서 벗어나기 위해 벌인 짓이니까. 적어도 자신이 한 짓이 삽질은 아니었는지 확인은 해 볼 테지. 따라서 고스트는 지푸라기라도 잡는 심정으로 프레이어스가 '이미 버린' 도메인 주소에 들어갈 것이다. 동식이 세운 계획은 다름 아닌 거기서 출발했다.

계획은 단순했다. 최근에 쓰고 버린 도메인 몇 개를 구매한 뒤 '진짜' 프레이어스 사이트의 HTML 코드만 넣고, 거기서 민혁의 사진만 교체하면 끝. 물론 진짜 프레이어스 회원이라면 금방 가짜란 사실을 알아챌 테지만 아무래도 상관없다. 어찌 됐든 목적은 단 하나, 민혁을 엿 먹이는 거니까.

그리고 분위기를 보아하니 놈은 완벽하게 넘어간 모양이었다.

"사진은 어떻게 얻었어? 아니, 그보다, 너 누구랑 일해?"

동식은 민혁의 말을 무시하고 위도와 경도를 알려 주었다.

"뭔데, 뜬금없이."

"내일 오후 3시까지 여기로 와."

"내가 왜 네 말을 들을 거라 생각하지?"

"안 나타나면, 얼굴 팔리는 거보다 더 좆 같은 걸 보여 줄 테니까."

동식은 전화를 뚝 끊어 버렸다. 새롬은 잠시 멍하니 있다가 동식을 보았다.

"너 방금 솔직히 좀 무서웠어."

동식이 웃자 지영과 새롬도 같이 웃음을 터뜨렸다.

동식은 새롬과 함께 의자를 치운 다음 바닥에 그림 한 장을 깔았다. 인근의 인쇄소에서 대형 크기로 뽑아 온 이것은 사령탑의 도면이다. 사령탑 건물에는 나름 역사가 있었다. 원래 과자 공장을 만들고 있었는데, 완공도 하기 전 사업이 망해 버렸다. 결국 폐건물이 되어 버린 그곳을 프레이어스 측이 구매했다고 한다.

"그나저나 이 도면은 대체 어디서 구한 거야?"

새롬이 물었다.

"관청 데이터베이스에 있던데요? 건설사에서 설립 신청할 때 낸 모양이에요."

"진짜 대단하다, 너."

새롬이 감탄하자 지영은 부끄러운 듯 웃었다.

"무슨. 관공서 사이트 해킹은 요즘 일반인도 해요."

"이 지도, 그런데 업데이트는 된 건가?"

동식이 물었다.

"무슨 말이에요?"

"그사이에 리모델링이라도 하거나 그랬다면?"

에이 설마, 하며 새롬이 웃었지만, 언제나 그렇듯, 설마가 사람 잡는 법이다. 잠시 후. 테이블 위 노트북에 사진이 한 장씩 띄워졌다. 구글 지도에서나 볼 법한 저화질 위성 사진. 하지만 어떤 상황이 벌어지고 있는지는 충분히 짐작할 수 있었다. 건물 주변에 각종 건설 자재들이 널려 있었고, 트럭 몇 대가 공장 앞을 왔다 갔다 했다. 지영이 입을 열었다.

"2021년 정도에 한 번 리모델링한 것 같아요. 구조가 약간 바뀌었을 수도 있어요. 하지만 큰 버전은 차이가 없을 거예요. 위성 사진 기준으로 겉모습엔 변화가 없었으니까. 하지만 내부 시설은 모르겠어요. 소소한 부분에서 차이가 날 수도 있어요. 소소한 리모델링일지, 도면과 다르게 커다란 변화가 있을지는."

"까 봐야 안다 이건가."

동식은 한숨을 쉬었다. 진짜 어쩜 이리 되는 일이 없을까. 할 수 없다. 당장 있는 건 이 도면이 전부다. 사령탑의 내부 구조를 전부 파악하고 침입하기란 시간상 불가능하다. 위험을 감수할 수밖에 없다. 잠시 후, 동식은 일행들과 처음부터 끝까지 다시 한번 계획을 점검했다. 착잡했다. 어찌 보면 무식하고 허무맹랑한 계획이었다. 고스트가 세운 계획처럼 정교하고 세심하지도 않다. 그렇지만 이 계획에 그들은 모든 것을 걸었다. 그러니 성공시켜야 했다. 모두의 미래를 위해.

2시간 후. 동식과 새롬은 창고 구석에 앉아 무언가를 열심히 조립했다. 묵묵히 일만 하는 새롬과 달리 동식은 흘긋거리며 새롬을 보았다. 아까 계획을 점검할 때부터 새롬의 안색이 어째선지 좋지 않았다. 이유는 대충 짐작이 갔다. 그 걱정거리를 조금이나마 덜어 주고 싶었다. 물론, 그럴 수만 있다면. 큰 결심을 하고 동식은 입을 열었다.

"정말 괜찮겠어?"

"뭐가?"

새롬이 손을 멈추고 고개를 들었다.

"그 자식이랑 직접 맞서는 거."

내일 계획이 그대로 진행된다면, 새롬은 일행 중에서도 가장 위험한 상황과 맞닥뜨리게 된다. 민혁, 즉 고스트와 1대 1로 맞붙게 된다.

"복수를 하는 방법도 여러 가지가 있어. 굳이 내일, 그런 식으로 복수를 하지 않아도 돼."

물론 그녀가 천인공노할 범죄자인 것은 맞다. 당장 사형 선고를 받아도 할 말 없는 지독한 범죄자. 그렇다고 그녀를 마냥 괴물처럼 볼 수도 없었다. 지난 몇 달간 같이 희노애락을 함께 한 '팀원'으로, 그리고 한 명의 인간으로, 약간의 정이 생기는 것은 어쩔 수 없었다.

"걱정해 주는 거야?"

"아, 아니."

"아니?"

"아니, 그게, 계획 때문에. 이게 알다시피 한 명이라도 실패하면 모두 어그러지는 그런 작전이잖아. 네가 거기서 죽기라도 하면,"

"알아. 모두 죽지."

새롬은 한숨을 내쉬었다. 그렇지만, 하며 중얼거렸다.

"다른 건 몰라도, 그건 포기 못 해."

"왜?"

"놈이랑 약속했거든. 배신하면 죽일 거라고."

손을 움직이자 새롬이 쥔 물건에서 딸깍, 소리가 났다.

"다시 말하지만, 포기 못 해."

그런 그녀의 눈빛을 본 순간 동식은 깨달았다. 지금, 새롬을 설득하기란 불가능했다. 이미 도화선에 불이 붙었으며 심지는 타들어 가고 있다. 멈출 방법은 없다.

"할 거라면, 확실히 끝내."

동식이 말했다. 새롬은 화답하듯 힘차게 끄덕였다. 그녀는 손에 쥔 조립품을 바닥에 툭 내려놓았다. 62개째. 이로써 소형 사제 폭탄 62개가 완성되었다. 동식은 몸을 일으킨 다음 방 안을 훑어보았다. 지난 5일간 짬짬이 만든 각종 사제 폭탄이 그들의 앞에 산더미처럼 늘어져 있었다. 웬만한 건물 몇 채는 쉽게 날려 버리고도 남을 폭탄들. 하나도 빠짐없이 전부 작전에 쓰일 예정이다.

* * *

새롬은 지긋이 동식을 보았다. 이제 몇 시간 후면 일생일대의 작전이 시작된다. 그런 생각을 하면 도저히 잠을 잘 수가 없었다. 헌데 소파에 누운 동식은 세상모르고 코를 골며 잤다. 침까지 흘리며. 정말이지 남다른 멘탈의 소유자다.

그나저나 태영이란 인간은 어떤 인간일까. 궁금해졌다. 동식, 저 녀석과 놀라우리만큼 합이 잘 맞던 인간이라고, 지영이 말했다. 그렇다면 아마 멍청하리만큼 착한 인간이 아닐까.

새롬은 피식 웃었다. 참 신기한 녀석이다. 만약 자신이 동식이라면, 선배의 죽음에 책임이 있는 인간과는 한사코 일 따위 하지 않았으리라. 아니, 어쩌면 눈이 뒤집혀 칼부터 들이댔을지도 모른다. 그런 생각을 하니 문득 자신이 경찰 일을 하지 않은 게 다행처럼 느껴졌다.

그렇지만. 동식을 믿느냐고 물으면 그것도 아니었다. 오빠 사건 이후로 경찰이라는 말만 들으면 속이 확 뒤집혔다. 말뿐만 아니라 생각하는 것도 싫었다. 동식이 경찰임을 떠올릴 때마다, 새롬은 가끔 불온한 충동에 휩싸이곤 했다. 달려들어 동식의 목을 조르고 싶었다. 뚝 부러지는 소리가 날 때까지. 눈을 질끈 감았다. 정신 차려. 진짜 적은 경찰이 아니야. 그 자식이지, 오민혁.

돌연 드르륵, 소리가 들렸다. 문이 열리는 소리였다. 뭐지. 새롬의 심장이 덜컥 내려앉았다. 여길 아는 사람은 아무도 없다. 형배를 제외하고. 아니, 잠깐. 한 명 더 있다. 민혁.

새롬은 허벅지 부근에 놓아둔 총을 곧장 집어 들었다. 숨을 죽였다. 안전장치를 풀고 입구를 향해 총을 겨누었다. 침입자가 민혁이라면? 쏴야 할까? 당연한 것 아닌가. 애초에 놈이 여기 왔다는 것 자체가 위험 그 자체다. 방아쇠에 건 손가락에 힘이 들어갔다. 이렇게 끝내기는 아쉬웠다. 더 처참하고 잔인하게 죽이고 싶었다. 놈이 오빠에게 한 짓을 생각하면. 고민하는 순간에도 발걸음 소리는 점차 가까워졌다. 그래, 망설이지 말자. 어차피 죽는 건 놈 아니면 나다. 쏘자. 바로 쏴 버리는 거다.

새롬의 눈에 새하얀 종아리가 들어온 것은 그때였다.

눈을 휘둥그레 떴다. 가녀리고 새하얀 다리. 누가 봐도 남자의 것은 아닌데. 뭐야. 총을 움켜쥔 채, 새롬은 의자 뒤편에서 조용히 일어섰다. 처음 보는 여자애였다. 창백하고 어딘가 병약해 보이는 소녀. 그녀는 새롬 쪽을 보고 흠칫 놀랐다.

"너 누구야?"

"어, 언니. 저예요."

목소리를 듣자마자 새롬은 움찔했다. 몇백 번이고 들은 익숙한 목소리였기 때문이다.

"지영이?"

새롬은 발로 동식의 옆구리를 툭 쳤다. 손님 왔다고 중얼거리며. 게슴츠레 눈을 뜬 동식은 지영을 보고 소스라치게 놀랐다. 안녕하세요, 하는 지영의 목소리를 듣고 다시 한번 놀랐다.

"그렇게 놀랄 필요까진 없잖아요. 뭐 내가 괴물도 아니고."

지영이 쿡쿡 웃었다. 동식은 어색하게 지영과 인사를 나눈 뒤 조심스레 물었다.

"아니, 근데 고딩이 일해도 돼? 불법 아냐?"

"스물한 살. 고등학교는 자퇴했고. 문제없어요, 법적으로."

지영은 근처의 소파에 풀썩 앉았다. 그사이 새롬은 밀크티를 타 와 조심스럽게 지영의 앞으로 내밀었다. 지영은 해맑은 표정으로 찻잔을 받았다.

"반갑다, 지영아?"

"저도 반가워요, 언니."

"근데, 너 뭐 대인공포증 있다고 하지 않았어?"

"있어요, 언니."

"근데 용케도 여길 왔네."

"네, 언니. 사실, 지금도 심장이 벌렁대서 죽을 거 같아요."

새롬은 속으로 혀를 찼다. 그래서 저렇게 식은땀을 줄줄 흘리는 걸까.

"왜 왔어, 그럼?"

지영은 차를 한 모금 마셨다. 잠시 눈을 감았다.

"그게, 아무리 생각해도 싸가지가 없는 것 같아서요."

"뭔 소리야, 그건."

"마지막 작전이잖아요. 이번 작전마저도 현장에서 쏙 빠지고 모니터 너머로 구경만 하는 건, 좀 아닌 거 같아서. 이번에는 직접 한 마음 한 팀으로 으쌰으쌰 해 보려고요."

지영이 말을 이었다.

"제가 지난번 현장에 안 나갔을 때, 그런 일까지 벌어졌고."

새롬과 동식의 얼굴이 차례차례 어두워졌다. 지영이 그렁그렁한 눈으로 말을 이었다.

"그때 제가 있기만 했어도,"

저기, 하며 새롬이 말을 끊었다.

"어차피 네가 있든 없든 벌어졌을걸. 민혁이 그 새끼 때문에.”

동식이 동의하듯 새롬의 말에 끄덕였다.

“맞아. 오히려 현장에 없었기에 지금 네가 여기 있는 거야. 아니면 형배한테 무슨 일 당했을지 모르는 거야. 너도 그 정도는 알잖아. 똑똑하니까. 잘 한 거야, 너.”

“그리고 죄책감 때문에 우울 모드 빠지는 거, 그거, 이미 다 지난 단계야. 너도 스킵해.”

새롬은 일부러 가볍게 말했다. 사실 죄책감 때문에 괴로워하는 건 자신도 마찬가지지만, 적어도 지영만큼은 아니길 바랐다. 지영은 “그렇지만” 하며 운을 떼려다 그냥 입을 닫았다. “그렇나요” 하고 중얼거리는 그녀의 표정이 조금 전보다는 생기가 돌았다.

“하여튼, 최선을 다할게요. 짐이 되지 않게.”

“아니야. 이렇게 와 준 것만으로도 고맙지.”

동식이 웃었다.

“아, 근데 총 줄 생각은 절대 없으니까 그리 알아. 알겠지. 넌 컴퓨터만 두드리는 거야.”

“됐어. 짭새는 무시해. 원하면 언니가 줄게. 뭐 필요한 거 있어?”

지영이 깔깔 웃었다. 새롬도 참지 못하고 피식 웃었다. 그러고는 살짝 놀랐다. 아직 나, 웃을 수 있구나.

다음 날 아침, 셋은 차를 타고 목적지로 이동했다. 마지막을 향해.

2

손 앞에서 꿈틀거리는 붉은 거미를 새롬은 손등으로 툭 쳤다. 트럭은 대체 언제 온단 말인가. 새롬은 지금 영덕터널 천장 제연설비에 매달려 있다. 그 윗부분에 완전히 착 달라붙은 상태인데, 힘들 줄은 알고 있었지만, 역겹기까지 할 줄은 몰랐다. 설비 위쪽에 각종 벌레 사체가 득실거렸다. 올라가자마자 곧장 후회했다. 다른 쪽으로 가면 안 될까, 설득하고 싶었지만, 시간이 없었다. 차가 오가지 않는 그때가 올라갈 절호의 타이밍이었으니까. 결국 체념하고 벌레들의 사체 위에 몸을 파묻을 수밖에 없었다. 더 최악인 건, 그중 몇몇이 아직도 살아 있다는 사실이다. 예를 들어 이 붉은색 거미라든지. 그동안 몇 번을 내리쳤는데, 녀석은 아직도 꿈틀거렸다. 어쩌면 트럭이 오기 전에 거미에게 물려 죽는 게 더 빠를지도.

한숨짓던 그때 저쪽 터널 끝에서 트럭 한 대가 달려왔다. 드디어. 새롬은 주먹을 꽉 쥐었다. 트럭은 곧 속도를 줄였다. 가짜 방송을 들은 것이리라. 새롬은 지영의 도움을 받아 타고 온 차 안에 전파 납치 안테나를 설치해 두었다. 미리 준비해 놓은 방송을 흘리기 위해. '이 구간부터 시속 20km 이하로 운전하세요'라는 내용의 방송.

지금이다. 트럭이 제연설비 위를 지나가는 바로 그때, 새롬은 뛰어내렸다. 성공. 지붕 위에 내려앉자 그 즉시 손에 들린 재머를 켰다. 잠시 후, 재머가 삐빅거렸다. 전파 신호가 잡했다. 이상한 '쾅' 소리를 듣자마자 트럭 안에 남자가 곧장 본부에 전화를 건 것이 틀림없다. 아마 지금쯤 왜 전화가 걸리지 않는지 당황하고 있겠지. 새롬은 엉금엉금 트럭 천장을 기어갔다. 트럭 뒤편까지 도착한 다음 몸을 돌렸다. 상반신을 트럭 위에 걸친 채 다리를 아래로 쭉 뻗었다. 잠금쇠가 발에 살짝 닿았다. 좋아, 가자. 심호흡을 한 다음 발로 힘껏 잠금쇠를 걷어찼다.

트럭 문이 열렸고, 동시에 우수수 총알 세례가 쏟아졌다. 만약 지금 트럭 뒤에 차가 한 대라도 달리고 있었다면 그 차는 완전히 벌집이 되었으리라. 뭐야, 트럭 안의 남자가 얼빠진 목소리로 중얼거렸다. 새롬이 몸을 쑤욱 내밀었다. 이번에는 아까와 반대의 자세였다. 하반신은 트럭 천장에, 상반신은 안쪽으로. 시야가 반전되며 세상이 뒤집혔다. 사실 거꾸로 매달린 자세로 누군가를 쏴 본 적은 살면서 한 번도 없었다. 그렇지만 목표물을 이 정도 거리에 두고 못 맞추는 것 또한 쉽지 않은 일이었다. 총성과 함께 남자의 신음이 들렸다. 빙고.

"지금이야."

지영은 밴의 액셀을 밟았다. 트럭이 터널 밖으로 벗어날 때까지 고작 3분. 시간이 없다. 속력을 높인 끝에 트럭 뒤편까지 찰싹 붙었다. 트럭은 뒤가 활짝 열려 있었다. 보기만 해도 불안했다. 박스들은 당장이라도 우르르 바닥에 쏟아질 듯

흔들거렸다. 그 박스들의 한복판에 남자의 다리가 비죽 튀어
나와 있었고, 그 옆에는 새롬이 서 있었다. 밴의 조수석에 앉
은 동식을 보며 지영은 가볍게 고개를 까딱였다.

동식은 조수석 밑에 놓은 폭탄 꾸러미를 손에 쥐었다. 지
영이 운전대를 잡은 사이, 동식은 선루프를 열고 바깥으로
나갔다. 그런 다음 지영의 시야를 가리지 않도록 조심하며
차의 윈드 쉴드 위로 미끄러졌다. 동식이 주춤주춤 보닛 위
에서 무게 중심을 잡는 사이, 밴과 트럭의 거리는 더더욱 가
까워졌다. 이제 정말 움직여야 할 시간이었지만, 무거운 폭탄
보따리를 들고 있어 그런지 몸이 자꾸만 휘청거렸다. 동식은
새롬과 눈빛을 교환했다. 하나, 둘, 셋. 새롬이 동식이 있던
쪽으로 점프함과 동시에, 동식은 보따리를 든 채 트럭 안쪽
으로 뛰었다. 그렇게 서로의 위치가 순식간에 뒤바뀌었다.

성공적으로 보닛에 안착한 새롬은 재빨리 몸을 돌린 다
음 문을 간신히 닫았다. 잠금쇠를 검과 거의 동시에 트럭은
터널 바깥으로 빠져나갔다. 새롬은 심호흡을 했다.

근처의 갓길에 차를 멈춘 후, 새롬은 지영이와 자리를 바
꿨다. 아마 지금쯤 동식은 트럭 안에 놔둔 재머를 꺼 두었겠
지. 지영은 다시 한번 트럭 기사에게 전화를 걸었다. 공포에
질린 기사의 숨소리가 들렸다. 지영이 변조된 음성으로 말을
이었다.

"잘 들어, 방금 당신에겐 아무 일도 벌어지지 않은 거야.

평소처럼 행동하면 돼. 나머지는 우리가 알아서 할 테니까. 알았나?"

"알겠습니다."

전화는 뚝 끊어졌다. 새롬은 저 멀리 사라져 가는 트럭의 뒷모습을 보았다. 동식 그리고 시신을 짐칸에 실은 트럭은 사령탑 쪽으로, 푸른 수풀 속으로 미끄러져 사라졌다.

새롬은 뒷머리를 다시 단단히 묶었다. 준비한 무기들을 마지막으로 하나둘 점검한 다음 지영을 보았다. 운전대에 앉은 녀석은 주먹을 불끈 쥐더니 속삭였다. "화이팅." 화이팅이라니. 새롬은 피식 웃었다. 손가락으로 브이를 날리며 가볍게 화답한 다음 심호흡 끝에 사령탑으로 향했다.

드론으로 구석구석 경로를 알아 둬서 그런지 별 장애물 없이 도착했다. 사령탑으로 향하면서, 새롬은 계획대로 움직였다. 가방에 넣어 둔 플래시뱅 세 개를 꺼내 각기 다른 위치에 던져 놓았다. 신호를 받아야 터지는 기폭형 장치다. 들키지 말라고 표면에 초록빛 페인트를 칠해 두었는데, 지금 보니 색깔이 너무 눈에 튀었다. 새롬은 고개를 들어 앞을 보았다. 프레이어스의 사령탑이 바로 눈앞에 있었다.

* * *

성미산 인근의 차 안. 지영은 손톱을 씹으며 띄워 놓은 드론 3개의 화면을 감시 중이었다. 아무리 천하의 고스트라도, 대놓고 적의 CCTV에 모습을 드러낼 가능성은 없다. 쓸데없는 교전은 피하고 싶으리라. 따라서 놈은 아마 샛길을 택할 것이고, 그렇게 된다면, 놈은 그대로 지영의 함정에 걸려들게 된다. 이 산의 오를 만한 샛길에는 죄다 드론을 띄워두었으니까. 자신이 할 일은 이 3개의 화면을 자세히 주시하다가, 고스트가 어느 방향으로 오는지 알리면 된다.

잠깐. 지영이 침을 삼켰다. 고스트가 한 번에 드론 3대를 무력화하면 어쩌지? 아니, 이 밴을 습격이라도 하면? 두근거리는 심장을 가라앉히려 애쓰던 그때였다.

모니터 1에서 [이상 반응]이라는 문구가 떴다. 가슴이 철렁 내려앉았다. 확대해서 보니 위장용 군복을 입은 누군가가 움직였다. 민혁이었다. 고스트. 그동안 화면으로 지긋지긋하게 봐서, 이젠 멀리서 대충 봐도 알 수 있는 경지까지 이르렀다.

"고스트, 1번 샛길 입구에 왔어요!"

지영이 말했다. 심장이 미친 듯이 뛰었다. 인이어에서 새롬의 목소리가 들려왔다.

"오케이. 나도 거의 다 왔어. 잠깐만."

지영은 안절부절못하고 다리를 달달 떨었다. 고스트는 착실하게 일정한 속도로 산에 올랐다. 얼마 지나지 않으면 놈은 사령탑에 도착한다. 플래시뱅을 터뜨려야 할 타이밍이 있다면 바로 지금인데. 아니, 지금도 어쩌면 늦었을지 모른다.

"다 왔어요?"

"아직!"

화면을 본 지영은 철렁했다. 고스트는 이제 화면에서 아예 사라진 상태였다. 어디 갔지?

"지금!"

그때, 새롬이 소리쳤다.

지영은 눈을 질끈 감았다.

제발 이것이 고스트에게 치명적인 한 방이 되길 바라며, 있는 힘껏 엔터 버튼을 눌렀다.

* * *

새롬이 공장 뒤편에 자리를 잡은 바로 그 순간, 공장 근처에 놔두었던 플래시뱅이 요란한 소리를 내며 터졌다. 빛과 굉음. 비명과 총성. 건물 주변에서 몇 초 전까지만 해도 폰을 두드리고 있던 용병들이 지금은 창백한 표정이 되어서 이곳 저곳으로 뛰어다녔다. 감시가 허술해진 틈을 타 새롬은 공장 뒤편 환풍구 쪽으로 뛰었다. 재빨리 주머니에서 소형 전동 드라이버를 꺼낸 다음 나사를 풀었다. 사방에서 남자들의 발소리가 들렸다. 언제 들켜도 이상하지 않았다. 다리가 후들거렸지만, 애써 무시하며 나사를 푸는 일에 집중했다. 네 번째 나사가 풀리던 그때 "저기 있다!" 하는 소리가 들렸다. 순간

들켰나 싶어 철렁했지만, 주변에는 아무도 없었다. 설마 고스트가 들킨 걸까. 그렇다면 금상첨화인데. 제발 용병들이 적당히 시간을 끌어 주길 바라며, 새롬은 잽싸게 환풍구 안으로 들어갔다. 손을 쭉 뻗어 커버를 비스듬히 기대 놓는 것 또한 잊지 않았다. 나갈 일이 있을 수도 있으니.

좋아, 다음 단계다. 새롬은 핸드폰 플래시를 켜고 엉금엉금 전진했다. 그나저나 폐공장의 환풍구라 영화처럼 쥐들이나 벌레들이 기어다닐 줄 알았는데, 의외로 깔끔했다. 이런 부분에선 운이 따라 주는 건가. 역시, 아까 그 거미는 액땜이었나 보다.

"어?"

스스스, 소리가 들렸다. 발 뒤쪽에서. 설마, 싶었지만 결국 호기심을 참지 못하고 돌아보았다. 뱀이었다. 구렁이인지 독사인지, 종류는 모르겠지만, 덩치 하나만큼은 커다란 놈이 똬리를 튼 채 혀를 날름거리고 있다. 그것과 눈이 마주친 순간, 새롬의 온몸이 딱딱하게 굳었다. 동시에 생각했다. 언제 들어온 걸까. 그러자 한 가지 사실이 떠올랐다. 여기 들어올 때, 환풍구를 완벽하게 닫지 않고 살짝 기대 놓았다. 맙소사. 그 짧은 사이에 들어왔다고?

뱀이 구불구불 빠른 속도로 기어 왔다. 새롬은 필사적으로 비명을 참았다. 소리 없이 몸을 돌린 다음, 움직였다. 팔꿈치를 이용해 앞으로 기어갔다. 절대 뒤를 보지 말자, 뒤를 보지 말자, 속으로 중얼거리며. 그 순간, 온몸이 휘청이더니 허공에 떠올랐다. 무슨 일인지 깨달을 새도 없이 눈앞이 번쩍였고, 그대로 의식을 잃었다.

＊＊＊

성미산 중턱. 나는 위장복을 입은 채 수풀 안쪽에 잔뜩 웅크리고 있다. 용케 들키지 않고 여기까지 왔다. 목적지가 코앞이다. 조금만 더 힘내 보자고 스스로를 달랬다.

출발하기 전, 놈들이 보내 준 좌표를 구글 지도로 찍어 보았다. 그러자 웬 산이 나왔다. 어이가 없어 헛웃음이 나왔다. 약속 장소로 산 중턱을 고르다니. 보통 누군가를 이런 곳에 끌고 와야 한다면 목적은 뻔하다. 손쉽게 처리하기 위해. 속이 빤히 보였고, 그래서인지 더더욱 속이 상했다. 순순히 당할 것 같냐? 내가? 오기가 생겼다. 놈이 누구든 간에 순순히 죽지도 죽여 주지도 않겠다고 다짐했다.

산에 도착하니 분위기가 이상했다. 곳곳에 감시 카메라가 깔려 있고, 용병들이 왔다 갔다 했다. 거기다 트럭도. 용병들을 보니 프레이어스가 맞다는 확신이 들었지만, 대체 왜 놈들이 나를 이곳에 부른 건지는 짐작이 가지 않았다. 조금씩 산에 올라가던 그때였다. 굉음과 함께 눈앞에서 섬광이

터졌다. 이건? 플래시뱅이다. 여기다가 몰래 설치해 놓은 건가? 대체 왜? 진심으로 이런 게 통할 거라 생각한 건가? 나한테? 그때 멀리서 어렴풋이 남자들의 고함이 들렸다.

눈을 비볐다. 젠장, 아직 시야가 돌아오지 않았는데. 나는 신음을 흘리며 더욱 몸을 낮췄다. 누군가 분주하게 이곳저곳으로 움직이는 소리가 들렸다. 아마 플래시뱅을 설치한 이를 찾아 움직이는 것이리라.

젠장. 보기 좋게 당했다. 나는 입술을 잘근잘근 씹었다. 시야는 약간 돌아온 상태였지만, 완벽하진 않았다. 이제 어쩌지? 기다려 봤자 소란은 가라앉지 않으리라. 더 요란해진다면 모를까. 들키는 건 시간문제였다.

여기 오는 동안, 대여섯 정도의 남자와 마주쳤다. 마주치는 녀석마다 한 명도 빠짐없이 전부 죽였다. 문제는, 시신을 숨기지 않았다. 일일이 숨기고 있다가는 제시간에 도착할 수 없으리라고 생각했기 때문이다. 낭패였다. 그 시체들이 지금쯤이면 하나둘 들통나고 있을 터였다.

지금이라도 도망칠까. 잠시 생각했지만, 곧 고개를 저었다. 아니다. 나를 함정에 빠트린 놈이 누구든, 놈은 분명 여기 있다. 그러니 놈을 찾아내 처리해야만 한다. 큰 소란이 벌어진 지금, 더 이상의 위장이나 매복은 필요 없으리라. 마침 타이밍도 좋았다. 용병 둘이 이쪽을 향해 접근하고 있었다. 위치가 들통나기까지는 이제 10초도 채 남지 않았다. 나는 입고 있던 위장복과 그 위에 얹어 놓은 수풀 쪼가리들을 옆에 집어 던졌다. 나는 곧장 총을 빼 들며 움직였다. 남자들은 인기척을 느끼고 몸을 돌렸지만, 당연히 내가 더 빨랐다. 각각 이마에 한 발씩 총알을 먹여 주었다. 수풀에 누운 두 남자를 흘긋 본 뒤, 나는 손등으로 이마의 땀을 훔쳤다. 고개를 들어 앞을 보았다.

허름하기 짝이 없는 건물. 언뜻 봐서는 버려진 폐공장처럼 보였다. 여긴 뭐 하는 곳일까. 프레이어스 쪽의 시설 중 하나일까. 누군가의 아지트일까. 아니면 그냥, 빌어먹을 함정일까. 나는 미소를 머금었다. 그 정도는 뭐, 직접 확인하는 것도 재미있으리라. 나는 폐공장 안으로 곧장 걸어 들어갔다.

* * *

비몽사몽인 상태로 새롬은 신음을 흘렸다.

"어딨어요? 다쳤어요? 대체 방금 그 소린 뭐예요?"

인이어에서 지영의 외침이 들리자 조금씩 정신이 돌아왔다. 동시에 방금 무슨 일이 벌어진 건지 하나둘 기억이 났다. 뱀에 쫓겼다. 환풍구를 기어가다 말고 갑자기 추락해 버렸다. 손으로 머리를 더듬자 찌릿한 고통에 눈물이 찔끔 나왔다. 머리가 얼얼했다.

"미안, 나, 머리가,"

"고스트가 막 시설에 들어왔어요."

그 말에 몽롱했던 정신이 번쩍 돌아왔다. 새롬은 즉시 목소리를 낮췄다.

"어딘데?"

"1층이지만, 곧 지하로 내려갈 거예요. 시간 없어요."

"응, 그래. 알았어."

다시 몸을 꿈틀거리며 전진했다. 콧속에 맴도는 피의 쇳내가 점점 더 진해졌지만, 애써 무시했다. 응급 처치는 목적지에 도착하고 나서 해도 늦지 않으리라. 이동하면서, 새롬은 환풍구에 비치는 틈으로 자신이 대충 어느 층에 있는지 확인했다. B2. 비록 실수 때문이라고 해도 목적지는 애초에 지하 2층이었다. 단숨에 도착했으니 어쩌면 행운이라고 봐야할까. 계속 움직였다. 목적지에 도착하자, 새롬은 아래를 보았다. 바짝 마른 체형의 남자 두 명이 허둥거렸다. 모니터와 전깃줄이 이리저리 얽힌 퀴퀴한 방이었다. 여기가 바로 사령탑의 메인, 서버실이다.

새롬은 심호흡을 했다. 준비해 온 스위스 아미 나이프로 환풍구 나사를 풀었다. 동시에 귀를 쫑긋 세웠다. 남자들의 대화가 아래에서 흐릿하게 들려왔다.

"그분한테 연락드렸어?"

"기다리라고만 하던데?"

"기다리긴 뭘 기다리라는 거야, 지금. 그 자식이 이 건물까지 쳐들어왔는데."

나사 네 개를 다 풀었다. 이제 남은 일은 하나뿐이다. 새롬은 심호흡을 한 뒤 총을 쥔 손으로 환풍구를 힘껏 내리쳤다.

* * *

디스토피아. 시설에 들어오자마자 저절로 그런 단어가 떠올랐다. 나는 멍하니 입을 벌린 채 주변을 둘러보았다. 겉으로 봤을 때 허름하기 짝이 없던 건물은, 안에 들어서자 더더욱 허름하기 짝이 없었다. 어두컴컴한 실내에는 드문드문 낡은 등이 켜져 있었는데, 시종일관 팅팅 소리를 내며 초록빛을 내뿜었다. 그 밑으로는 수십, 수백 개의 책상이 깔려 있었다. 각각의 책상에는 노동자가 한 명씩 앉아 무언가를 조립 중이었다. 조인트였다. 건물의 오른쪽 구석엔 검은 정사각형들이 가득했다. 겉면에 조그만 LED 등이 덕지덕지 달린 물건들. 서버였다. 윙윙대며 열기를 뿜는 서버들은 털털거리는 고물 선풍기에 거의 둘러싸이다시피 한 채 간신히 열을 식히고 있었다. 바로 여기가, 프레이어스의 중추란 말인가.

"뭐야, 너."

잠시 감상에 빠져 있는데 등 뒤에서 목소리가 들려왔다. 작업복 차림의 남자였다. 여기 직원일까.

"구경 왔어? 여기서 뭐 하는 거야?"

나는 곧장 준비해 둔 핑계를 댔다.

"운영자님이 보내서 왔습니다."

"운영자님? 왜, 무슨 일인데?"

대충 넘어가지, 좀. 나는 한숨을 쉬었다. 질문에 대답하는 대신 몸을 돌렸다. 시설의 정문을 걸어 잠갔다. 철컥, 소리를 내며 자물쇠가 잠겼다.

"보안 점검 때문에요."

"뭐?"

보안 점검이라니, 속으로 피식 웃었다. 사실 노력만 한다면 더 좋은 핑계를 떠올릴 수도 있을 테지만, 굳이 그럴 필요까지야. 어차피 곧 죽을 녀석에게. 작업복 남자는 턱을 쓰다듬으며 갸우뚱거렸다.

"보안 점검이라면, 이미 몇 주 전에 다녀가지 않았나?"

진짜, 시끄러워 죽겠네.

나는 총을 불쑥 꺼냈다. 일단 공장 위쪽에 달린 조명을 차례차례 고장 냈다. 허공에 몇 차례 불꽃이 튀기더니 곧 완전한 암흑이 내려앉았다. 웅성거리던 소리가 비명으로 바뀌는 동안, 나이트 고글을 재빨리 착용했다. 총을 장전한 뒤 소음 차단 헤드폰을 켰다. 그러자 준비해 둔 음악이 흘러나왔다. 노래에 맞추어 과녁을 하나씩 쓰러트렸다. 쏘고, 쏘고, 또 쐈다. 과녁들은 방향 감각을 잃고 서로 걸려 넘어지거나 쓰러지기를 반복했다. 똑똑한 몇몇은 도망치기 위해 정문으로 뛰었지만, 문이 잠겼음을 깨닫고 뒤늦게 비명을 질러댔다. 그러거나 말거나, 나는 반복했다. 계속 방아쇠를 당길 뿐이었다.

5분 정도 갈겨대고 나자 완전한 정적이 흘렀다. 사방을 둘러보았다. 아직 꿈틀거리고 있는 놈이 몇 있었다. 그 녀석들까지 처리한 다음, 나는 시설 아래쪽으로 내려가 탐색을 계속했다. 통제 구역이라고 적힌 복도 끝 방에 도착한 것은 그로부터 5분 정도가 지난 뒤였다.

"뭐야."

방문을 본 순간, 나도 모르게 중얼거렸다. 문이 살짝 열려 있었다. 혹시 매복인가, 생각하자 목덜미가 서늘해졌다. 침착하자. 나는 총구를 앞으로 내밀어 툭, 건드렸다. 문은 끼익, 소리를 내며 열렸다. 나는 눈앞의 광경에 당황한 나머지 숨을 집어삼켰다. 방 안의 남자 둘은 이미 죽어 있었다. 대체 어떻게 된 거지. 시선을 들어 모니터로 향했다. 나는 앞으로 가까이 다가가 화면을 보았다. 위에는 명령어 프롬프트 외에 이상한 창들이 떠워져 있었다. 코드를 몇 줄 읽었다. 해킹 명령어. 나는 재빨리 컴퓨터 본체 쪽을 보았다. 포트에 꽂혀 있는 수상한 USB. 그제야 나는 깨달았다. 남자들이 입은 총상의 의미를. 턱과 머리를 관통하려면 방법은 두 가지 중 하나다. 아래에서 위로 쐈거나, 위에서 아래로 쐈거나. 나는 천장을 보았다. 예상대로였다. 환풍구 뚜껑이 뻥 뚫려 있었다.

순간 등 뒤로 인기척이 느껴졌다. 그래, 너구나. 날 여기 부른 놈이. 곧장 뒤를 돌며 총을 재빨리 뽑았다. 거의 동시였지만, 내가 한 발 더 빨랐다고 확신했다.

3

적하장 내부. 동식은 아직도 트럭 안에 웅크린 채 숨어 있었다.

일단 사전에 공유해 둔 계획은 이렇다. 틈을 노려 트럭 밖으로 재빨리 나간 다음 적하장에서 외부로 나가는 문을 연다. 탈출로는 그렇게 확보 완료. 그사이 새롬은 고스트를 처치한 다음 적하장 쪽으로 빠져나온다. 마지막은 자신의 차례다. 스위치를 눌러, 트럭 속 보따리 안에 담긴 폭탄을 터트려 모조리 날려 버린다. 프레이어스고 고스트고, 시원하게 싹 다.

모든 것은 계획대로 착착 진행되고 있다. 걱정할 건 없다고 스스로 되뇌었지만, 그럼에도 불안했다. 상세한 부분에서 자꾸만 뭔가가 어긋났기 때문이다.

공장에 사람이 있으리란 것은 동식도 예상한 사실이었다. 건물 크기로 미루어 30명 정도는 있을 거라고 사전에 계산했다. 조금 전, 트럭의 문틈으로 흘긋 본 광경은 예상과는 차원이 달랐다. 저건 아무리 대충 잡아도 50명 이상이 아닌가. 저렇게까지 많으리라고는 생각조차 못 했는데.

그 상황에서 ― 고스트가 출현했다.

트럭 안에 웅크리고 앉아 수십 발의 총성과 사람들의 비명을 듣는 동안, 동식은 도저히 가만히 있을 수 없었다. 공포가 속을 긁어댔다. 총으로 위협 정도나 할 줄 알았지, 대놓고 대량 학살을 하리라고는 상상조차 못 했다. 얼마나 지났을까. 고요하고 섬뜩한 정적이 사방에 내려앉았다. 이제 움직여야 하는데, 두려웠다. 트럭 문을 여는 순간 자신이 무엇을 보게 될지 두려웠다.

"정신 차려."

동식은 주먹을 쥐었다. 열어야만 했다. 여기서 평생 돗자리 깔고 살 순 없지 않은가. 심호흡을 하고 손을 뻗었다. 문이 열렸다. 플래시를 켰다. 흐릿한 불빛에 자신의 온 시야를 의지한 채, 조금씩 조금씩 밖으로 나갔다.

"미친."

눈앞의 광경에 동식의 숨이 턱 막혔다. 비추는 곳마다 시체, 시체였다. 말 그대로 대학살.

진정하자, 진정하자. 어서 정신 차리고, 이 지옥 같은 곳에서 나가는 거야. 숨을 고르고 나서 재빨리 적하장 끄트머리로 향했다. 다시 한번 플래시 불빛을 비추며 사방을 뒤진 끝에 간신히 문 열림 버튼을 찾아냈다. 버튼을 누르자 문이 소리를 내며 위로 올라갔다.

* * *

환풍구 뚜껑을 바닥에 떨어트리자마자 새롬은 곧장 방아쇠를 당겼다. 정확히 두 발을 남자 둘의 머리에 각각. 놈들

344

은 비명조차 지르지 못했다. 도미노가 쓰러지듯 차례로 풀썩 풀썩 쓰러졌다. 그들이 죽은 것을 확인한 뒤, 새롬은 훌쩍 뛰어내렸다. 멍하니 입을 벌린 채 죽어 있는 놈들을 보며, 새롬은 생각했다. 너희가 한 짓을 생각하면 이렇게 쉽게 가선 안 되는데.

새롬은 지영이 건넨 USB를 주머니에서 꺼냈다. 그것을 재빨리 컴퓨터에 꽂았다. 잠시 기다리자 몇 가지 프롬프트 창이 뜨더니 자동 해킹 프로그램이 시작됐다. 곧 프롬프트 창에 :) 문구가 크게 떠올랐다. 해킹에 성공했다는 신호였다.

"이제 스탠바이 할게."

새롬이 말했다.

"진짜 조심해요, 언니."

정말 걱정이 담긴 목소리에 새롬은 약간 감동했다. 응, 하고 중얼거린 다음, 문 뒤에 다가가 조용히 숨었다. 이제 사전 작업은 다 끝냈다. 남은 것은 하나, 고스트가 오기만을 기다리는 것뿐이다.

새롬은 기다렸다.

총성과 비명의 하모니가 시작되고, 잦아들었다. 어둠 속에서 간간이 남자들의 비명이 들려오는 동안에도, 새롬은 그저 기다렸다.

발소리가 들렸다.

철커덕.

문이 열렸다.

방 안으로 검은 그림자가 들어왔다.

문틈 사이에 이마를 갖다 댔다.

놈이었다.

민혁.

고스트.

자신을 몇 개월간 태연한 얼굴로 속인 놈.

오빠를 죽인 장본인.

놈이 지금 눈앞에 있다.

이를 악물었다. 아드레날린이 온몸에서 휘몰아쳤다.

아아, 당장이라도 튀어 나가고 싶다. 쳐 죽이고 싶다. 온몸을 찢어발기고, 심장을 쥐어 터트리고 싶다. 새롬은 애써 이를 악물었다.

아직은 아니다.

아직.

잠시 남자 둘의 시신을 구경하던 민혁은, 곧 고개를 돌려 컴퓨터 화면을 유심히 보았다.

놈이 뭔가 눈치챈 듯한 표정을 지은 것은 그때였다.

지금인가? 계획대로 총을 뽑아 들려던 찰나 눈 깜짝할 새 민혁이 몸을 돌렸다.

놈은 들고 있던 총을 골프채처럼 휘두르며 새롬의 손등을 옆으로 쳤다.

한 박자 늦게 총이 발사됐다.

엇나간 총알은 모니터에 퍽 소리를 내며 박혔다. 새롬은 순간 앞을 보았다.

놈과 눈이 마주쳤다. 공허하고, 검은 눈동자. 박제된 동물의 그것을 연상케 하는.

가슴 쪽에 잇달아 고통을 느끼며, 새롬은 힘없이 바닥에 쓰러졌다.

* * *

이마에 흐르는 식은땀을 닦았다. 방금 전, 내가 정말 죽을 뻔했다는 사실이 도저히 믿기지 않았다. 거의 절반은 본능적으로 움직인 건데, 운이 좋았다. 기막힐 정도로. 바닥에 누운 채 신음을 흘리는 새롬의 앞으로 한 걸음 다가갔다.

"너일 줄 짐작은 했는데, 확신은 못 했거든. 근데 진짜 너구나."

새롬의 배를 발로 툭툭 찼다. 두둑한 느낌이 발치에 느껴졌다. 방탄조끼리라. 나는 안 무서운데, 총은 또 무섭나 보지?

"야, 다 네가 한 거야? 내 얼굴 게시한 것도?"

"좆 까."

한숨이 나왔다. 아직도 상황 파악이 안 되는 모양이다.

그럼 시켜줘야지. 나는 근처에 놓여 있던 큼지막한 서류 분쇄기를 두 손으로 집어 들었다. 그것을 새롬의 얼굴 위에 올려놓고, 팔에 힘을 뺐다. 우욱, 하는 소리가 밑에서 들려왔다. 나는 왼팔로 분쇄기가 넘어지지 않도록 지탱하며, 주먹으로 분쇄기 위를 살짝 내리쳤다. 한 번, 두 번. 그런 다음 끙 소리를 내며 분쇄기를 들어 올렸다. 순간 피식, 웃음 뻔했다. 새롬의 코는 만화 속 돼지코처럼 납작해진 상태였다.

"어때. 지금도 좆 까라는 말이 나와?"

나는 무릎을 웅크린 다음 검지와 엄지로 새롬의 코를 비틀어 세웠다. 그녀의 입에서 날카로운 비명이 터져 나왔다.

"다시 물을게. 사이트 그거, 네가 한 거야?"

새롬이 간신히 끄덕였다. 피 때문에 핑크빛으로 변한 이빨을 드러내 보이며 씩 웃었다.

"맘에 들어? 가장 잘 나온 걸로 걸어 놨는데."

웃음이 났다. 나는 새롬의 멱살을 잡고 번쩍 일으켰다. 진지하게 고민했다. 그냥 이걸 죽일까.

방긋방긋 웃는 녀석의 얼굴을 보니 문득 동정심이 들었다. 애 진짜 왜 이러지? 이렇게 멍청한 애 아니었는데. 그냥 가만히만 있었으면 죽을 일도 없었을 테고. 잠시 고민한 끝에 나는, 그래, 같이 지낸 정도 있겠다, 마지막 질문만 한 다음 죽여 주자. 깔끔하게.

"근데 난 여기 왜 부른 거야?"

물론 정상적인 답변 따위 기대하지 않았다. 또 헛소리나 주절거리겠다 싶었지. 순간 의외의 일이 벌어졌다. 새롬의 멍하던 눈이 또렷해졌다. 마치 흐린 구름이 순식간에 걷히듯이.

* * *

다각도로 분석해도 역시 실패할 확률이 더 큰 작전이었다. 그럼에도 새롬이 이 작전을 감행할 수 있던 이유는 한 가지였다. 흔들리지 않는 확신이 있었기 때문이다.

'고스트는 나를 바로 죽이진 않는다.' 이 한 가지 확신.

놈이라면, 적어도 알고 싶으리라고 생각했다. 새롬이 어떻게 이 시설을 알게 됐는지. 그리고 왜 자신을 여기 부른 건지. 특히 상대가 무력하다고 판단했을 경우라면 더더욱. 나르시시스트적인 성격인 놈이 이런 기회를 그냥 지나갈 리 없었다. 예측은 들어맞았다. 고스트가 자신의 얼굴을 피떡으로 만들긴 했지만, 최악은 아니었다. 최악이라 함은, 예를 들어, 놈이 손가락을 자른 다음 눈 두 쪽도 뽑는 경우였다. 고스트라면 그 정도는 충분히 하고도 남으리라고 생각했기에 새롬은 각오했다. 그에 비하면 '돼지코' 형벌은 양반이었다.

놈이 동정심 가득한 표정을 짓던 바로 순간, 그때가 바로 타이밍이었다. 새롬은 숨겨 두었던 물건을 꺼냈다. 방심한 놈의 머리 위로 휙, 조인트를 던졌다.

"뭐야, 이거."

놈은 깜짝 놀라 새롬을 집어던졌다. 그러더니 허겁지겁 뒷걸음질을 치며 목을 더듬었다. 생체 반응을 인식한 즉시 조인트는 줄어들었다. 목에 딱 알맞은 크기로. 절대 다시는 벗을 수 없는 크기로. 자유의 몸이 된 순간 새롬은 미리 준비해 둔 연막탄을 터뜨렸다. 굉음과 함께 주변이 순식간에 연기로 가득 찼다. 가스를 들이마신 그는 콜록거리며 뭐라 뭐라 욕설을 내뱉었다. 그사이 새롬은 재빨리 움직였다. 문을 걷어찬 다음 미친 듯이 출구를 향해 뛰었다.

"씨발!"

고스트가 외쳤다. 동시에 등 뒤로 총탄이 쏟아졌다. 사방에서 총알이 팅팅 튕겼다. 뛰어. 뛰라고. 머릿속에 드는 생각은 오로지 그 하나뿐이었다. 그렇게 순식간에 1층에 도착했다. 새롬은 인이어에 대고 물었다.

"출구는? 동식이는 어떻게 됐어?"

기다렸지만 답변이 오지 않았다. 순간 불쾌한 예감이 속을 휘저었다. 설마 자신을 버리고 도망치기라도 한 건 아니겠지.

"여기야!"

새롬은 소리가 들린 쪽으로 고개를 돌렸다. 저 멀리, 문가 쪽에서 난 소리였다. 눈썹을 찌푸리며 자세히 보자 손 하나가 테이블 위로 빼꼼 튀어나왔다.

"동식이? 너야?"

안도하며 그쪽으로 뛰어가려던 것도 잠시, 발에 철퍼덕하고 뭔가가 밟혔다. 내려다본 새롬은 기겁했다. 피 웅덩이였다. 눈이 어둠에 익숙해진 그제야, 처참한 광경이 눈에 들어왔다. 두개골이 박살 난 채 헛바닥만 길쭉하게 내밀고 있는 시신부터 문가에 아비규환이 되어 뒤엉킨 시신까지. 오른손이 손잡이 부분에 비스듬히 걸쳐져 있는 것은 그들이 마지막 순간까지 삶의 희망을 버리지 않았음을 의미했다. 그야말로 처참했다. 새롬은 꿀꺽 침을 삼키고 고개를 저었다. 됐다. 이미 저세상에 간 이들을 보며 떨 시간 따위 없다. 일단 움직이자. 어서 이 빌어먹을 곳에서 나가는 거다. 애써 정신을 차린 뒤, 바닥에 널브러진 시신들을 뛰어넘었다. 코너를 돌자 눈앞에 그가 있었다. 동식이. 상황이 상황인 만큼 이보다 더 반가울 수 없었다.

"왜 여기 있어? 안 나가고 뭐 하고 있던 거야?"

새롬이 물었다.

"너 코, 코는 괜찮아?"

쩔쩔매는 동식을 보자 괜스레 웃음이 나왔다.

"좀 맞았어. 괜찮아, 이 정도는."

"그러면 고스트는,"

"조인트를 걸어 줬어. 아직 작동은 안 시켰는데, 일단 존나 빡친 상황."

새롬은 씩 웃었다. 작전은 사실상 성공한 거나 마찬가지였다. 이제 무사히 탈출해 폭탄만 작동시키면 끝. 놈이 당장 어디 있든, 어디 숨었든, 폭탄이 작동되면 그대로 불길에 휩싸이겠지.

"좋아. 이제 나가자. 준비됐지?"

동식이 말했다.

"오케이. 카운트 셀까?"

"셋 하면 뛰자. 그리고 바로 누를게."

새롬이 힘차게 끄덕였다. 동식이 세 손가락을 들어 올리더니 하나씩 접었다. 셋, 둘, 하나.

"지금!"

문틈으로 도약하기 위해 막 몸을 일으킨 그때였다. 탕, 하는 소리와 함께 새롬의 얼굴 위로 뜨끈한 피가 흩뿌려졌다.

* * *

서늘하지만 익숙한 쇳덩이의 감각이 목덜미를 감쌌다. 손으로 더듬고 나서야 깨달았다.

이건 조인트다. 프레이어스의 개미 새끼들이 끼는 죽음의 개 목걸이.

X를 죽이고 프레이어스를 떠나면서 나는 결심했다. 앞으

로 절대 조인트는 끼지 않겠다고. 더 이상 프레이어스에게 휘둘리지 않겠다고. 멍청한 희생양이 아닌 최상위 포식자가 되겠다고. 그 어떤 일이 벌어지든 이 목걸이를 다시 착용할 일은 없을 거라 생각했는데. 바로 지금, 가장 급박하고 위험한 순간, 이런 촌극이 벌어질 줄은 몰랐다. 간단히 말해 모욕당한 기분이었다. 과거와 현재를 싸잡아 통째로. 머리가 핑 돌았다. 이런 허술한 함정에 걸려든 내가 멍청하기 짝이 없게 느껴졌다.

이것을 없던 일로 만들 방법은 딱 하나였다. 저 빌어먹을 여자를 쳐 죽이는 것.

미친 듯이 고함을 내질렀다. 방아쇠가 구부러질 정도로 검지에 힘을 주었다. 총부리에서 터져 나와 하얀 안개 속으로 사라졌다. 탄창이 거의 비고 나서야 간신히 방아쇠에서 손가락을 뗐다. 뒤늦게 후회가 밀려들었다. 방금의 연사에 저 여자가 맞기라도 했다면? 자신은 조인트를 푸는 방법 따위 알지 못한다. 그나마 알 가능성이 있는 인간이 저 여자, 새롬이었다. 만약 여기서 새롬을 실수로 죽여 버린다면, 이 빌어먹을 개 목걸이는 어떻게 풀란 말인가. 착잡한 마음으로 그녀가 사라진 방향을 향해 달렸다. 뛰는 동안 괜히 노심초사했다. 가는 길에 혹시라도 새롬의 시신이 널브러져 있을까 봐. 다행히도 그런 일은 없었다. 하긴, 그렇게 허무하게 죽음을 맞이할 여자는 아니다.

1층으로 나오자마자 물자를 확보하기 위해 본격적으로 움직였다. 일단 탄창이 필요했다. 권총도. 열린 사무실 문 근처에서 경비원 시신 하나를 발견했다. 허리춤의 권총집에서 권총을 꺼냈다. 그것을 집어 들어 핸드폰 불빛에 비추었다. 슬라이드의 겉면에 표시된 로고는 '하이-포인트'였다. 쓴웃음이 났다. 이따위 싸구려 권총은 원래 안 쓰는데. 뭐 상황이 상황인 만큼 가릴 생각은 없지만.

　"준비됐지?"

　저 멀리서 흐릿한 말소리가 들려온 것은 그때였다.

　나는 바싹 긴장했다. 새롬인가? 그 즉시 손에 쥔 권총의 슬라이드를 당겼다. 준비됐냐니, 뭔 소리지? 소리로 미루어, 그들은 지금 출구 쪽에 있었다. 나는 엎드린 자세로 조심스레 고개를 내밀었다. 적하장 부근, 저 멀리서 어렴풋이 빛이 새어 나왔다. 추측건대 태양 빛이리라. 물론 플래시일 가능성을 배제할 수는 없지만, 이런 상황에서 굳이 그런 짓거리를 해 자신의 위치를 광고할 멍청이는 없다.

　적하장 셔터 아래쪽이 조금 열려 있었다. 저들은 그 틈으로 도망칠 거다. 어디 해 보라지. 나는 총을 겨누고 기다렸다. 자, 어서 나와라.

　잠시 후, 시야에 물체가 잡혔다. 누군가의 머리통처럼 보이는 것이 적하장 셔터 쪽으로 빠르게 움직였다. 나는 조준하며 숨을 참았다.

바로 이때다. 마법이 벌어지는 순간이. 모든 것이 마치 슬로우 모션처럼 흘러가기 시작하고, 나를 비롯해 세상의 모든 것이 느려지는 순간이. 멈춘 시간을 다시 흐르게 만드는 것은 단 한 발의, 경쾌한 폭죽 소리다. 탕.

새롬이 악, 하고 비명을 질렀다.

명중. 기분 좋아 웃음이 튀어나올 뻔했지만, 억지로 참았다. 오만은 금물이다. 곧장 슬라이더를 밀어 장전한 다음 방아쇠를 당겼다. 이번 타깃은 저 멀리, 벽에 붙어 있는 셔터 스위치였다. 탕. 이번에도 명중이었다. 곧 요란한 기계음을 내며 셔터가 닫혔다. 태양 빛은 육중한 기계음과 함께 완벽한 어둠 속으로 사라졌다. 나는 벽에 기대어 잠시 한숨을 돌렸다. 이렇게 1차는 끝이다.

저쪽 너머에서 중얼거리는 소리가 들렸다. "동식아, 동식아. 괜찮아?" 나는 혀로 입술을 축였다. 이 와중에도 동료 걱정이라니, 눈시울이 뜨거워지다 못해 끓어오르는 광경이다. 이 무슨 휴먼 드라마 찍는 것도 아니고. 나는 놀리고 싶은 마음을 참지 못하고 버럭 소리쳤다.

"이름이 동식이야? 괜찮대?"

대답은 없었다. 무시하는 건가.

"야, 우리 대화 좀 하자. 새롬아. 여기 우리 둘밖에 없잖아, 이제."

"좆 까."

목소리에 날이 서 있었다. 그 모습이 짜증 나는 동시에 귀여웠다. 씩씩대는 고슴도치처럼.

"방금 개 말이야, 괜찮아? 정통으로 맞았을 텐데."

"좆 까라고. 너, 씨발, 내가 죽일 거야. 반드시 죽일 거라고. 여기서."

"그래, 힘내라."

중얼거리며 바닥으로 눈을 돌렸다. 고장 난 조인트 몇 개가 바닥에 굴러다녔다. 즉시 하나의 아이디어가 떠올랐다. 나는 조인트 하나를 집어 든 다음, 저쪽 멀리 던졌다. 그것이 바닥에 떨어지기 무섭게 총성 소리가 쏟아졌다. 나는 반복해 던졌다. 던지고, 쏘고, 던지고, 쏘고. 그렇게 몇 번을 반복한 그때였다. 순간 철커덕, 탄창이 빈 소리가 들렸다.

지금이다. 나는 즉시 튀어 나갔다. 몸을 웅크린 채 건너편 테이블 쪽으로 한 바퀴 뒹굴었다.

숨소리가 들렸다. 새롬의 숨소리. 가뜩이나 거칠었던 그녀의 숨소리는 이제 거의 헐떡임에 가까운 상태였다. 아마 내가 어디 있는지는 감도 잡히지 않으리라. 나는 미소 지었다. 그녀는 꿈에도 모른다. 내가 지금, 자기 뒤통수를 또렷하게 보고 있는 줄을. 원한다면 발치에 놓인, 피범벅이 된 그녀의 동료를 당장 쏴 죽일 수 있다는 사실을. 그렇지만 그럴 생각은 없었다. 동식이니 뭐니 하는 잔챙이는 아무래도 관심 없었다. 가장 중요한 것은, 저 여자였다. 저 오만하기 짝이 없는 병신 같은 여자.

틈새를 노려 곧장 튀어 나갔다.

새롬이 기척을 느끼고 몸을 돌리기도 전에, 손을 확 뻗어 그녀의 하얀 목덜미를 움켜잡았다.

"오랜만이다?"

민혁은 두 손으로 그녀의 목을 힘껏 졸랐다. 습격에 당황한 건지 새롬은 허우적거렸다. 뒤로 걷어차며 반격을 시도했지만, 소용없었다. 두근거리는 심장 박동이 손을 타고 전해져 왔다. 놀란 토끼처럼 그녀의 맥박은 터질 듯 쿵쾅거렸다. 1초, 1초가 지날수록 맥박은 점차 약해졌다. 나는 손에 힘을 풀었다. 새롬이 허억- 숨을 들이켜자마자, 팔을 잡아당겨 몸을 돌린 후 다시 한번 목을 졸랐다. 계속 숨을 쉬지 못해서 그런지 새롬의 눈은 이제 토마토처럼 불그스름해진 상태였다. 참 먹음직스러운 토마토다. 아아, 마음 같아선 두 개 다 포크로 후벼 터뜨리고 싶다.

"내 목에 채운 이거, 빨리 풀어."

나는 한 마디 한 마디 씹어 뱉었다.

"안 풀면 너도나도 여기서 사이좋게 뒤지는 줄 알아."

새롬은 금붕어처럼 입을 뻐끔거렸다. 뭐 하고 싶은 말이라도 있는 걸까. 손에서 살짝 힘을 뺐다.

"난 뒤지든 말든 상관없다고. 너 죽는 거만 볼 수 있으면."

이를 드러내며 새롬이 낄낄 웃었다.

나는 멍하니 입을 벌렸다. 정말이지, 어이가 없었다. 너무나도 어이가 없어서 다시 목을 조르는 걸 까먹을 정도였다. 절로 웃음이 흘러나왔다. 이 여자, 진짜 미쳐도 단단히 미쳤구나. 낄낄 웃는 그녀를 보며 슬며시 품에 손을 넣었다. 칼이 손에 잡혔다.

"그럼 못 보게 해 줘야겠다, 평생."

순식간에 새롬의 뒤로 향했다. 왼팔로 목을 감싸 머리를 단단히 고정하고, 오른팔로는 칼을 꺼낸 다음 날을 세웠다. 손을 그녀의 눈 가까이 가져다 댔다. 그제야 새롬은 무슨 일이 벌어질지 눈치챈 건지 몸을 힘차게 버둥거렸지만, 이미 늦었다. 늦어도 한참 늦었다.

"왼쪽부터 시작할게."

"잠깐만,"

그래, 벌은 받아야지. 네가 한 짓이 있긴 있잖아. 안 그래? 망설이지 않고 손에 힘을 주어 칼을 힘껏 꽂아 넣었다. 뭔가 터지는 듯한 툭, 하는 느낌이 손바닥을 타고 전해졌다. 이어 찢어질 듯한 비명이 터져 나왔다. 새롬의 몸이 믿을 수 없을 정도의 힘으로 펄떡거렸다.

"이제 오른쪽 차례다, 새롬아."

떨리는 목소리로 새롬의 귓가에 속삭였다. 그녀가 공포에 숨을 집어삼키는 소리가 들렸다. 그때였다.

부웅, 하는 소리가 들렸다. 뭐지 싶어 고개를 슬쩍 치켜들었다. 소리는 공장 밖에서 들려오고 있는 것 같았다. 순간, 공장 정문이 날아갔다. 차 한 대가 이쪽을 향해 정면으로 돌진하고 있었다.

＊＊＊

어느 순간부터 지영은 더 이상 마이크에 대고 소리를 지르지 않았다. 새롬 언니, 하고 부르는 것도 멈췄다. 더 이상 그럴 이유가 없었다. 아무리 소리쳐도 두 명은 찍소리조차 내지 않았다. 아마 소리를 낼 일이 다신 없을지도 모른다.

가장 두려워했던 상황이 현실이 되고 말았다. 계획이 실패했다. 처참하게. 모든 것이 걷잡을 수 없이 미쳐 돌아갔다. 아아, 현장 온다고 나대지 말 걸.

지영은 감았던 눈을 천천히 뜨고 모니터를 보았다. 모니터에는 각각 동식과 새롬의 무전을 수신받도록 세팅되어 있는 상태였다. 아까와 같았다. 둘 다 반응이 없는 상태다. 이제 어쩌지 싶어 막막했지만, 그렇다고 가만히 있을 수만도 없었다. 뭔가 해야만 했다.

고민 끝에, 액셀러레이터를 힘껏 밟았다. 시속이 점차 올라갔다. 차는 투박한 비포장도로를 벗어나 평지를 달렸다. 완전한 평지는 아니었지만, 지금까지 트럭 수십 대가 오가면서 산길을 다져 놓은 터라 밴이 크게 흔들리진 않았다. 창문 너머를 보자 길바닥에 무언가 널브러져 있는 게 보였다. 시체였다. 용병들의 시체가 길바닥에 띄엄띄엄 쓰러져 있었다. 지영은 공포에 숨을 삼켰다. 순간 밴을 돌릴까 생각했지만, 지금 달리고 있는 산길은 상당히 비좁았다. 여기서 핸들을 돌리면 곧장 낭떠러지 직행이다. 할 수 있는 것이라고는 계속 전진하는 것뿐이다.

우직. 밑에서 끔찍한 소리가 나더니 곧 차가 양옆으로 흔들렸다. 한 번. 두 번. 차가 시신을 깔고 지나갈 때마다 지영은 울먹이는 목소리로 중얼거렸다. 죄송합니다. 죄송합니다. 진짜 죄송합니다.

우여곡절 끝에 정신을 차리니 어느새 폐공장 앞이었다. 그제야 간신히 브레이크를 밟고, 한숨 돌렸다. 지영은 심호흡을 했다. 솔직히 도망치고 싶었지만, 그럴 수 없었다. 여기까지 오지 않았는가. 무를 수 없었다. 칼을 뽑았으면 뭐라도 썰어야지.

지영은 공장에서 적당히 떨어진 곳까지 차를 후진했다. 차를 멈추고 앞을 노려보았다. 이제 액셀을 밟으면, 차는 공장 문을 들이받으리라. 예상되는 결과는 둘 중 하나였다. 차가 공장 문에 완전히 찌그러져 인간 호떡이 되거나. 아니면 흔하디흔한 할리우드 영화의 한 장면처럼 문을 부수며 안으로 돌진하거나. 아무래도 현실적인 가능성은 후자보다 전자가 더 크지만.

지영은 고개를 저었다. 생각하지 말자. 지금 필요한 건 생각이 아니다. 행동이다. 과감하고 멍청하기 짝이 없는 행동.

"가자."

차가 우렁차게 목을 가다듬었다. 지영은 있는 힘껏 액셀을 밟았다. 차가 미친 듯이 속도를 올렸다.

달리는 내내 눈을 푹 내리깔았다. 앞을 보는 순간 본능적으로 브레이크를 밟게 될까 봐서. 지영은 전속력으로 공장 문을 들이받았다.

에어백의 바람이 빠지며 소리가 들렸다. 지영은 슬며시 고개를 들었다. 충격 때문인지 시야가 흐릿했다. 눈을 억지로 깜빡이자 눈앞이 조금은 선명해졌다. 차 문을 열었다. 비틀거리며 내린 다음 주변을 둘러보았다. 몇 초도 되지 않아 익숙한 얼굴이 눈에 들어왔다. 새롬. 그 옆에는 동식도 있었다.

"언니! 동식 씨!"

지영은 비명을 질렀다. 둘 다 피투성이였고, 상태가 최악이었다. 새롬은 왼쪽 눈에서 피를 흘리고 있었고, 동식의 경우 몸의 절반 정도가 피에 흠뻑 젖은 상태였다. 이러니 그동안 대답을 못 하고 있었지.

"멍청아, 여긴 대체 왜 왔어."

새롬이 꺼져 가는 목소리로 중얼거렸다. 울음이 터져 나오려는 것을 간신히 참으며 지영이 말했다.

"됐고, 차에나 타요. 빨리. 언니, 혼자 움직일 수 있죠?"

"그래, 어서 동식이나 태워."

지영은 서둘러 움직였다. 동식을 낑낑거리며 뒷좌석에 태우는 사이, 새롬은 알아서 조수석에 올랐다. 잠시 후, 지영이 운전석에 올랐다. 그녀는 다시 한번 괜찮냐고 물으려 했지만, 새롬이 말했다.

"묻지 마."

지영은 운전대를 잡았다. 이제 출발만 하면 된다. 여기서 나가기만 하면 모든 것이 끝난다.

문득, 당연한 걸 묻지 않았다는 것을 깨달았다.

"근데 고스트, 어딨는지 알아요?"

그렇게 물으며 차에 시동을 걸고 앞을 보았다.

핸들을 쥔 그 자세 그대로 지영은 우뚝 굳어 버렸다.

고스트가, 앞에 있었다. 놈은 만신창이였다. 온몸이 피투성이였고, 머리는 산발이었다. 몸도 가누기 어려운지 행사용 인형처럼 비틀거렸지만, 그는 분명 지영을 보았다.

"숙여요!"

고스트는 피투성이가 된 입을 쩍 벌리더니, 요란하게 고함을 지르며 총을 갈겨댔다. 지영은 고개를 푹 숙인 채 페달을 밟았다. 후진하는 차로 쉴 새 없이 총알이 쏟아졌다. 덜렁거리던 윈드 실드는 완전히 작살이 난 지 오래였다. 좌석에 연신 총알이 파고들며 솜털과 가죽 쪼가리가 허공에 흩날렸다. 비명을 지르면서도 지영은 끝까지 발을 페달에서 떼지 않았다. 차는 계속 후진했다. 어느 순간, 따가운 햇살이 몸 위로 쏟아졌다. 건물에서 벗어났음을 깨닫자마자 지영은 곧 장 급브레이크를 밟았다. 날카로운 타이어 마찰음과 함께 차가 잠시 앞뒤로 삐걱대더니 멈추었다.

된 건가? 지영은 머리를 감싸고 있던 팔을 치웠다. 오른 쪽으로 고개를 흘긋 돌렸다. 누런 햇살이 팔을 어루만졌다. 말도 안 돼. 지영은 너털웃음을 흘렸다. 해냈다. 차를 타고, 새롬 언니를 태우고, 저 빌어먹을 건물의 바깥으로 빠져나왔다. 그것도, 고스트를 상대로. 지영은 천천히 고개를 들었다. 윈드 실드 너머, 공장 입구 앞에 고스트가 우뚝 서 있었다. 그는 총을 들고 있었는데, 그 끝은 정확히 자신을 겨누고 있었다. 그 즉시 총성이 들렸다.

* * *

바보 같이 카운트다운이나 세다 총에 맞았다. 한심했다. 아무리 일대 다수라고 한들 상대는 고스트였다. 끝까지 경계를 늦추지 말았어야 했는데. 어깻죽지에 총을 맞은 직후, 바닥으로 넘어가며 동식은 생각했다. 기절하지 말자. 기절하지 말자. 여기서 죽으면 그야말로 개죽음이다.

의식은 그대로 끊겨 버렸다. 블랙 아웃.

이후의 기억은 이미지라기보단 소리 형태였다. 몇 번의 총성, 그리고 새롬의 비명 정도가 기억할 수 있는 전부다. "정신 차려!"라고 소리치는 그녀의 목소리. 그렇지만 움직일 수 없었다. 아아, 젠장. 이렇게 짐이 될 줄 알았으면 차라리 오지를 말 걸.

"어,"

동식은 눈을 떴다. 신음을 흘리며 주변을 둘러보았다. 자신이 어디 있는지, 상황이 어떻게 돌아가는 건지 아직 짐작이 가지 않았다. 가장 먼저 알아차린 것은 햇볕이었다. 그것은 팔과 다리에 그림자를 드리우며 온기를 전달했다. 고개를 조금 돌릴 수 있었고, 그제야 차의 뒷좌석에 앉아 있다는 사실을 깨달았다.

안도한 것도 잠시, 앞을 본 순간 숨이 턱 막혔다. 부서지고 금이 간 차창 너머로 남자 하나가 서 있었다. 놈이었다. 고스트.

동식은 지금까지 수없이 놈을 봤다. 사진으로, 파일로. 그렇지만 현실에서 두 눈을 마주한 것은 이번이 처음이었다. 그는, 어째선지 만신창이였다. 짙은 머리는 수세미처럼 잔뜩 헝클어져 있었고, 얼굴은 검댕과 피로 얼룩졌다. 그런 놈이, 총을 겨누고 있었다. 이쪽을 향해. 정확히는, 운전석의 지영을 향해. 그야말로 절체절명의 순간임을 뒤늦게 깨달았다.

심장이 쿵쾅거렸다. 어떡하지? 당장 몸을 날리기라도 해 볼까? 아니다. 말도 안 된다. 설사 그게 가능하다 한들 총알의 속도와 비교하면 역부족이다. 혹시 새롬이 해결해 주지 않을까 싶었지만, 곧 그것도 가능성이 없음을 깨달았다. 그녀 또한 상태가 절망적이긴 매한가지였다. 이게 다라니. 그냥 이 광경을 멍청하게 지켜봐야만 한다니. 그때 머릿속에서 섬광 하나가 번쩍였다. 아니, 아니다. 아직 한 가지 패가 남아 있다. 그래, 물건. 지금 이 순간을 위해 새롬이와 날밤을 까며 준비한 바로 그 물건. 지금 자신의 주머니에 든 그 물건. 그걸 꺼내자. 꺼내서 얼른 누르는 거다. 동식은 팔을 움직이려 했지만, 어째선지 팔에 힘이 들어가지 않았다. 고통 때문이었다. 아까 총에 맞은 부위가 터질 듯이 욱신거렸다. 동식은 이를 악물었다. 참아, 딱 10초만 참는 거야. 이를 악물고 다시금 힘을 주었다. 찡, 하는 소리와 함께 날카로운 이명이 뇌를 찔렀다. 토할 정도의 고통. 혈관 하나하나가 철사로 변해, 살을 찢고 나오는 듯한 고통. 그럼에도 계속 손을 뻗었다. 조금만 더. 조금만, 조금만 더. 마침내 엄지에 미끌미끌한 감각이 느껴졌다. 플라스틱 재질의 버튼. 그래, 이거다. 동식은 온 힘을 다해 엄지에 힘을 주었다. 철커덕 소리가 들렸다. 동식은 눈을 질끈 감았다. 숨을 멈췄다.

* * *

다 끝났다.

자신에게 겨누어진 총구의 끝을 보며, 지영은 숨을 멈추었다. 이게 이야기의 끝이구나. 자신도 언니도 저 괴물 같은 놈의 빌어먹을 총알에 꿰뚫려 죽는, 새드 엔딩. 지영은 이를 악물었다. 그래. 마음대로 해라. 쏠 거면 빨리 쏴 버려. 죽으면 아주 한 품은 귀신이 되어 죽을 때까지 저주해 줄 테니까.

그때였다.

"어?"

고스트의 뒤편에서 섬광이 번쩍였다.

"저건 또,"

말을 끝맺을 새도 없었다. 귀를 찢는 굉음과 함께 차가 공중으로 붕 떠올랐기 때문에.

쉬이이. 정신을 차렸을 때 처음 들은 것은 가스가 새는 소리였다. 지영은 번쩍 눈을 떴다. 잠시 둘러보고 나서야 그녀는 자신이 뒤집힌 차체에 앉아 있다는 사실을 깨달았다.

그러고 보니 언니는 괜찮나. 지영은 황급히 조수석 쪽으로 고개를 돌렸다. 새롬은 거기 있었다. 거꾸로 뒤집힌 채, 축 늘어진 모습으로. 그녀를 좌석에서 지탱해 주는 건 안전벨트가 유일했는데, 그마저도 당장 끊어질 듯 덜렁거렸다. 지영은 머뭇거린 끝에 새롬을 툭 건드렸다.

"언니, 괜찮아요?"

잠시 정적.

새롬이 멀쩡한 쪽 눈을 떴다. 여전히 멍한 표정으로, 그녀가 중얼거렸다.

"대체 뭐였냐, 방금?"

폭발로부터 3분. 그사이 새롬은 조수석에서 빠져나온 다음 지영이 나오는 것을 도와주었다.

"저거 좀 봐."

지영이 막 차에서 벗어난 그때였다. 새롬이 한쪽을 가리키며 중얼거렸다. 지영은 눈앞의 광경을 보며 조용히 경악했다. 그들의 목표였던 사령탑이 거대한 불길에 휩싸여 있었다.

"그나저나 언니, 이제 슬슬 동식 아저씨도,"

별안간 끄응, 하는 소리가 들렸다. 신음을 필사적으로 참는 것 같은. 차로 향하던 지영은 우뚝 몸을 멈췄다. 돌아보았다. 새롬이 멍하니 선 채 어딘가를 뚫어져라 보고 있었다.

"언니?"

뭘 보고 있는 걸까. 지영은 한 걸음, 한 걸음 내디뎠다. 저쪽, 온통 그을린 바닥 한가운데, 부들거리는 누군가가 누워 있었다. 이제 그야말로 유령과 다를 바 없는 몰골의 고스트였다.

비틀거리면서도, 한 걸음 한 걸음, 새롬은 민혁의 앞으로 나아갔다. 이 모든 사달이 벌어진 근본적인 원인이 바로 저기 누워 있다. 살충제를 맞은 개미처럼 꿈틀거리며.

"언니! 아직 몸이,"

"지영아."

새롬이 지영의 말을 막았다. 그런 다음 똑바로 바라보며 말했다.

"마무리는 해야지."

지영은 곧 끄덕였다.

"알았어요."

한쪽 눈에 간신히 의지하며, 새롬은 민혁 앞에 멈췄다. 목에 조인트를 감은 민혁은 완전히 처참한 모습이었다. 불에 타서 그런지 전체적으로 시커멨다. 화상 때문에 군데군데 붉은 반점으로 얼룩덜룩했다. 고통에 끙끙거리던 놈은 순간 새롬과 눈이 마주쳤지만, 곧장 하늘로 눈길을 돌렸다. 마치 자신에게 이제 곧 닥칠 미래를 거부한다는 듯이.

"민혁아."

새롬이 말했다. 자신의 이름이 불리자, 민혁은 전기 충격기에 닿기라도 한 듯 움찔, 몸을 떨었다. 그는 고개를 돌려 새롬을 보았다. 새롬이 민혁의 얼굴을 똑바로 쳐다보며 말했다.

"첫날 말했지. 배신하면, 죽여 버리겠다고."

민혁은 잠시 새롬의 말을 듣는 듯하더니 뭐라 뜻 모를

말을 중얼거렸다.

"지영아, 시작해."

새롬은 지영을 흘긋 본 다음 목 부분을 톡톡 두드렸다. 지영은 비장한 표정으로 끄덕이더니, 핸드폰 위의 화면을 꾹꾹 눌렀다. 아까 USB로 서버실을 해킹한 뒤로 이젠 조인트의 작동을 조절할 수 있게 됐다.

착착착착착. 마침내, 소리가 울렸다. 죽음이 확정된 자만이 가장 크게 들을 수 있는 그 소음이. 민혁은 이상한 소리를 내며 재빨리 고개를 저었다. 마치 그러면 목걸이가 풀어지기라도 할 것처럼.

"잠깐만,"

민혁이 말했다. 그가 지금까지 중얼대던 말 중 유일하게 알아들을 수 있는 단어였다. 새롬은 고개를 흔들며 조용히 웃었다.

"우리 오빠한테는 그 잠깐도 없었어. 너도 마찬가지야."

민혁은 발버둥 쳤다. 착착착 소리는 커지고 커지고 계속 커졌다. 마침내, 선혈이 허공에 1자로 솟구쳤다. 비정한 착착착 소리는 계속 이어졌다. 선혈은 하나에서 둘로, 둘에서 수십 가닥으로 갈라지더니 이내 사방으로 쉴 새 없이 흘렀다. 민혁의 다리는 허공에서 잠깐 움찔거리다 이내 가라앉았다. 툭. 그의 잘린 머리가 흙바닥에 뒹굴었다. 눈을 한 번 깜빡였다. 더 이상의 움직임은 없었다.

새롬은 한 걸음, 한 걸음. 뒤집어진 차 근처로 걸음을 옮겼다. 동식은 아까 전과 마찬가지로 거기 있었다. 뒷좌석에 축 늘어진 채. 미동도 없이.

"살아 있어요?"

지영이 물었다.

새롬은 동식을 보고 있었다. 솔직히 말하면, 이 녀석이 가장 불쌍했다. 지영이와 마찬가지로 철저한 피해자니까. 지난 몇 달간 개 같은 일의 연속이었지만, 따지고 보면 그중 절반은 자신이 초래했다. 그렇지만 동식은 아니었다. 자신 같은 쓰레기와 엮이다니, 넌 재수가 없어도 왜 이렇게나 없니.

"살아 있냐고요, 동식 오빠요."

새롬은 숨을 내뱉었다.

아니, 라고 대답하려던 그때 동식의 얼굴 근육이 움찔했다.

"어?"

가슴이 덜컥 내려앉았다. 맥박을 짚기 위해 손을 턱 밑에 갖다 대 보았다. 심장이 뛰었다. 미약하고 희미하게, 그러나 분명히. 뛰고 있다. 새롬은 곧장 움직였다. 옷으로 상처 부위를 단단하게 여민 다음 동식을 등에 업었다.

본격적으로 산을 내려가기 전, 마지막으로 건물을 흘끔 돌아보았다. 아까 전까지 붉게 타오르던 화마는 짙은 연기를 토해 냈다. 이 정도 규모의 화재라면, 이미 소방서에는 신고

가 들어갔으리라. 구급대원들이 오고 있을 것이다. 그래, 그
때까지만 버텨라, 동식아. 그때까지만. 등 쪽에서 꿈틀거리는
감촉이 느껴졌다.

"도망쳐."

동식이 중얼거렸다.

"뭐?"

"올 텐데. 경찰."

새롬은 웃을 뻔했다. 마지막까지 엉뚱한 걱정을 하는 게,
왜 오빠와 이렇게 겹칠까.

"상관없어. 오라 그래."

에필로그

　몇 주가 흘렀다. 벌써 얼큰하게 취한 일용직 김 씨가 막걸리 술병을 기울였다. 동식은 고개를 숙인 채 공손히 잔을 받았다.

　"첫날인데 너 말이야, 나쁘지 않더라."

　"누가 들으면 벌써 일 끝난 줄 알겠어. 아직 점심인데."

　김 씨 옆에 앉아 있던 선배 직원이 껄껄거리며 웃었다. 동식도 억지로 따라 웃은 뒤 잔을 들이켰다. 그러고 보니 낮술을 한 지 얼마나 됐더라. 경찰대 시절 이후로는 한 번도 없었던 것 같은데.

　솔직히 피하고 싶은 자리였지만, 같이 일하게 된 또래 동료 몇이 충고해 줬다. 웬만하면 맞춰 주라고. 눈 밖에 나면 앞으로 일하는 내내 꼰대질을 할 거라고. 결국 울며 겨자 먹기로 낮술 자리에 끼게 되었다. 억지로 웃고 잔을 부딪친 다음 받아 마시기를 반복하던 그때였다. 뉴스가 흘러나왔다.

'다크 웹 연쇄 살인 사건 용의자 – 30대 여성 박모 씨. 무기징역 확정'

화면 위로 비치는 것은 얼굴 가득 검은 후드를 뒤집어쓴 여자의 모습이다. 그런 여자를 옆에서 다른 여경들이 부축하고 있다. 그녀에게 플래시 세례가 요란하게 쏟아지고 있다. 새롬이다. 동식은 마음 한구석이 가라앉는 기분이 들었다. 간신히 TV에서 눈을 돌리고 김 씨에게 말했다.

"저기, 한 잔 더 주세요."

"오오, 역시 MZ야, MZ."

김씨가 한 잔을 더 따라 주었다.

사건 이후. 병원에서 간신히 정신을 차리자, 동료 형사가 병문안을 왔다. 그는 동식 몫의 비타 500을 하나씩 까먹으며 지금까지 상황이 대충 어떻게 되었는지 가볍게 요약본을 들려 주었다.

동식의 목숨을 구해 준 사람은 새롬이었다. 땅에 쓰러져 있는 것을 발견한 사람도, 동식의 상처를 지혈해 준 사람도, 그런 동식을 기어이 업어 구급차에 태워 보낸 것도 새롬이었다. 동식이 응급처치실에 들어갈 때까지, 새롬은 모든 것을 지켜보았다고 한다. 동식이 수술에 들어가자마자, 새롬은 얼굴을 알아본 경관에 의해 타이밍 좋게 체포되었다. 그녀는 순순히 검거되었다. 반항하지 않았다. 이렇게 될 줄 알았다는 듯.

본격적인 취조가 시작됐다. 새롬은 경찰에게 프레이어스의 실체를 전부 털어놓았다고 한다. 특별한 사법 거래를 제안하지도 않았는데, 수도꼭지를 돌린 것처럼 전부 불었다. 경찰들은 물었다. 대체 왜 이렇게까지 말하는 거냐고. 새롬은 말했다. 더 이상 죄짓고 살기는 싫다고.

"진짜 구라 같게 들리긴 할 텐데, 진심이에요."

동식도 폭탄을 피하지는 못했다. 이어지는 경찰 수사를 통해 그가 각종 폭발물을 만들었다는 사실, 프레이어스에 관한 기밀 정보를 유출한 사실 등이 들통났다.

그 무엇보다 동식을 괴롭힌 것은 바로 형배였다. 그를 살해한 것은 다름 아닌 자신이니까. 물론 그때 재빨리 행동하지 않았다면 새롬이 죽었을지도 모르지만, 아무리 포장한들 사실은 변하지 않는다. 살인을 저질렀다. 그러니 죗값을 받게 되리라. 동식은 그렇게 믿었다. 새롬이 입을 열기 전까지는.

그녀가 뒤늦게 증언했다. 자신이 직접 현장에서 형배를 찔러 죽였다고. 동식은 믿을 수 없었다. 대체 자신과 상관도 없는 죄를 왜 뒤집어쓴다는 말인가. 면회를 신청한 것은 그래서다. 그녀에게 직접 물어볼 생각이었다. 왜 거짓 증언을 한 건지. 지금이라도 철회할 생각은 있는지.

요청은 족족 거절당했다.

어느 날. 동식은 익명의 편지 한 장을 받았다. 내용은 짧고 단순했다.

'그딴 쓰레기 때문에 인생 망칠래? 선물을 주면 그냥 좀 받아, 멍청아.'

그 명료함이 너무나 그녀다운 나머지 동식은 웃고 말았다.

형배 건 자체는 넘어갔다 해도, 나머지는 아니었다. 워낙 증거가 넘쳐났다. 동식은 온갖 조사에 끌려다녔다.

몸도 마음도 만신창이가 된 어느 날이었다. '위쪽'에서 한 남자가 오더니 동식을 밀폐된 방에 데리고 간 다음 조심스레 제안했다. 조용히 끝낼 생각 있는지. 경찰복을 벗으면, 앞으로의 조사는 최대한 조용히 덮어 주겠다는 의미였다. 흔하디흔한 뒷거래. 동식은 입술을 질끈 물었다. 솔직히 말해, 받아들이고 싶지 않았다. 경복 하나 입어보겠다고 그동안 했던 개고생을 생각하면 더더욱.

"네. 그렇게 하시죠, 그럼."

동식이 체념하듯 중얼거렸다. 선택지가 없다는 것은 잘 알고 있었으니까.

며칠 뒤부터 공사장에 나가 본격적으로 일을 했다. 원해서 하는 건 당연히 아니었다. 솔직히 말하면, 시급을 적게 받는다 해도 조용하고 깔끔한 곳에서 일하고 싶었다. 그렇지만 그런 일자리가 넘쳐나는 유토피아 따위 존재하지 않았다. 여기 21세기 한국이었다. 일자리 지옥. 탐나는 일은 경력자들과 능력자들이 한참 전에 채 갔고, 남은 것은 소위 말하는 '3D' 알바뿐이었다.

"젠장."

그날 밤의 알바 자리 구하기도 역시 허탕이었다. 불그스름한 새벽. 동식은 PC방에서 나와 편의점으로 들어갔다. 언제나처럼 맥주를 고르려 했지만, 내일 아침 공사장에 부스스한 몰골로 나가고 싶지 않았다. 고민한 끝에 비타 500을 골랐다.

"왜 맥주 안 마시고요?"

등 뒤에서 그런 목소리가 들렸다. 뭐지 싶어 흠칫 돌아보았다. 눈앞에 회사원 정장 차림의 남자가 보였다. 땅딸막하고 퉁퉁한 몸집의 소유자. 영화 〈배트맨 2〉에 나오는 펭귄맨을 연상시키는 생김새다.

"누구세요?"

펭귄이 신분증으로 보이는 물건을 내밀었다. 거기에 적힌 세 글자를 본 순간 가슴이 철렁했다. NIS. 국정원이었다.

"잠시 얘기 좀 할까요?"

잠시 후, 편의점 앞 야외 자리. 동식은 플라스틱 의자에 불편한 자세로 걸터앉았다. 그러면서 속으로는 뒤늦게 후회했다. 가볍게 맥주나 한 캔 사려고 들른 길인데, 이게 대체 무슨 일이야.

"그래서, 어떤 일로 저를 보시자고?"

눈앞에 앉은 남자 두 명을 흘끔 보았다. 펭귄 옆에 앉은 남자는 동그란 은테 안경을 쓰고 있다. 그가 콧소리를 냈다. 그나저나 안경 크기가 장난 아니다. 저런 걸 어떻게 쓰고 다니지? 안경남이 입을 열었다.

"간단히 말씀드리자면 일단 프레이어스 관련 일이긴 한데,"

"아니, 잠깐만. 일 얘기 하기 전에, 가볍게 한잔하실까요?"

펭귄이 말을 끊더니 싱글싱글 웃었다.

동식이 끄덕이자 펭귄은 안경남을 툭 건드린 다음 카드를 건넸다. 투덜거리며 자리를 뜨는 동료를 뒤로하고 펭귄은 손에 깍지를 꼈다. 그는 지긋이 동식을 보았다.

"동식 씨. 그런데 말입니다. 최근 프레이어스 사이트가 어떻게 돌아가는지 알고 계십니까?"

"아뇨."

동식은 즉답했다. 거짓 한 줌 섞이지 않은 진실이다. 다크 웹이라면 지긋지긋했다. 그놈의 다크 웹 때문에, 자신은,

인생에서 가장 소중한 은사를 잃었으니까. 죄책감이 들었다. 몇 달 전까지만 해도 '태영 선배를 죽인 범인을 잡겠다'며 의지를 불태우던 자신이었다. 목적을 달성하기란 불가능했다. 고스트와 달리 프레이어스는 실체가 없었다. 놈들은 끊임없이 재생했다. 한 명이 죽으면, 곧바로 대체할 인간이 생겨났다. 그것이 김원이든 아니면 다른 이든 간에.

물론 사령탑을 완전히 날려 버린 것은 프레이어스에게 적잖은 타격이었다. 실제로 그날 이후 대략 한 달 동안 사이트 운영이 중단되었다고 한다. 타격은 거기까지였다. 정확히 한 달 후, 사이트는 다시 돌아왔다. 새 단장까지 해서. 동식은 더 이상 사이트에 대해 지영에게 물어보는 것을 관두었다.

"관심이 없어서요."

동식이 내뱉었다. 그 한마디로 모든 대답을 일축했다. 펭귄은 동식을 유심히 보았다. 그는 "그렇군요" 하고 중얼거리더니, 서류 가방에서 태블릿 하나를 꺼냈다. 화면을 작동시켰다. 화면이 켜지자 위에 떠오른 것은 지도였다. 빨간 점들이 가득한 지도. 한두 개가 아니었다. 눈대중으로 대충 어림잡아도 거뜬히 수백 개는 넘을 것 같다.

"이게 뭡니까?"

"지금까지, 프레이어스 사이트 때문에 희생된 것으로 추정된 사망자를 추적한 지도입니다."

"이건 한국 지도는 아닌 거 같은데요."

"네, 맞습니다. 미국 지도입니다."

맙소사. 프레이어스가 결국 다른 나라까지 마수를 뻗쳤단 말인가. 으스스 소름이 돋은 그때 찬 기운이 팔에 닿아 깜짝 놀랐다. 캔맥주였다. 방울이 송글송글 맺힌 캔맥주를 안경남이 팔에 들이밀었다.

"한국에서 벌어졌던 일들은, 예고편에 불과했어요."

펭귄은 한숨을 쉰 뒤 다시 입을 열었다. 안경남은 핸드폰을 꺼내더니 몇 장의 사진을 슬라이드로 보여 주었다. 불타는 리무진. 피범벅이 된 결혼식장. 울부짖는 가족들.

"미국뿐만이 아닙니다. 전 세계적으로 마수를 뻗치고 있습니다."

안경남이 말했다. 잠시 정적이 흐른 뒤, 동식은 입을 만지작거리며 물었다.

"그래서, 저를 왜 부르신 겁니까?"

"부탁드리겠습니다. 저희를 도와 프레이어스 소탕을 함께해 주십시오."

안경남과 펭귄이 꾸벅, 고개를 숙였다.

맙소사. 부끄럽고 당혹스러웠다. 아마 형배에게 제안을 받은 태영 선배도 이런 심정이었을까.

"정리해 볼게요. 당신들 말은, 저더러, 이 잔당들을 잡도록 도와달라 이거죠."

"네. 물론 보수가 적지는 않습니다, 절대."

펭귄이 다급히 덧붙였다.

잠시 고민한 끝에 동식은 입을 열었다.

"제안은 감사한데. 그, 혹시 조건을 걸어도 되나요?"

"어떤 조건이요?"

"그 사령탑 건물을 무너뜨린 거 말인데요. 저 혼자 한 게 아니었거든요. 만약 이 프로젝트에 참가하면, 제가 아는 유능한 사람들의 도움을 좀 빌릴 수 있을까요?"

"그 사람들이라면, 어떤?"

"김지영… 그리고 박새롬. 이렇게 둘이요."

남자는 서로를 쳐다보며 묘한 표정을 지었다. 당황하는 것 같으면서도 동시에 비웃는 것 같은.

"왜 그러시죠?"

동식이 묻자 펭귄이 미소 지었다.

"그 사람들이라면, 이미 저기 한 분 계십니다."

"에?"

동식은 놀란 나머지 얼빠진 소리를 냈다. 그는 남자 둘 중 하나가 가리키는 곳을 보았다. 그러고 보니 아까 전부터 검은 SUV 차량이 편의점 맞은편에 서 있었다. 차창이 내려 갔다.

"짭새, 잘 지냈냐?"

왼쪽 눈에 안대를 낀 새롬이, 가볍게 손을 흔들며 웃었다.

이 이야기를 관통하는 키워드는 팀플레이다.

《헤드헌터》에는 '팀'과 얽힌 다양한 인간이 등장한다. 팀에 속해 있는 척 아무 팀에도 속하지 않은 자, 팀이란 개념 자체를 믿지 않는 자, 팀 자체를 지나치게 맹신한 자 등. 그러나 한바탕 사건의 폭풍이 지나가고 소설의 최후까지 살아남은 자들에겐 한 가지 공통점이 있다. 극한의 상황에서도, 그들은 서로에 대한 믿음을 놓지 않았다.

21세기판 현상금 사냥꾼 이야기, 《헤드헌터》는 이 단순한 아이디어에서 출발했다. 이 한 줄짜리가 야금야금 자라나 23만 자가 되기까지 2년이란 시간이 걸렸다. 그 시간 동안 가장 수고해 주신 분이 있다. 안전가옥의 윤성훈(Teo) 스토리 피디님이다. 이분의 – 수많은 – 도움이 없었다면 이 소설은 저 한 줄에서 끝났으리라. 그 외에도 소설의 여러 단계에서 다양한 코멘트를 해 주신 안전가옥의 수많은 피디님, 원고 곳곳에 숨어 있던 잡초 같은 오타들을 일일이 찾아내어 시원하게 뽑아 주신 아버지에게도 감사의 말씀을 전한다. 마지막으로, 이 책을 손에 들고 계신 독자분에게도. 정말이지 훌륭한 팀플레이라고 생각한다.

프로듀서의 말

　《헤드헌터》의 시작점을 돌이켜보면 안전가옥 투고 채널이었습니다.

　투고(投稿), 사전에 따르면 '의뢰를 받지 아니한 사람이 신문이나 잡지 따위에 실어 달라고 원고를 써서 보냄. 또는 그 원고를 이르는 말'을 일컫습니다. 여러 출판사에 투고했지만, 거절당하고 마지막으로 투고한 곳을 통해 베스트셀러가 되었다는 몇몇 책의 전설과 같은 이야기를 들어 본 적은 있습니다. 그러나 실제로는 투고를 거쳐 작품이 되고, 책으로 출간될 확률은 투고의 반대말이라고 할 수 있는 원고 청탁 또는 공모전 수상 같은 절차 대비 아주 낮습니다.

　당시 작가님께서 투고해 주신 작품은《헤드헌터》가 아니

라 다른 작품이었지만, 제가 꽂혀 있었던 어떤 키워드를 가지고 있었기에 미팅을 요청했고, 그 자리에서 작가님께서 가지고 계신 미스터리 스릴러 장르에 대한 식견과 집필에 대한 열정을 확인할 수 있었기에 앞서 말씀드린 낮은 확률을 뚫고 이렇게 《헤드헌터》에 이를 수 있었습니다.

《헤드헌터》는 다크 웹이란 소재를 가지고 전개되는 범죄소설이자 스릴러입니다.

이성민 작가님과 함께 오랜 기간 작품을 진행하며 무엇보다 중점을 두었던 것은 "스릴러의 장르 법칙에 충실 하자."였습니다. 그렇기에 긴장감 넘치는 전개와 액션, 이야기가 진행될수록 긴박한 템포와 예측이 쉽지 않은 복선 등이 담기기를 요청드렸고, 어려운 요구를 작가님께서 언제나 어렵지 않게 풀어내시며 '엔터테인먼트'가 필수적으로 지녀야 할 미덕을 선보여 주셨습니다. 이 자리를 빌려 작가님께 다시 한번 감사하다는 말씀을 전합니다.

뛰어난 스릴러 작가 제프리 디버는 스릴러라는 장르에 대해 이렇게 말을 했다고 합니다.

"스릴러는 독자와 주인공이 앞자리에 앉아 즐기는 롤러코스터죠."

부디 《헤드헌터》라는 롤러코스터가 독자분들에게 재미있으셨기를, 다시 탑승하고 싶은 롤러코스터였기를 바랍니다.

감사합니다.

안전가옥 스토리 PD
윤성훈 드림

헤드헌터

1판 1쇄 발행 2024년 5월 14일

지은이 이성민

기획 안전가옥
프로듀서 윤성훈
        김보희, 신지민
        이수인, 이은진, 임미나
퍼블리싱 박혜신, 임수빈
편집 박영산
디자인 이경민
서비스 디자인 김보영
비즈니스 이기훈
경영지원 홍연화

펴낸이 김홍익
펴낸곳 안전가옥
출판등록 제2018-000005호
주소 04779 서울특별시 성동구 뚝섬로1나길 5,
      헤이그라운드 성수 시작점 202호
대표전화 (02) 461-0601
전자우편 marketing@safehouse.kr
홈페이지 safehouse.kr

ISBN 979-11-93024-62-1 (03810)
값 16,000원

안전가옥 오리지널